a última palavra

a última palavra

Tamara Ireland Stone

Tradução
Sofia Soter

ROCCO

Título original
EVERY LAST WORD
Copyright © 2015 *by* Tamara Ireland Stone
O direito moral da autora foi assegurado.

Todos os direitos reservados. Nenhuma parte desta obra pode ser reproduzida, ou transmitida por qualquer forma ou meio eletrônico ou mecânico, inclusive fotocópia, gravação ou sistema de armazenagem e recuperação de informação, sem a permissão escrita do editor.

So long Lazy Ray letra e música por Joe Rut copyright ©

Direitos para a língua portuguesa reservados
com exclusividade para o Brasil à
EDITORA ROCCO LTDA.
Rua Evaristo da Veiga, 65 – 11º andar
Passeio Corporate – Torre 1
20031-040 – Rio de Janeiro – RJ
rocco@rocco.com.br | www.rocco.com.br

Printed in Brazil/Impresso no Brasil

preparação de originais
THAÍS LIMA

CIP-Brasil. Catalogação na Publicação.
Sindicato Nacional dos Editores de Livros, RJ.

S885u
Stone, Tamara Ireland
A última palavra / Tamara Ireland Stone; [tradução de Sofia Soter]. –
1ª ed. – Rio de Janeiro: Rocco Jovens Leitores, 2020.

Tradução de: Every last word
ISBN 978-85-7980-473-1
ISBN 978-85-7980-475-5 (e-book)

1. Transtorno obsessivo-compulsivo - Ficção. 2. Ficção americana.
I. Soter, Sofia. II. Título.

19-60400
CDD-813
CDU-82-3(73)

Meri Gleice Rodrigues de Souza – Bibliotecária CRB-7/6439
O texto deste livro obedece às normas do
Acordo Ortográfico da Língua Portuguesa.

Para C. e todas as outras mentes especiais

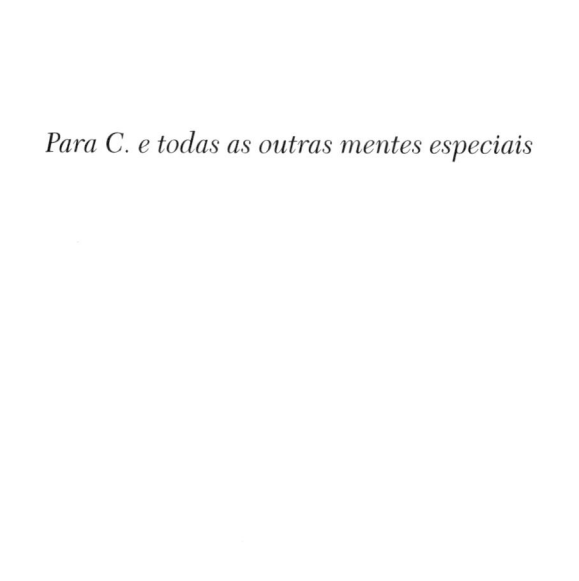

seis meses antes

*E*u *não devia ler os bilhetes.*
Hailey corta e me entrega uma rosa. Ao amarrar um bilhete no caule com uma fita cor-de-rosa brilhante, leio. Não consigo me controlar. Esse é um pouco exagerado, mas ainda fofo. Entrego a flor para Olivia, e ela a larga no balde da turma certa.

— Não acredito! Gente... — solta Olivia, rindo alto enquanto vira o cartão. Acho que ela também está lendo. — Não sei quem escreveu isso, mas... coitadinho. É tão cafona.

Uma tentativa de poesia sincera é passada pelo círculo. Alexis se joga de costas na minha cama, rindo histericamente. Kaitlyn e Hailey se dobram de rir no tapete. Finalmente, eu me junto a elas.

— Que maldade. Não vamos ler — digo, escondendo a rosa no meio do balde, querendo proteger esse cara anônimo que abriu o coração para uma garota chamada Jessica na turma de cálculo.

Olivia pega a pilha de cartões na minha frente e começa a passar um a um.

— Meu Deus, quem são essas pessoas e por que a gente não conhece ninguém?

— Porque não somos ridículas? — sugere Alexis.

— A escola é grande — responde Hailey.

— Tá, de volta ao trabalho. As flores já estão secando. — Kaitlyn ainda está rindo, mas tenta voltar ao papel de líder da nossa campanha de arrecadação para o Dia dos Namorados. — Olivia, já que você gosta tanto dos bilhetes, troca de lugar com a Samantha.

Olivia sacode a cabeça, balançando o rabo de cavalo.

— De jeito nenhum. Gosto do meu trabalho.

— Eu troco. Minha mão está ficando cansada mesmo — diz Hailey, e trocamos de lugar.

Pego uma rosa do balde e a tesoura do chão. No instante em que passo a mão pelo punho da tesoura, um pensamento me atinge do nada e, antes que eu possa reagir, sinto meu cérebro agarrá-lo com força, já se preparando para brigar comigo. Minha mão começa a tremer e minha boca fica seca.

É só um pensamento.

Deixo a tesoura cair no chão e sacudo as mãos algumas vezes, olhando ao redor para garantir que ninguém está vendo.

Estou no controle.

Tento de novo. Rosa em uma das mãos, tesoura na outra, aperto os dedos, mas minhas mãos estão suadas, meus dedos estão formigando e não consigo segurar com força. Olho para Kaitlyn, sentada na minha frente, vendo o rosto dela se distorcer e embaçar, e sinto uma onda de enjoo.

Respire. Encontre outro pensamento.

Se cortar uma vez, vou continuar. Sei que vou. Vou passar para a próxima rosa, e para a próxima, e cortar até só restar uma pilha enorme de caules, folhas e pétalas.

Depois disso, vou destruir aqueles bilhetinhos doces e cuidadosamente escritos. Todos eles.

Meu Deus, que horror.

Então vou aproximar a tesoura do cabelo de Olivia e cortar bem acima do elástico.

Merda. Outro pensamento. Outro pensamento.

— Preciso beber água — digo, me levantando e torcendo para que ninguém note o suor na minha testa.

— Agora? — pergunta Kaitlyn. — Sério, Samantha, você vai atrasar tudo.

Minhas pernas estão tremendo e não sei se posso confiar nelas para descer as escadas, mas de repente a tesoura sumiu e estou segurando o corrimão. Vou direto para a cozinha e molho minhas mãos na pia.

A água está fria. Ouça a água.

— Está tudo bem? — A voz de Paige interrompe o burburinho da minha cabeça.

Eu nem tinha visto minha irmã sentada à mesa, fazendo o dever de casa. É então que vejo o porta-facas de madeira, bem cheio. E uma tesoura.

Podia arrancar o cabelo dela.

Dou passos largos para trás até bater na geladeira. Meus joelhos cedem e escorrego até o chão, agarrando minha cabeça, mergulhando o rosto nas mãos para ficar no escuro, repetindo os mantras.

— Sam. Abra os olhos. — A voz da minha mãe parece distante, mas obedeço, e quando abro os olhos, estamos cara a cara.

— Fale comigo. Agora.

Viro-me para a escada, arregalando os olhos.

— Não se preocupe — diz ela. — Elas não vão descobrir. Estão todas lá em cima.

Ouço a mamãe sussurrando para Paige, mandando ela levar um saco de batatinhas para o meu quarto e distrair minhas amigas.

Então segura minhas mãos com tanta força que sinto a aliança apertada contra meu dedo.

— São só pensamentos — diz ela, calmamente. — Repita, por favor.

— São só pensamentos.

Consigo ecoar as palavras, mas não a firmeza em sua voz.

— Isso. Você está no controle.

Quando desvio o olhar, ela segura meus braços com mais força.

— Estou no controle.

Ela está errada. Não estou.

— Quantos pensamentos o cérebro processa automaticamente por dia?

Minha mãe apela para os fatos para me ajudar a ficar calma.

— Setenta mil — sussurro, lágrimas caindo na minha calça jeans.

— Isso. Você *age* de acordo com setenta mil pensamentos por dia?

Sacudo a cabeça.

— Claro que não. Esse pensamento foi um em setenta mil. Não é especial.

— Não é especial.

— Isso. — Minha mãe segura meu queixo e levanta minha cabeça, me forçando a olhar para ela de novo. — Eu te amo, Sam. — Ela cheira ao hidratante preferido de lavanda e inspiro fundo, sentindo uma onda de pensamentos novos e bonitos dominando os escuros e assustadores. — O que quer que tenha pensado, está tudo bem. Não quer dizer *nada* sobre você. Entendeu? Agora me conte.

Nós duas já passamos por isso antes. Faz tempo que não acontece, não assim, mas minha mãe assume o papel como se fosse natural. Ela é bem treinada.

— Tesoura — sussurro, abaixando a cabeça, me sentindo suja, doente e humilhada.

Odeio contar esses pensamentos horríveis para ela, mas odeio a espiral de pensamento ainda mais, e essa é minha saída. Também sou bem treinada.

— As rosas. O cabelo da Olivia e... Paige...

Minha mãe não me obriga a terminar. Ela me abraça e seguro sua camiseta, soluçando no seu ombro, pedindo desculpas.

— Você não tem que se desculpar. — Ela se afasta e beija minha testa. — Agora espere aqui. Já volto.

— Não, por favor! — imploro, mas sei que ela não vai ouvir.

Ela está fazendo o que tem que fazer. Enfio minhas unhas na nuca três vezes, de novo e de novo até ela voltar. Quando levanto o olhar, ela está agachada na minha frente de novo, segurando a tesoura na palma da mão.

— Pegue, por favor.

Não quero tocá-la, mas não tenho escolha. A ponta do meu dedo encontra o metal gelado e eu a deslizo pela lâmina, de leve, devagar, só na superfície. Quando sinto o cabo, encaixo os dedos nos buracos. O cabelo da minha mãe está pendurado na minha frente.

Eu posso cortar. Mas nunca faria isso.

— Isso. É só uma tesoura. Ela acionou alguns pensamentos assustadores, mas você não vai agir desse jeito porque *você*,

Samantha McAllister, é uma boa pessoa. — A voz dela soa mais próxima agora.

Largo a tesoura no chão e a empurro com força para afastá-la o máximo possível. Abraço minha mãe bem forte, esperando que essa seja a última vez que a gente passe por isso, mas sabendo que não será. Os ataques de ansiedade são como terremotos. Fico sempre aliviada quando o chão para de tremer, mas sei que um dia outro virá e que, de novo, me pegará de surpresa.

— O que vou contar para elas?

Minhas amigas não podem saber do meu TOC ou dos pensamentos descontrolados e debilitantes porque elas são normais. E perfeitas. Elas têm orgulho de serem normais e perfeitas e *nunca* podem descobrir o quão distante estou disso.

— A Paige está cuidando das rosas por você. As garotas acham que você veio me ajudar com alguma coisa na cozinha. — Ela me entrega um pano de prato para eu secar o rosto. — Suba quando estiver pronta.

Fico sentada sozinha um bom tempo, respirando fundo. Ainda não consigo olhar para a tesoura do outro lado do chão da cozinha e tenho quase certeza de que minha mãe vai esconder os objetos cortantes pelos próximos dias, mas estou bem.

Mesmo assim, ouço um pensamento escondido nos cantos mais escuros da minha mente. Ele não ataca como os outros, mas é aterrorizante de um jeito diferente. Porque é aquele que nunca vai embora. E é o que mais me assusta.

E se eu for louca?

agora

qualquer outra coisa

Raia número três. É sempre a raia número três. Meus treinadores acham engraçado. Diferente. Uma *superstição*, que nem como não lavar as meias da sorte ou deixar a barba crescer durante uma competição. É perfeito. É tudo que quero que eles saibam.

Subo no bloco e me inclino para a frente, sacudindo os braços e as pernas. Apertando bem meus dedos do pé na beira, olho para a água e esfrego os dois polegares três vezes na fita áspera do bloco.

— Nadadores, a suas marcas.

A voz do treinador Kevin ecoa nas paredes do clube do outro lado da piscina e, quando ele sopra o apito, meu corpo reage automaticamente. Palma cobrindo a mão, meus cotovelos travam quando colo os braços nas orelhas e me jogo para a frente, me alongando, me esticando, mantendo a posição até meus dedos cortarem a superfície.

Então, por dez segundos de paz, não ouço som algum, exceto pela água ao meu redor.

Bato as pernas com força e começo a música. A primeira que me vem à cabeça tem um andamento animado e uma letra chiclete, então começo meu nado borboleta, jogando os braços perfeitamente sincronizada com o ritmo. Pernas, pernas, braços. Pernas, pernas, braços. Um, dois, três. De repente, toco o outro lado da piscina, faço uma curva fechada e me propulsiono da parede. Não olho para cima, nem para os lados. Como o treinador diz, agora, neste momento da corrida, só você importa.

Depois de alguns segundos submersa, tenho que tirar a cabeça da água um pouco, e quando o faço consigo ouvir os treinadores gritando para levantarmos os queixos ou abaixarmos os quadris, para esticarmos as pernas ou arquearmos as costas. Não ouço meu nome, mas presto atenção mesmo assim. Hoje, tudo parece estar certo. E pareço estar certa. E rápida. Aumento o ritmo da música e acelero nas últimas braçadas. Quando meus dedos encostam na beira da piscina, levanto-me e dou uma olhada no relógio. Bati meu recorde por quatro décimos de segundo.

Estou ofegante quando Cassidy me cumprimenta da raia ao lado e diz:

— Eita... você vai acabar comigo na competição do fim de semana.

Ela ganhou a competição distrital três anos seguidos. Nunca vou ganhar e sei que ela está só sendo legal, mas gosto de ouvi-la dizer isso mesmo assim.

O apito soa de novo e alguém salta do bloco acima de mim, indicando minha vez de sair. Saio da piscina e arranco a touca, procurando minha toalha.

— Uau! De onde veio aquilo?

Quando levanto o olhar, estou cara a cara com Brandon. Ou, mais precisamente, cara a *peito* com Brandon. Eu me forço a olhar para o alto, passando pela camiseta branca fina até chegar aos olhos, mesmo que a tentação de ver como o short cai em seus quadris seja quase irresistível.

Durante meu primeiro verão no clube, Brandon era só um colega mais velho absurdamente rápido no nado livre que sempre ganhava o máximo de pontos em competições e ensinava as criancinhas a nadar. Mas, nos últimos dois verões, ele voltou da faculdade como um treinador júnior – meu treinador –, o que o torna inteiramente inacessível. E ainda mais gato.

— Obrigada — digo, ainda tentando recuperar a respiração.

— Acho que só encontrei um bom ritmo.

Brandon mostra os dentes perfeitos, marcando ainda mais as ruguinhas perto dos olhos.

— Faz isso de novo na competição distrital, por favor?

Tento pensar em uma réplica engraçada, que vá fazê-lo continuar sorrindo assim, mas em vez disso minhas bochechas queimam enquanto ele me olha, esperando que eu responda. Olho para o chão, frustrada com minha falta de criatividade, enquanto vejo a água escorrer do meu maiô, formando uma poça sob meus pés.

Brandon deve seguir meu olhar, porque, de repente, gesticula para a fileira de toalhas penduradas na parede atrás dele e diz:

— Espera aqui. Fica parada.

Alguns segundos depois, ele volta.

— Aqui.

Ele enrola uma toalha nos meus ombros e a puxa de um lado para outro algumas vezes. Espero que solte as pontas, mas ele não solta. Olho para seu rosto e noto que está me olhando de volta.

Como se... talvez ele quisesse me beijar. Sei que estou olhando como se quisesse também, porque quero. Só penso nisso.

Ele ainda está me olhando nos olhos, mas sei que nunca tomará a iniciativa, então dou um passo corajoso para a frente, depois outro e, sem pensar demais no que estou fazendo, grudo meu maiô encharcado na camiseta branca, sentindo a água tocar a pele dele.

Ele ofega e segura as pontas da toalha com mais força, me puxando para mais perto. Minhas mãos sobem do seu quadril para as suas costas e sinto os músculos tensionando sob minhas palmas quando ele abaixa a cabeça e me beija. Com força. E puxa minha toalha de novo.

A boca dele é quente e ele a abre um pouco, e, meu Deus do céu, está finalmente acontecendo. Mesmo que tenha gente por todos os lados e eu não pare de ouvir apitos e treinadores gritando, não ligo, porque agora só quero...

— Sam? Tudo bem?

Pisco rápido e sacudo a cabeça quando Brandon solta a toalha, que sinto cair na lateral.

— Aonde você foi, menina?

Ele ainda está a dois passos de distância e nem um pouco molhado. E não sou uma menina. Tenho dezesseis anos. Ele só tem dezenove. Não é tão diferente. Ajeita o boné e abre aquele sorriso ridiculamente fofo.

— Achei que tinha te perdido por um segundo — continua.

— Não.

Foi o oposto de me perder. Meu peito parece pesado enquanto a fantasia flutua e desaparece.

— Estava só pensando — digo.

— Aposto que sei o que era.

— Sabe?

— Sei. E não precisa se preocupar. Se você se esforçar *assim* na competição distrital e continuar nadando ao longo do ano, vai conseguir qualquer bolsa de estudos para a faculdade.

Ele começa a dizer outra coisa, mas o treinador Kevin grita para todo mundo se alinhar na parede. Brandon me dá um tapinha amigável no ombro. Um tapinha de treinador.

— Sei como você quer isso, Sam.

— Mais do que você imagina.

Ele ainda está a dois passos de distância. Imagino o que aconteceria se eu *realmente* abrisse a toalha e o abraçasse.

— Sam. Parede! — grita o treinador Kevin.

Ele aponta para o resto do time, já agrupado e me encarando. Eu me encolho ao lado de Cassidy, e quando o treinador se afasta, ela me cutuca com o cotovelo e sussurra:

— Tá, aquilo foi fofo. Com a toalha.

— Não foi?

Olho para ela com surpresa. No começo do verão, Cassidy tinha chamado ele de "Treinador Paquera", mas nas últimas semanas ela ficou cada vez mais irritada comigo por não desistir.

— Eu disse que foi fofo, não que tem significado.

— Talvez tenha.

— Sam. Querida. Não tem. Ele pegou a sua toalha e te secou um pouco. Só isso. Porque ele tem namorada. Na faculdade.

— E daí?

Eu me inclino para a frente, tentando não mostrar que estou procurando por ele, que está perto do escritório, tomando refrigerante e conversando com um salva-vidas.

— E daí que ele tem namorada. Na *faculdade* — repete ela, destacando a última palavra. — Ele fala dela o tempo todo e é óbvio para todo mundo, exceto você, que está totalmente apaixonado.

— Ai.

— Desculpe. Foi necessário. — Cassidy prende o cabelo ruivo comprido em um coque bagunçado no alto da cabeça e segura meu braço com as mãos. — Não estou te dizendo nada que você já não saiba. — Ela se aproxima mais. — Olha só, Sam — diz, indicando a longa fila dos nossos colegas. — Tem muitas outras opções nesse clube de natação particular e elegante.

Olho ao redor e vejo garotos de sungas justas com barrigas de tanquinho e braços musculosos, a pele bronzeada pelo sol do norte da Califórnia, os corpos magros e fortes depois de três meses na água, mas nenhum deles chega perto de ser tão perfeito quanto Brandon. Mesmo que eu achasse qualquer um deles vagamente atraente, é tarde demais. O verão já está quase acabando.

Cassidy inclina a cabeça para o lado, fazendo um biquinho dramático. Ela encosta o dedo no meu nariz e suspira.

— O que farei sem você, Sam?

Minha barriga dá um nó quando ela coloca em palavras um pensamento que me assombra desde o primeiro dia de agosto. Como todos os meus amigos de férias, Cassidy nunca me conheceu fora da piscina. Ela não faz ideia de quem sou quando não estou aqui, então não sabe como está errada.

— Você vai ficar bem — digo, porque é verdade.

Já eu? Não tenho tanta certeza.

Minha psiquiatra acertou em cheio em junho, quando eu praticamente flutuei até o consultório dela e anunciei que tinha feito minha última prova. Ela andou até o minibar, serviu sidra sem álcool em duas taças de champanhe e brindou pelo retorno da Sam do Verão.

Entretanto, isso está chegando ao fim. Em duas semanas, voltarei para a escola, Cassidy retornará para Los Angeles e Brandon voltará para a faculdade. Sentirei saudade deles e dos meus mergulhos matutinos na raia número três.

Serei Samantha de novo. E, mais do que qualquer outra coisa, sentirei saudade de Sam.

nós cinco juntas

— Você está linda — diz minha mãe quando entro na cozinha.

— Melhor estar mesmo. Passei a última hora me arrumando para o primeiro dia de aula. Deixei o cabelo solto e alisei com chapinha. Vesti uma blusa transparente sobre uma regata branca, calça jeans justa e as sandálias de plataforma que implorei para minha mãe comprar. Delineei os olhos, contornei os lábios e cobri com base as espinhas de estresse no queixo.

— Obrigada.

Dou um abraço apertado nela, esperando que saiba que não estou agradecendo só pelo elogio. É por tudo que ela fez por mim no verão. Por ir a todas as competições de natação e torcer tanto que fica rouca todo domingo. É por todas as conversas tarde da noite, especialmente na semana passada, quando Cassidy voltou para Los Angeles, Brandon retornou para a faculdade e o primeiro dia de aula começou a pairar no horizonte como uma nuvem de tempestade.

Ela está mostrando o sorriso encorajador que sempre abre quando sabe que estou nervosa.

— Para de me olhar assim, por favor — digo, lutando contra a vontade de revirar os olhos. — Estou bem. Sério.

Meu telefone apita e tiro-o do bolso para checar a tela.

— A Alexis quer uma carona para a escola.

— Por quê? — pergunta minha mãe, enchendo um pote de cereal para Paige. — Ela sabe que é contra a lei dirigir com passageiros no primeiro ano de carteira.

Claro que Alexis conhece a lei, só ficaria surpresa por eu segui-la, já que quase ninguém segue.

Respondo a mensagem, dizendo que não posso dar carona porque perderia o carro se meus pais soubessem. Clico em ENVIAR e viro o telefone para minha mãe ler a tela. Ela concorda com a cabeça.

Coloco o celular de volta no bolso e pego minha mochila.

— Tenha um bom dia no sexto ano — digo para Paige enquanto ela mastiga uma colherada enorme de cereal.

Andando para a garagem, ainda estou conversando por mensagem com Alexis, que implora para que eu mude de ideia. Finalmente largo o telefone no carro ao sair da garagem, encerrando a discussão sem contar o motivo real para eu não dar carona hoje. Ou no futuro próximo.

No começo do mês, quando fiz dezesseis anos, meu pai me levou para tirar a carteira, e quando voltamos para casa algumas horas depois tinha um Honda Civic usado estacionado na nossa garagem. Foi inteiramente inesperado e significou muito mais do que um transporte para mim. Significava que minha mãe, meu pai e minha psiquiatra achavam que eu daria conta.

Estava morta de vontade de exibir meu carro novo, mas Alexis, Kaitlyn, Olivia e Hailey estavam todas viajando com as respectivas famílias e Cassidy estava de castigo, então acabei dirigindo sozinha a tarde toda, ouvindo música e sentindo o volante em minhas mãos. De vez em quando, eu olhava para o hodômetro, fascinada pelos números mudando. Sentia uma emoção estranha sempre que o último dígito atingia o número três.

Quando finalmente entrei na garagem à noite, o último dígito estava parado no seis, então saí de novo e dei algumas voltas no quarteirão até o hodômetro parar onde devia. E agora preciso fazer isso sempre que estaciono. Não posso contar meu segredo para Alexis ou para o resto das minhas amigas, então fico feliz de ter a lei como desculpa para dirigir sozinha.

Chegando ao estacionamento dos alunos, o hodômetro está no nove, então preciso dirigir até o outro lado, perto da quadra de tênis, para estacionar no três. Quando desligo o carro, meu estômago dá um pulo violento e minha boca está seca, então fico sentada por um minuto, respirando fundo.

É um novo ano. Um novo começo.

A ansiedade diminui conforme ando pelo campus. Avery Peterson grita quando me vê. Nos abraçamos e prometemos conversar depois, então ela volta a segurar a mão de Dylan O'Keefe.

Ele foi minha obsessão pelos primeiros três meses do nono ano, começando quando me chamou para o baile de volta às aulas e acabando quando Nick Adler me beijou na festa de Ano-Novo uns meses depois e o substituiu.

Alguns passos depois, vejo Tyler Riola sentado com os amigos do time de lacrosse na mesa do outro lado do pátio. Ele recebeu a minha atenção completa na primeira parte do primeiro ano, até eu começar a namorar Kurt Frasier, o único cara que não foi uma obsessão unilateral. Eu gostava de Kurt. Muito. Ele até gostava de mim também, pelo menos por uns meses.

Kurt foi difícil de superar, mas Brandon finalmente virou prioridade na minha mente quando começou o verão. Imagino ele de sunga e, virando a esquina, me pergunto o que está fazendo agora.

Paro de repente. Não pode ser meu armário. A porta está embrulhada com papel azul e tem um laço prateado gigante amarrado no meio. Passo a mão pelo papel. Não acredito que elas fizeram isso.

Viro-me bem em tempo de ver a multidão se abrir para deixar Alexis passar. Como de costume, ela parece ter acabado de sair da capa da *Teen Vogue*, com o cabelo longo e loiro, os olhos verdes brilhantes e a pele perfeita. Consigo ouvir os saltos batendo no concreto enquanto o vestido de marca balança a cada passo. Ela está segurando um bolinho com cobertura roxa e branca.

Kaitlyn está à direita dela, igualmente linda, mas de um jeito diferente. Ela é linda-exótica. Linda-sexy. Está usando uma blusa justa de alcinha e o cabelo escuro e ondulado cobre os ombros nus.

Hailey se separa do grupo e corre na minha direção com os braços abertos. Ela me abraça com força e diz:

— Meu Deus, você não faz ideia de como senti saudades nas férias!

Abraço-a com força e digo que também senti saudades. Ela está espetacular, ainda bronzeada pelo verão na Espanha.

Olivia está próxima agora, então pego com as mãos mechas do seu cabelo recém-pintado de preto.

— Sério, está combinando demais com você! — digo.

Ela faz uma pose e responde:

— Está, né?

Conforme minhas amigas se juntam, todas as pessoas ao nosso redor param o que estão fazendo para se aproximar. Porque é isso que acontece quando as Oito Doidas fazem *qualquer coisa*. As pessoas observam.

Começamos a nos chamar assim no jardim de infância e acabou pegando. Éramos oito até o nono ano, quando a família da Ella se mudou para San Diego e Hannah foi para uma escola particular. Ano passado, Sarah conseguiu o papel principal na peça da escola e começou a andar com os amigos do teatro. Então sobramos nós cinco.

Foi assim que comecei a reparar que amizades em números ímpares são complicadas. Oito era bom. Seis era bom. Mas cinco? Cinco é ruim, porque alguém sempre sobra. Em geral, sou eu.

— Feliz aniversário, lindona! — diz Alexis, pulando no lugar ao me dar o bolinho.

O sorriso no meu rosto fica ainda maior.

— Meu aniversário foi duas semanas atrás.

— Verdade, mas estávamos todas falando sobre como é um saco fazer aniversário nas férias. A gente nem conseguiu comemorar com você.

Estou surpresa que Alexis não tenha mencionado nada antes. Eu a encontrei duas vezes na semana passada e nas duas vezes falamos sobre o dia de spa que a mãe dela está planejando e o conversível novo que *ela* vai ganhar de aniversário.

— Isso é perfeito, meninas — digo, levantando o bolinho e apontando para o laço no meu armário. — Sério. Obrigada.

Há um coro de "De nada" e "A gente te ama". Então Alexis se aproxima.

— Ei — sussurra ela. — Desculpe pelas mensagens mais cedo, mas preciso conversar com você e preferia que fosse em particular.

— O que aconteceu?

Tento fazer minha voz soar leve, mas no segundo que ela disse "preciso conversar", meu estômago voltou para o nó apertado que estou tentando soltar desde o estacionamento. Essas palavras nunca são coisa boa.

— A gente conversa no almoço — diz ela.

Logo quando eu estava começando a achar esse o melhor primeiro dia de aula de todos, agora vou ficar apavorada até a hora do almoço.

Kaitlyn se aproxima para me abraçar.

— Você está tremendo? — pergunta. *Respire. Respire. Respire.*

— Acho que tomei café demais hoje. — O primeiro sinal toca, e eu me viro para o armário e começo a girar o cadeado com os dedos tremendo. — A gente se vê depois.

Quando as Oito se dispersam, o resto da multidão segue para o primeiro tempo de aula. Apoio o bolinho na prateleira vazia e agarro a porta para me acalmar.

Coladas na parte de dentro da porta do armário, vejo todas as fotos e lembrancinhas que guardei ao longo dos últimos dois anos. Há fotos de nós cinco vestindo as cores da escola para a semana do espírito escolar e de nós quatro ao redor de Kaitlyn quando ela ganhou o título de princesa do baile ano passado. Há uma cópia da multa que recebemos por excesso de barulho quando os pais da Alexis viajaram no Halloween e nós demos uma festa enorme que foi assunto por meses. Espalhados, cobrindo qualquer resto de tinta, estão meus ingressos. É uma coleção eclética e impressionante: vai de bandas que ninguém conhece a artistas como Beyoncé, Lady Gaga e Justin Timberlake, graças ao pai da Olivia, que é dono de uma gravadora independente e sempre arranja ingressos VIP.

Uso o espelhinho para checar minha maquiagem e sussurro:

— Não. Surta.

Então fecho a porta e olho para o papel de embrulho mais uma vez, passando a mão de leve pela superfície, tocando o laço de fita prateado com o polegar.

— Isso foi bem legal.

A voz é tão fraca que primeiro me pergunto se estou ouvindo coisas. Viro-me para ver quem falou, mas uma porta de armário está bloqueando o rosto dela.

— Desculpe, quê?

Espero que ela não tenha me visto acariciando pateticamente o laço.

— Você tem amigas bem legais.

Ela fecha a porta e se aproxima de mim, apontando para o papel de embrulho. Quase respondo "Nem sempre", mas me contenho. É um novo ano. Um novo começo. E hoje tenho mesmo amigas bem legais.

— Como elas abriram seu armário?

— Todas sabem o código. É uma espécie de tradição de aniversário. Embrulhamos os armários desde o primário. É a segunda vez que elas embrulham o meu, mas, sabe, foram aniversários importantes. Treze e agora... — Toco o laço prateado de novo. — Dezesseis.

Por que estou contando isso?

Olho ao redor, notando que os corredores agora estão vazios.

— Desculpe. Eu te conheço?

— Parece que não. — Ela aponta para o fim do corredor. — Meu armário é aquele desde o nono ano, mas a gente nunca se conheceu oficialmente. Meu nome é Caroline Madsen.

Presto atenção nela, começando pelos pés. Botas de caminhada marrons. Calça jeans larga e desbotada. Uma camisa de flanela desabotoada que poderia ser considerada legal se fosse do namorado dela, mas tenho quase certeza de que não é o caso. Por baixo, uma camiseta do Scooby-Doo, que me faz rir por dentro. Continuo até o rosto. Nenhuma maquiagem. Um gorro roxo e branco, mesmo que seja agosto. Na Califórnia.

— Samantha McAllister.

O último sinal toca, indicando que estamos as duas oficialmente atrasadas no primeiro dia de aula.

Ela puxa a manga da camisa, revelando um relógio de pulso velho e gasto.

— É melhor irmos para a aula. Foi um prazer te conhecer, Sam.

Sam.

Ano passado, pedi para as Oito me chamarem de Sam. Kaitlyn riu e disse que era o nome do cachorro dela, Olivia disse que era um nome de homem e Alexis declarou que nunca, *nunquinha*, seria chamada de Alex.

Vejo Caroline virar a esquina e é tarde demais para corrigi-la.

deve manter segredo

Estamos almoçando debaixo da árvore de costume no pátio quando Alexis suspira de forma dramática, apoia as mãos no chão e se inclina para dentro do círculo.

— Não aguento mais. Preciso contar uma coisa para vocês.

Kaitlyn apoia a mão nas costas de Alexis, para oferecer segurança silenciosa.

— É sobre o meu aniversário no fim de semana — diz Alexis, e todas nós nos aproximamos. — Faz meses que estamos planejando ir para esse spa incrível em Napa, né? Enfim, acho que minha mãe devia ter agendado antes, porque quando ela ligou duas semanas atrás disseram que tinha um casamento marcado para o fim de semana e estava tudo lotado. — Ela suspira com exagero. — Ela só conseguiu três vagas.

— Tudo bem. Vamos para outro spa — diz Olivia.

— Foi o que sugeri. Mas minha mãe disse que ligou para todos os lugares de luxo e nenhum consegue encaixar a gente tão em cima da hora. Além do mais, esse é o preferido dela, que ela sempre usa para ocasiões especiais e sempre quis me mostrar.

— A gente não pode ir domingo? Ou semana que vem? — pergunto.

Alexis olha para mim e franze as sobrancelhas.

— Meu aniversário é sábado, Samantha.

Ela inspira profundamente e tira dois envelopes da bolsa. Entrega um para Kaitlyn e outro para Olivia.

— Pensei nisso sem parar na semana passada e finalmente decidi que era justo escolher as duas pessoas que conheço faz mais tempo.

— Você conhece todas nós desde o jardim de infância — diz Hailey, refletindo o que tenho certeza de que estamos todas pensando.

— Verdade, mas nossas mães — retruca ela, indicando Kaitlyn e Olivia — se conheciam quando estávamos na creche.

As duas concordam como se isso explicasse tudo. Então, elas têm a audácia de abrir os envelopes na nossa frente.

De novo, Hailey fala em nome das rejeitadas:

— A Samantha agora tem um carro. Talvez a gente possa encontrar vocês para almoçar?

A expressão suplicante de Hailey chega a me fazer considerar por um momento. Mas minha mãe e meu pai nunca deixariam. Mesmo se deixassem, o que aconteceria quando chegássemos ao restaurante? Posso levar dez minutos para estacionar corretamente. E se tiver manobrista?

Não posso dirigir.

— Pensei nisso — diz Alexis. — Mas ela não pode dirigir com passageiros. Né, Samantha?

Meu rosto fica mais quente quanto mais elas me encaram. Sacudo a cabeça. Alexis olha ao redor do círculo, jogando a culpa em mim usando só os olhos.

Os pensamentos começam a surgir, esbarrando na fita de segurança que cerca meu cérebro, criando estratégias e se preparando para invadir. Eu os mantenho a distância, me dizendo todas as coisas certas, repetindo os mantras, respirando fundo, contando devagar.

Um. Respire.
Dois. Respire.
Três. Respire.

Não funciona. Meu rosto está queimando, minhas mãos estão suando, minha respiração está ofegante e preciso sair daqui. Rápido.

Tiro o telefone do bolso, fingindo ter recebido uma mensagem.

— Tenho que ir. Minha dupla de ciências precisa das minhas anotações da aula.

Guardo meu sanduíche intocado, esperando que ninguém pergunte sobre a dupla de ciências que não tenho.

— Você não ficou chateada, né? — pergunta Alexis com doçura.

Mordo meu lábio três vezes antes de fazer contato visual.

— Claro que não. A gente entende, né? — dirijo a pergunta a Hailey, a reconhecendo como minha aliada, nós duas nos degraus mais baixos da pirâmede social de Alexis.

Então começo a andar o mais devagar possível, ignorando o fato de que cada músculo do meu corpo quer correr.

Quando sinto o primeiro sinal de um ataque de pânico, preciso ir a um lugar quieto com pouca luz, onde posso ficar sozinha e controlar meus pensamentos. Minha psiquiatra marcou essas instruções na minha cabeça de tal jeito que elas viraram instinto, mas em vez disso só dobro a esquina e paro, apoiada no prédio de ciências, cobrindo o rosto com as mãos, como se pudesse atingir o mesmo efeito bloqueando o brilho do sol. Finalmente, começo a andar pelo campus e deixo o caminho me levar a qualquer lugar.

Ele me leva ao teatro.

Já estive aqui para o show de talentos anual, a apresentação da banda, as peças... basicamente todos os eventos dos quais somos forçados a participar porque acontecem no horário da aula. Nós cinco sempre ignoramos os lugares marcados e nos sentamos juntas no fundo, rindo e fazendo piada com as pessoas no palco, até um dos professores cansar de dar bronca e nos mandar embora, como se fosse uma punição. Sentamos na grama, conversando e rindo, até todo mundo que teve que ficar e ver a apresentação inteira sair.

Eu me encolho em uma cadeira no centro da primeira fila, porque é onde está mais escuro, e já estou me sentindo mais calma, apesar de Alexis ter acabado de classificar as melhores amigas e me deixar no último lugar. Pelo lado bom, não tenho mais que gastar tanto tempo me perguntando qual é minha posição.

O sinal toca, e estou prestes a me levantar e ir para a aula quando ouço vozes. Eu me abaixo mais, vendo um grupo de gente atravessar o palco, conversando em cochichos. Uma voz de homem diz:

— Até quinta!

A última pessoa surge de trás da cortina. Ela está prestes a desaparecer do outro lado quando para e dá alguns passos deliberados para trás. Com as mãos no quadril, ela olha para a plateia e me vê na primeira fila.

— Oi.

Ela se aproxima e se senta na beira do palco, com as pernas penduradas.

Aperto os olhos para enxergar melhor no escuro.

— Caroline? — pergunto.

— Uau. Você se lembrou do meu nome — diz ela, pulando do palco e se jogando na cadeira à minha direita. — Estou meio surpresa.

— Por quê?

— Não sei. Acho que supus que você fosse o tipo de pessoa para quem eu teria que me apresentar mais de uma vez até fazer efeito.

— Caroline Madsen — digo, provando que me lembrei até do sobrenome.

Ela parece impressionada.

— Você viu o resto da galera? — pergunta, apontando para o palco vazio.

— Acho que sim. Vi um monte de gente andando. Por quê?

Ela faz uma careta.

— Nada. Só pra saber.

Agora fiquei curiosa. Além disso, é uma ótima distração.

— Quem eram? De onde vocês estavam vindo?

— Lugar nenhum. A gente só estava... dando uma olhada.

Começo a insistir por mais detalhes, mas antes que eu possa dizer qualquer coisa ela se inclina, parando a alguns centímetros do meu rosto.

— Você estava chorando?

Afundo mais na cadeira.

— Problema com um garoto? — pergunta.

— Não.

— Problema com uma garota? — pergunta, me olhando de soslaio.

— Não. Não desse jeito. Mas, bem... na real, é, por aí.

— Deixa eu adivinhar. — Ela bate na têmpora com um dedo. — As suas melhores amigas, que embrulham armários, na verdade são piranhas manipuladoras?

Olho para ela sob meus cílios.

— Às vezes. É óbvio assim?

— Dá para descobrir muita informação na distância de alguns armários. — Ela senta mais para trás na cadeira e afunda, esticando as pernas para a frente e cruzando os tornozelos, imitando minha postura exatamente. — Sabe do que você precisa?

— Não respondo, mas depois de uma longa pausa ela continua:

— Amigos melhores.

— Engraçado. Minha psiquiatra diz isso faz anos.

Assim que solto essa frase, prendo a respiração. Ninguém fora da minha família sabe da minha psiquiatra. Ela não é meu maior segredo, mas está bem no alto da lista. Olho para Caroline esperando uma reação, um comentário sarcástico ou um olhar de pena.

— Por que você frequenta uma psiquiatra? — pergunta, como se não fosse nada de mais.

Aparentemente não estou guardando segredos dela, porque palavras começam a escapar por conta própria.

— TOC. Sou mais obsessiva do que compulsiva, então a maior parte do "transtorno" é dentro da minha cabeça. Fica bem fácil de esconder. Ninguém sabe.

Não acredito que estou dizendo isso em voz alta.

Ela está olhando para mim como se estivesse realmente interessada, então continuo falando:

— Mas fico obcecada com várias coisas, tipo garotos e minhas amigas e uns troços totalmente aleatórios... Eu meio que me agarro em um pensamento e não consigo soltar. Às vezes os pensamentos vêm correndo e causam um ataque de ansiedade. Ah, e tenho um negócio com o número três. Conto muito. Meio que tenho que fazer as coisas três vezes.

— Por que três?

Sacudo a cabeça devagar.

— Não faço ideia.

— Isso parece bem horrível, Sam.

Sam.

Caroline está olhando para mim como se fosse tudo inteiramente fascinante. Ela se inclina para a frente, apoiando os cotovelos nos joelhos, exatamente como minha psiquiatra faz quando quer que eu continue a falar. Então continuo:

— Não consigo desligar os pensamentos, por isso mal durmo. Sem remédios, não descanso mais do que três ou quatro horas por noite. É assim desde os meus dez anos.

Agora tem um toque de empatia no olhar dela. Não quero que sinta pena de mim.

— Está tudo bem. Eu tomo remédios ansiolíticos. E sei controlar os ataques de pânico.

Pelo menos acho que sei. Tem sido um pouco mais difícil desde o impulso bizarro de cortar as flores no Dia dos Namorados.

— Comecei a frequentar uma psiquiatra aos treze anos — diz Caroline, com tranquilidade. Depois de uma longa pausa, ela continua: — Depressão.

— Sério? — pergunto, apoiando o cotovelo no braço da cadeira entre nós.

— Tentamos antidepressivos diferentes ao longo dos anos, mas... não sei... às vezes parece estar piorando, não melhorando.

— Também tomei antidepressivos por um tempo. É tão estranho me ouvir admitir isso. Nunca falei com ninguém da minha idade sobre o assunto.

Caroline reclina na cadeira e sorri. Ela fica bonita sorrindo. Ficaria ainda melhor se usasse um pouco de maquiagem.

Aposto que posso ajudar.

Não tenho mais planos para um spa de luxo com minhas quatro melhores amigas no fim de semana. E também nenhum outro plano.

— Ei, o que você vai fazer sábado à noite?

Ela franze o nariz.

— Não sei. Nada. Por quê?

— Quer ir lá pra casa? A gente pode ver um filme, sei lá.

Talvez eu possa convencê-la a me deixar fazer uma minitransformação. Algumas luzes para dar volume para o cabelo. Um pouco de corretivo para esconder as manchinhas. Nada dramático, só um toque de cor nas bochechas, nos olhos, na boca.

Caroline tira uma caneta do bolso da calça larga.

— Eu te mando por mensagem — digo, pegando o telefone.

Ela sacode a cabeça.

— Tecnologia é uma armadilha — comenta, sacudindo a caneta. — Pode falar.

Dou o meu endereço, e ela anota na palma da mão e guarda a caneta. Então se levanta tão rápido da cadeira que dou um pulo. Anda de costas até o palco, apoia as mãos na superfície e, com um pulinho, volta a sentar na beirada. Ela se aproxima e olha ao redor.

— Eu quero te ajudar, Sam.

Espera. O quê? Ela quer *me* ajudar?

— Como assim?

— Você pode manter segredo?

Sou ótima com segredos. Minhas amigas me contam todas as fofocas, sabendo que nunca vou dizer uma palavra. Elas não fazem ideia que escondi um transtorno mental *delas* por cinco anos.

— Claro que posso — digo.

— Ótimo. Quero te mostrar uma coisa. Mas você não pode contar para ninguém. *Ninguém* mesmo. Nem sua psiquiatra.

— Mas eu conto tudo para ela.

— Isso não.

Caroline gesticula para que eu me aproxime.

— Está vendo aquele canto? — Aponta para o piano no fundo do palco. — Volte quinta-feira, logo depois que tocar o sinal do almoço, e me espere. Não diga nada para ninguém. Se esconda atrás da cortina e não saia até eu te buscar.

— Por quê?

— Porque sim. — Ela me agarra pelos ombros. — Vou te mostrar algo que vai mudar sua vida inteira.

Reviro os olhos.

— Fala sério.

— Talvez não mude. — Caroline passa as mãos para o meu rosto. — Mas, se eu estiver certa sobre você, vai mudar.

lá no fundo

O elevador já está esperando. Aperto o 7 e, porque não consigo me controlar, aperto o 7 mais duas vezes. Assim que abro a porta e entro no consultório, a cabeça de Colleen surge de trás do balcão e seu rosto inteiro se anima.

— Ah, deve ser quarta!

No começo, achava o cumprimento dela constrangedor, mas depois descobri que nunca tem outros pacientes aqui e que, mesmo se tivesse, não havia motivo para esconder. Somos todos frequentadores regulares.

— Ela está uns cinco minutinhos atrasada. Quer água? — pergunta, e aceito.

Tiro meu telefone da bolsa, coloco os fones de ouvido e boto para tocar minha playlist costumeira de sala de espera, *In the Deep*, que tem esse nome, significa "Lá no fundo", por causa da letra de uma música da Florence + the Machine. Considero minha estratégia para títulos um hobby, mesmo que a minha psiquiatra discorde. Não só ouço música como estudo as letras e, quando termino de montar uma playlist, escolho três palavras de uma das músicas, três palavras que encapsulam perfeitamente a coleção, e uso como título.

Apoio minha cabeça na parede e fecho os olhos, ignorando todos os cartazes motivacionais pendurados acima de mim. Eu me transporto mentalmente para a piscina duas semanas atrás, para o momento em que Brandon me beijou, mas não beijou, e sinto meu rosto relaxar ao viver a fantasia de novo. A boca dele era tão quente. E ele cheirava bem, cheiro de Sprite e filtro solar de coco.

— Ela pode te atender agora — diz Colleen.

O consultório de Sue não mudou em cinco anos. Os mesmos livros continuam nas mesmas estantes e os mesmos certificados continuam pendurados nas paredes cobertas pela mesma tinta bege. As mesmas fotos das mesmas crianças continuam apoiadas na mesa, suspensas no tempo como o próprio consultório.

— Oi, Sam!

Sue atravessa o cômodo para me cumprimentar. Ela é uma mulher japonesa baixinha, com cabelo grosso e preto até os ombros e está sempre impecavelmente vestida. Parece refinada e tranquila até abrir a boca.

Fazia só alguns meses que eu a consultava quando inventei o apelido "Psico-Sue". Nunca achei que fosse chamá-la assim, mas um dia escapou. Ela me perguntou de onde veio, e eu disse que achava que parecia uma frase maneira de gritar para acompanhar um golpe de judô.

Até então, não tinha parado para pensar como psiquiatras gostavam de ser chamados. Eu só tinha onze anos. Não queria ofendê-la, mas quando disse não pude voltar atrás.

Mas Sue disse que gostava do nome. E também que eu podia chamá-la de qualquer coisa. Podia até chamá-la de escrota, na cara dela ou escondido, porque com certeza eu teria vontade às vezes. Gostei dela ainda mais depois disso.

Ela se senta na cadeira à minha frente e me entrega minha "massinha de pensar". Serve para me distrair do que estou falando e me dar alguma coisa para fazer com as mãos, para eu não passar os cinquenta minutos da sessão coçando meu pescoço de três em três vezes.

— Então — começa ela, abrindo a pasta marrom de couro no colo como sempre faz. — Por onde você quer começar hoje?

Não com as Oito. Não com o spa.

— Não sei.

Queria contar sobre minha reunião secreta com Caroline amanhã, porque basicamente só pensei nisso nos últimos dois dias, mas não posso quebrar a promessa. Então penso no resto da conversa, quando nós duas falamos de medicação e terapia.

— Na verdade, eu meio que... fiz uma amiga nova essa semana.

As palavras soam tão ridículas saindo da minha boca, mas aparentemente Psico-Sue não acha, porque ela sorri como se fosse a melhor notícia que já ouviu.

— Sério? Como ela é? — pergunta.

Eu me sinto imitando o sorriso dela. Não consigo evitar. Penso em como Caroline tocou meu rosto como uma amiga antiga. Penso no olhar dela quando disse que queria me ajudar. Tudo aquilo me pegou completamente de surpresa.

— Bem, ela *não* é que nem as Oito Doidas — digo, pensando no cabelo longo e oleoso, na falta de maquiagem e nas botas pesadas. — Ela é meio esquisita, mas legal. Mal a conheço, mas já acho que ela meio que... me *entende*.

Sue abre a boca, mas levanto um dedo no ar antes que ela possa falar.

— Por favor. Não diga nada.

Ela fecha a boca.

— Isso não significa que estou largando as Oito. Você sempre fala como se fosse fácil, Sue, mas não posso só "arranjar amigas novas" — digo, fazendo aspas com as mãos nas últimas palavras.

— Elas *são* minhas amigas. Todas as garotas da minha turma *aspiram* a ser amigas delas. Além disso, elas ficariam devastadas se eu fosse embora. Especialmente a Hailey.

Ela se ajeita na cadeira e cruza as pernas, fazendo uma pose autoritária.

— Você precisa tomar as decisões que são melhores para *você*, Sam. Não para a Hailey ou para mais ninguém — diz ela, do jeito direto de sempre.

— A Sarah tomou a melhor decisão para ela e olha o que aconteceu.

Não estou pronta para ficar do outro lado do que fizemos com Sarah. Olhando feio para ela quando nos víamos no corredor, falando dela do outro lado da cantina, deixando-a de fora dos nossos planos para o fim de semana. Não me orgulho disso, mas, quando ela nos largou para ficar com os amigos de teatro, fizemos parecer que foi um ato de deslealdade.

— Ela provavelmente está bem feliz — diz Sue.

— Tenho certeza. Mas ser parte das Oito *me* faz feliz.

A amizade pode exigir terapia semanal, mas me divirto com elas. E seria *realmente* doida se me despedisse de festas todo fim de semana, garotos gatos ao nosso redor no almoço e ingressos VIP para todos os maiores shows da cidade.

— De qualquer forma, isso é um passo muito positivo, Sam. Estou feliz de te ver fazendo amigas novas.

— Amiga. Singular. Uma pessoa — corrijo, levantando um dedo. — E ninguém pode saber da Caroline.

— Por quê?

Antes que eu note o que vai acontecer, meu queixo começa a tremer. Respiro fundo para me controlar e encaro o tapete.

— Por que elas não podem saber, Sam? — repete Sue, devagar.

— Porque — as palavras saem atropeladas — se elas me expulsarem... — Não consigo terminar a frase. Aperto meu pescoço três vezes, com toda a força que consigo, mas não ajuda. — Não tenho para onde ir.

As lágrimas começam a encher meus olhos, mas luto contra elas, mordendo minha boca, me forçando a olhar para o teto. Sue deve conseguir notar como estou desconfortável, porque ela interfere e diz:

— Vamos mudar de assunto.

— Por favor — sussurro.

— Você conseguiu imprimir aquelas fotos?

— Sim.

Expiro profundamente e abro minha bolsa.

Meu pai tirou um monte de fotos durante a competição distrital e me mandou. Semana passada, mostrei para Sue. Ela passou vinte minutos mexendo no meu telefone, observando cada foto com cuidado. Depois me pediu para escolher minhas três preferidas, imprimi-las e levá-las na próxima sessão.

— Ficaram ótimas — diz ela, examinando cada uma com calma. — Me conta por que você escolheu essas três?

— Não sei — respondo, dando de ombros. — Acho que porque pareço feliz.

A expressão dela me diz que não é a resposta que estava esperando.

— Que palavra te vem à cabeça quando você vê isso? — pergunta, mostrando uma das fotos. — Uma palavra.

Cassidy está me abraçando com força; o nariz dela está franzido e a boca aberta, como se estivesse gritando. Meu pai tirou a foto logo que ganhei por um décimo de segundo, batendo o recorde dela no nado borboleta feminino. Estava com medo que ela ficasse chateada, mas não ficou.

— Amizade.

Ela me mostra outra foto. Sinto frio na barriga quando vejo Brandon apoiando uma das mãos no meu ombro e apontando para a medalha de primeiro lugar no meu pescoço com a outra. Ele comemorou sem parar. E me abraçou sem parar. O dia todo.

Sue não aprovaria a palavra "amor", mesmo que seja a primeira que me vem à cabeça, então concentro meu olhar na medalha, pensando em como ele me encorajou a avançar o verão todo, me fazendo acreditar que eu podia ser mais ágil, mais forte.

— Inspiração.

Sinto meu rosto queimar e fico aliviada quando Sue pega a última foto e diz:

— Estava torcendo para que você imprimisse esta.

Meu pai tirou com a lente teleobjetiva e dá para ver todos os detalhes do meu rosto. Estou na minha posição no bloco, segundos antes de mergulhar, e mesmo usando óculos de proteção dá para ver meus olhos claramente. Encaro a foto por muito tempo, tentando pensar em uma única palavra para descrever o que gosto tanto nela. Pareço forte. Determinada. Uma garota que diz o que pensa, não que se esconde no escuro sempre que fica magoada.

— Autoconfiança — digo, finalmente.

Sue concorda com a cabeça, um gesto orgulhoso e confiante, e sei que minha palavra foi acertada.

— Eu quero que você faça o seguinte: leve estas fotos para a escola amanhã e cole dentro do seu armário — diz ela, apontando a última com a unha perfeitamente esmaltada. — Coloque essa bem no nível do seu rosto. Olhe para ela de vez em quando ao longo do dia para se lembrar do seu objetivo este ano. Que é? — pergunta.

— Vou priorizar a natação, para conseguir uma bolsa de estudos na faculdade que quiser. Mesmo se for longe.

A parte do "longe" me faz hiperventilar. Fico enjoada só de pensar em me afastar daqui, deixar minha mãe, deixar Sue. Mas me forço a olhar para a foto, me concentrando naquela expressão forte e determinada.

Uma bolsa de estudos pela natação. Competir no nível universitário. Uma oportunidade de me reinventar.

Aquela garota parece capaz de fazer tudo isso.

— E não se esqueça — diz Sue. — Essa não é a Sam do Verão, que aparece em junho e some quando as aulas voltam. É *você*.

— É mesmo? — pergunto, olhando para a foto. Só faz duas semanas, mas já me sinto uma pessoa completamente diferente.

Sue apoia os cotovelos no joelho, me forçando a olhá-la nos olhos.

— Sim, é mesmo. E ela está aí o ano todo, prometo. Você só tem que dar um jeito de encontrá-la.

do seu lado

Na quinta de manhã, depois do primeiro sinal, espero um pouco perto do armário. Fico olhando para o fim do corredor, procurando Caroline, mas ela não aparece. Não a vi uma única vez desde que conversamos no teatro segunda. Desisto e corro para a aula.

Os últimos dias foram brutais, com as palavras de Caroline percorrendo minha cabeça em um circuito infinito. Não consigo imaginar o que ela quer me mostrar hoje ou como pode mudar minha vida. E se ela estiver *certa* sobre mim? O que isso significa?

Mal posso esperar pelo almoço. Assim que toca o sinal do quarto tempo, me levanto e atravesso correndo a sala de História dos EUA. Todo mundo vai para a cantina e para o pátio, mas saio para a direção contrária.

Quando chego às portas duplas do teatro, olho rapidamente ao redor e entro, andando direto para o piano e me escondendo, como Caroline mandou.

Não paro de olhar a hora no celular e estou começando a me perguntar se foi tudo uma piada quando ouço vozes, baixas, mas audíveis, vindo na minha direção. Fico tentada a dar um passo à frente para ver quem são, mas me encolho contra a cortina e me obrigo a ficar parada.

As vozes se afastam, e Caroline olha atrás das cortinas, faz um gesto com o dedo e sussurra:

— Me siga.

— Aonde estamos indo? — pergunto, mas ela toca a boca com o dedo, me mandando ficar quieta.

Desaparecemos nos bastidores e vejo uma porta se fechar a uns seis metros da gente. Esperamos fechar inteiramente e chegamos mais perto.

— Abre — diz ela. — Sem fazer barulho.

Ela bota as mãos no quadril e leio o que está escrito na camiseta: TODO MUNDO ME ODEIA PORQUE SOU PARANOICA.

Giro a maçaneta com o maior cuidado possível e logo vejo uma escada estreita e íngreme. Meu primeiro instinto é fechar a porta e dar meia-volta. Olho para Caroline com dúvida, e ela gesticula na direção da escada.

— Vai nessa. Pode descer.

— Descer?

Ela levanta uma sobrancelha.

— A escada não sobe, né?

Não. Não sobe.

— Aqui — diz ela. — Vou na frente.

Antes que eu possa dizer uma palavra, ela me ultrapassa e começa a descer as escadas. Como não consigo me imaginar fazendo qualquer outra coisa agora, fecho a porta e vou atrás dela.

O corredor estreito é pintado de cinza-escuro e olho para as lâmpadas no teto, me perguntando por que são tão fracas. Eu e Caroline entramos em outro corredor bem em tempo de ver a porta na outra ponta se fechando. Fico atrás dela até chegarmos lá. Isso é muito assustador.

— Que lugar é esse?

Ela ignora minha pergunta e aponta para a maçaneta.

— Tá, vou ficar do seu lado o tempo todo, mas agora é por sua conta. Você tem que falar tudo.

— Falar? Com quem? Como assim é por minha conta?

— Você vai ver.

Não quero ver. Quero ir embora. Agora.

— Isso é muito bizarro, Caroline. Não tem ninguém aqui.

Tento não parecer nervosa, mas estou. Não consigo imaginar como qualquer coisa em um porão esquisito da escola pode mudar minha vida. Minha cabeça está sobrecarregada agora, os pensamentos correndo, e sinto um ataque de pânico chegando.

O que eu estava pensando? Nem conheço ela.

Dou meia-volta e começo a ir embora.

— Sam — diz ela e paro, de repente. Caroline segura meu braço e me olha bem nos olhos. — Por favor, dê uma chance.

Algo no rosto dela me faz querer confiar, como se eu a conhecesse a vida inteira. Por mais nervosa que eu esteja, fico ainda mais curiosa para saber o que está do outro lado da porta.

— Tá bom — concordo, apertando os dentes.

Seguro a maçaneta e giro.

O cômodo do outro lado é pequeno e pintado completamente de preto. Teto preto. Chão preto. Estantes de metal cheias de produtos de limpeza cobrem três das paredes, e a outra está coberta por vassouras e esfregões pendurados.

Caroline aponta para uma série de esfregões balançando um pouquinho na parede, como se tivessem sido tocados recentemente. Puxo um para o lado, expondo uma fenda que sobe a parede até encontrar outra no alto. É uma porta. As dobradiças estão pintadas de preto, assim como a fechadura, camuflando tudo perfeitamente.

— Bata na porta — Caroline manda atrás de mim. Faço o que ela diz sem questionar, discutir ou duvidar.

Primeiro ouço um clique, então a porta se abre um pouco na minha direção e vejo olhos na abertura estreita.

— Quem é você? — sussurra uma voz de garota.

Viro-me para Caroline, mas ela me olha como se dissesse "Fala alguma coisa!", então volto-me para a garota na porta.

— Sou Samantha — digo, levantando a mão. — Quer dizer, Sam. — Por que não, penso, já que estou me apresentando e tal. — Posso entrar?

Ela olha para trás de mim, por cima do meu ombro, e Caroline sussurra:

— Ela está comigo.

A garota faz uma careta, mas abre a porta mesmo assim, dando espaço para a gente entrar. Então olha ao redor do armário de limpeza, como se estivesse verificando para ter certeza de que estamos sozinhas, e ouço a fechadura trancar de novo.

Nem tenho tempo para processar os meus arredores porque agora tem um cara na minha frente. Ele é alto e magro, com ombros largos e um cabelo cheio e loiro. Parece um pouco familiar e ainda estou tentando identificar quem é quando ele aperta os olhos e diz:

— O que você está fazendo aqui?

Olho para Caroline em busca de ajuda de novo, mas ela passa o dedo pela boca como se fechando com um zíper. Eu meio quero dar um soco nela agora.

— Sou Sam... — começo, mas ele me interrompe.

— Sei quem você é, Samantha.

Estudo o rosto dele de novo. Ele sabe meu nome. Eu não sei o dele.

— Sinto muito.

Não sei exatamente por que estou me desculpando, mas parece a coisa certa a fazer. Dou um passo para trás, me aproximando da porta, e procuro uma maçaneta, mas não encontro.

A garota que me deixou entrar entrega para ele uma corda grossa trançada, que passa pelo pescoço. Uma chave dourada pende contra o seu peito.

— Como você achou esse lugar?

— Minha amiga... — digo, indicando Caroline.

O cara olha para ela, e Caroline concorda com a cabeça. Ele volta a atenção para mim rapidamente.

— Sua amiga o quê?

Caroline deixou bem claro que não ia fazer mais nada para me ajudar agora, mas isso não significa que não posso usar as palavras dela para seguir em frente.

— Ouvi falar que esse lugar podia mudar minha vida e, bem... acho que minha vida merece uma boa mudança, por isso achei... — Abandono a frase, olhando para ele, esperando que relaxe o rosto, mas não acontece.

Ele me encara pelo que parece um minuto. Olho de volta, me recusando a ceder. Caroline deve estar ficando preocupada, porque ela segura meu braço com as mãos e chega mais perto, mostrando que está do meu lado. Ele cruza os braços e não para de me olhar.

— Tá — diz. — Você pode ficar aqui hoje, desta vez, mas é só. Depois disso, você tem que esquecer tudo sobre esse lugar, entendeu? Uma vez, Samantha.

— Entendi — afirmo. — E é Sam — acrescento.

Ele franze a testa.

— Tá. Mas isso não faz a gente ser amigo nem nada. Amigos? Minhas amigas não me chamam de Sam.

— Por que eu acharia que somos amigos? Nem te conheço.

Ele sorri, revelando uma covinha no lado esquerdo da boca.

— Não — diz, como se fosse engraçado. — Claro que você não me conhece.

Ele se afasta, sacudindo a cabeça, me deixando sozinha com Caroline no fundo do cômodo.

— O que raios foi isso? — pergunto. Minha voz está ainda mais fraca do que alguns minutos antes.

Ela me dá uma cotovelada de leve, encorajadora.

— Não se preocupe. Você mandou bem.

Agora que ele não está mais bloqueando minha vista, consigo ver onde estou. O cômodo é estreito e comprido e, como o armário, pintado inteiramente de preto. Mas o teto é duas vezes mais alto e, mesmo que escuro, não é nada claustrofóbico. Na frente, vejo uma plataforma baixa que parece ser um palco improvisado. Bem no meio, há um banquinho de madeira.

Conto outras cinco pessoas lá dentro. Estão sentadas em sofás pequenos e cadeiras grandes de frente para o palco, levemente inclinadas, cada assento coberto por um material diferente: veludo azul, couro marrom, quadriculado vermelho e cinza. Estantes baixas cercam as paredes e luminárias pequenas e diferentes estão espalhadas em intervalos iguais pelo perímetro. Eu me pergunto, nervosa, o que aconteceria se ficasse sem luz.

É então que vejo as paredes.

Giro 360 graus devagar, absorvendo tudo. As quatro paredes estão cobertas por papeizinhos de cores, formas e texturas diferentes, sobrepostos em vários ângulos. Papel pautado arrancado de cadernos com espiral. Papel branco com furo de fichário. Papel quadriculado com a ponta rasgada. Páginas amareladas com o tempo, guardanapos, adesivos, sacos de pão e até algumas embalagens de bala.

Caroline está me observando e dou alguns passos cuidadosos para a frente, para olhar melhor. Toco uma das páginas, passando a ponta entre o polegar e o indicador, e é assim que noto a caligrafia em cada uma, tão distintas quanto os papéis. Frases em cursiva elegante. Letras apertadas e angulares. Palavras precisas e retas.

Uau.

Acho que nunca experimentei essa sensação fora da piscina, mas sinto agora, até os ossos. Meus ombros relaxam. Meu coração bate mais devagar. Não vejo um único pensamento tóxico e negativo no horizonte.

— Que lugar é esse? — sussurro para Caroline, mas, antes que ela possa responder, a garota que conheci na porta aparece do nada e segura meu braço.

Ela tem cabelo escuro curtinho e está quicando no lugar como se essa fosse a coisa mais emocionante a acontecer na vida dela.

— Vem sentar comigo. Tem um lugar vazio no sofá da frente — diz, me levando até um sofá horroroso estampado de xadrez verde e rosa na primeira fila. — Faz quanto tempo que você escreve?

Pelo que parece a centésima vez hoje, viro a cabeça para Caroline. Ela está sorrindo de um jeito estranho.

— Escrevo?

— Não se preocupe — diz a garota do cabelo curtinho, apertando meu braço e me puxando para mais perto. — Sou a mais nova aqui e me lembro bem da primeira vez. Não fica com medo. Você só está aqui para ouvir.

Ela se joga em uma ponta do sofá e bate na almofada ao lado.

— Senta.

Obedeço.

— Bem, você escolheu um bom dia — comenta. — Primeiro é a Sydney, depois o AJ.

Caroline se senta do meu outro lado. Olho para ela em busca de pistas, e mais uma vez ela não diz nada.

Todo mundo fica em silêncio quando uma garota gorda, que imagino que seja Sydney, sobe no palco e empurra o banquinho com o quadril. Espera aí. Conheço ela. Estamos na mesma turma de História dos EUA.

Nunca a tinha visto antes dessa semana, mas no primeiro dia de aula ela entrou na sala usando um vestido de alcinha preto coberto de cerejas vermelhas. Parecia vintage. Mas não foi a roupa ou a autoconfiança que chamaram a minha atenção. Foi o cabelo. Longo, grosso e vermelho, que nem o de Cassidy. Já tinha passado o dia pensando nela, querendo que estivéssemos juntas na piscina, e ver aquele cabelo só me fez sentir mais saudade.

Sydney mostra a tampa de uma caixa de Chicken McNuggets.

— Escrevi isso ontem à noite no... — Ela vira o papel para mostrar os arcos do McDonald's e sacode a mão de cima para baixo, assentindo com a cabeça, orgulhosa. — A tampa não estava gordurosa dessa vez, então consegui escrever um poema inteiro — diz, e todo mundo ri do que suponho ser uma piada interna.

— Chamo esse de *Nuguetes*.

Ela vira o papel de novo e indica a palavra "Nuggets" com o dedo, então pigarreia dramaticamente.

INTRODUÇÃO
Meus dentes perfuram a pele.
Óleo, doce, escorregando pela língua
Descendo pela garganta.

DECISÕES
Barbecue ou agridoce?
Mostarda ou mel?
Fecho os olhos
Com o destino escolho.
Virar, mergulhar, levantar
Barbecue.

ESTUDO
Dourado. Brilhando sob fluorescência.
Empilhado. Arranhando pelas bordas.
Paciente. Sempre paciente.

ADMIRAÇÃO
Dourado, rosa.
Crocante, salgado.
Do que você é feito mesmo?

Todo mundo fica de pé, aplaudindo e comemorando, e Sydney puxa a saia para o lado e agradece. Então ela levanta os braços, joga a cabeça para trás e grita:

— Sim! Me passa a cola!

Um cara no outro sofá joga um bastão de cola. Ela o pega no ar, tira a tampa e, usando o banquinho de mesa, passa a cola de um lado a outro no logo do McDonald's.

Ela desce do palco, e acho que está andando na minha direção, mas passa pelo nosso sofá até chegar à parede. Todos assistimos a ela esmagar o que resta da tampa do Chicken McNuggets na parede para colar. Esfregando uma das mãos na outra, se senta no sofá atrás de mim e nossos olhares se encontram. Ela sorri. Sorrio de volta. Acho que nunca a tinha ouvido falar até agora.

Quando me viro de volta para o palco, o cara que me deixou entrar está subindo. Ele se senta no banquinho e pega o violão pendurado nas costas.

De onde conheço ele?

Sigo a corda no pescoço dele e imagino a chave dourada escondida atrás do violão.

— Escrevi essa no fim de semana passado no meu quarto. Tá, vou falar. — E pausa para efeito dramático. — Ficou uma droga.

Ele fica de pé, estende os braços e larga o violão, que fica pendurado pela correia. Gesticula para si próprio como se convidando um ataque e todo mundo ao meu redor começa a arrancar folhas de cadernos, fazer bolinhas e jogar na cara dele. Ele ri e prossegue com o gesto, pedindo silenciosamente para continuarem.

Olho para Caroline. Ela não faz contato visual comigo, então dou uma cotovelada de leve na garota do cabelo curtinho.

— Por que estão fazendo isso? — pergunto.

— É uma das regras. Você não pode criticar a poesia de ninguém, mas especialmente a sua própria — responde ela, sussurrando no meu ouvido.

Ele sobe no banquinho de novo e pega o violão. Assim que o faz, os papéis param de voar. Começa a tocar as cordas e uma melodia enche o cômodo. Só toca algumas notas, mas soam tão lindas juntas assim, de novo e de novo. Então ele começa a cantar.

Até mais, Raio Lento.
Se fosse uma fresta, seria tentador olhar.
Se fosse meu casaco em um dia sonolento,
Não saberia como foi vestido.
E vou falar.
Não sei nem começar
A te amar.

Ele não olha para o público, só para o violão, tocando as cordas. Canta mais dois versos e a voz sobe, mais alta, quando chega ao refrão. Depois de mais um verso, o ritmo desacelera e noto que a música está chegando ao fim.

Como sol na minha pele,
Você continuará na minha mente.
Então não me arrependo,
Até mais, Raio Lento.

A última nota ecoa no silêncio. Todo mundo fica quieto por um segundo, mas depois se levanta, batendo palmas, gritando e jogando mais bolas de papel na cabeça dele, que ele joga de volta. Então começam a jogar bastões de cola.

Ele consegue pegar um que quica na parede, aí faz aquele gesto de músico, empurrando o violão para as costas em um movimento fluido. Está sacudindo a cabeça como se tivesse vergonha da atenção e tira um pedaço de papel do bolso de trás da calça jeans. Ele o desdobra, alisa no banquinho e passa cola antes de sair do palco.

Anda até o outro lado do cômodo e, ainda com o papel na mão, agradece uma vez. Então levanta o braço e cola o texto no alto da parede.

Estou tentando descobrir se todo mundo está tão chocado quanto eu, mas não parece ser o caso. Ninguém mais achou incrível? Porque estão todos claramente aproveitando o momento, mas ninguém parece tão surpreso quanto eu, e tenho quase certeza de que só eu estou sentindo arrepios. Estão todos relativamente tranquilos.

Exceto Caroline.

Ela está sorrindo com o rosto inteiro e, quando voltamos a nos sentar, passa o braço pelo meu e apoia o queixo no meu ombro.

— Eu sabia — diz ela. — Eu estava certa sobre você.

Olhando ao redor do cômodo, processando os papeizinhos espalhados por todos os lados, acho que noto Caroline e a garota do cabelo curtinho se entreolhando.

— Que lugar é esse? — pergunto de novo, ouvindo a emoção na minha voz.

A garota do cabelo curtinho responde:

— A gente chama de Canto da Poesia.

um desejo incontrolável

No dia seguinte, eu os vejo onde eles sempre devem ter estado. Quando entro na sala de História dos EUA, Sydney me vê logo e nós trocamos olhares cúmplices. Mais tarde, no caminho para almoçar, passo pela garota do cabelo curtinho e ouço uma amiga chamá-la de Abigail. Reconheço uma garota no estacionamento e outra na biblioteca. Sempre que faço contato visual com alguém do grupo recebo um sorrisinho de volta, como se estivéssemos separados por uma barreira invisível, mas tivéssemos algo em comum: um segredo. Até o fim das aulas, só não encontrei uma pessoa.

Estou andando para meu carro quando, finalmente, vejo AJ caminhando na minha direção e sinto minha boca tremendo, abrindo um sorriso nervoso. Espero a mesma reação dos outros. Um aceno discreto. Um cumprimento qualquer. No entanto, ele passa por mim direto, o olhar fixo no chão. Quando estou a uma distância segura, paro e me viro, observando até ele desaparecer de vista.

Estou tentando decidir o que fazer quando Alexis aparece do nada, o salto batendo no cimento e os dedos, no celular.

— Te achei! — diz, guardando o telefone no bolso de trás da calça jeans. — Estava torcendo para te encontrar. Acabei de receber uma notícia ótima! — Ela me puxa para mais perto. — Teve um cancelamento no spa. Minha mãe conseguiu mais uma vaga.

Olho para ela de lado.

— Não entendeu? — A voz dela é aguda e ela faz uma dancinha no lugar, balançando meus braços, pulando, sorrindo e me olhando, como se esperando que eu me junte. — Você pode ir com a gente!

— E a Hailey?

Ela faz um biquinho e olha ao redor, conferindo se estamos sozinhas.

— Não... — Alonga a palavra, como se fosse uma nota musical. — Hailey não. Você.

Ela cutuca meu ombro. Agora sei exatamente onde estou na escala social dela: em penúltimo lugar. Hailey está no último e, assim que descobrir que fui convidada para o aniversário de Alexis no lugar dela, vai saber também.

— Você não faz ideia de como ando triste, Samantha. Eu me senti horrível por não te convidar. Mesmo que as nossas mães não fossem amigas na creche, eu e você éramos *melhores* amigas no jardim de infância! — Presto atenção na escolha das palavras. Não sou a melhor amiga dela agora, mas fui no jardim de infância. — Estou tão feliz que você vai. Ah, e se planeja para dormir lá em casa também.

— A Hailey também vai dormir lá? — pergunto.

O spa pode não ter espaço para nós cinco, mas o quarto enorme de Alexis não tem esse problema.

— Seria meio constrangedor, não acha? — Acho que seria melhor do que nada, mas não o digo. — Na verdade, guarda segredo, tá? Não quero magoar a Hailey.

Não. Claro que não quer.

Solto o braço da mão dela.

— Tenho que correr para o treino de natação — digo.

O rosto dela fica desanimado, mas logo se recupera, torcendo a boca em um sorriso falso e subindo a voz em uma oitava.

— Ah, tá, claro. Às nove, amanhã. A gente te busca.

Alexis vai embora na direção oposta. Parte de mim ainda sente culpa pela Hailey, mas outra parte está animada para passar o dia com minhas amigas, sendo mimada em um spa de luxo. Vai ser divertido. É legal não ficar de fora de vez em quando.

Estou no bloco, encarando a raia número três, passando meu dedo pela fita áspera três vezes, esperando o apito.

Quando toca, meu corpo responde como esperado. Dobro os joelhos, estico os braços e meus dedos atravessam a superfície da água nos segundos antes de eu sentir meu rosto encharcado. Então vem o silêncio.

Chuto com força debaixo d'água e tento começar minha música, mas nada me vem à cabeça. Quando me levanto e começo a nadar, minhas braçadas parecem desleixadas, desiguais, e quando me viro no outro lado estou pelo menos quatro braçadas atrás do resto dos nadadores. Saio da piscina e volto para o fim da fila.

Jackson Roth olha por cima do ombro para mim.

— O treinador está com um humor do cão hoje, né?

— Acho que sim.

Só resta um grupo pequeno de nadadores agora que as aulas se iniciaram. A quantidade vai continuar diminuindo conforme as atividades extracurriculares começam, os deveres de casa se acumulam e fica mais difícil encaixar treinos no clube. Estou aguardando que isso aconteça. Prefiro vir aqui à noite para nadar sob as estrelas com os adultos. Eles ficam quietos.

Aperto minhas têmporas com força, ignorando todo mundo ao meu redor, enquanto respiro e tento focar minha energia. Quando chega a minha vez, subo no bloco de novo, passo o dedo pela superfície três vezes e mergulho, esperando uma música, qualquer música, surgir.

Finalmente surge, mas não é a que eu esperava. As notas que AJ tocou no outro dia começam a ecoar na minha cabeça e, assim que chego à superfície, sei que música vai me carregar pela piscina. Acelero o ritmo e meu corpo segue até eu estar voando pela raia, empurrando a parede com força, batendo os braços, sentindo a adrenalina subir quando meu peito sai da água.

A melodia está clara na minha mente, mas não consigo me lembrar da letra. *Raio lento...* Acho que ele cantou sobre o pôr do sol. Tinha um verso sobre luz do sol na pele e outro sobre uma cerca quebrada, algo assim.

Como era o verso?

Ainda estou tentando lembrar quando entro debaixo do chuveiro para enxaguar o cloro. Estou sozinha no vestiário, então começo a cantarolar enquanto visto meu moletom e prendo o cabelo em um coque bagunçado. Dirigindo para casa, não ligo o som porque prefiro essa música a qualquer uma das minhas playlists. Além disso, preciso me lembrar da letra. Está me enlouquecendo.

É fácil ficar distraída no jantar. Paige levou advertência hoje por brigar com um professor, então tem a atenção total dos meus pais. Minha família está discutindo a distinção entre "esclarecer perguntas" e "ser grosseira" enquanto eu viajo para um lugar melhor.

Imagino aquela sala e suas paredes, cobertas de páginas de caderno e guardanapos rasgados, pedaços de saco de pão e embalagens de fast-food, e em como todo aquele caos e desordem me deu uma sensação estranha de paz. Consigo visualizar o lugar exato em que AJ colou aquelas palavras. Mas é tudo que tenho. Não posso baixar a música e ouvir sem parar, ou procurar a letra na internet para decifrá-la como normalmente faço.

Preciso voltar para aquela sala.

Estou começando a reconhecer esse comportamento como uma obsessão, mas não me incomoda. É inocente, como montar um quebra-cabeça. Minha mente certamente já inventou fixações mais perigosas.

— Tudo bem, Sam? — pergunta minha mãe.

A voz dela me traz de volta para a realidade e, quando levanto os olhos do meu prato, minha mãe, meu pai e Paige estão me encarando. Meu pai está sorrindo.

— O que foi?

— Você estava cantando — diz ele.

— Cantarolando, até — acrescenta minha mãe.

Estava?

— Chiclete — comento. — A música passou o dia grudada na minha cabeça.

— Era bem bonita — diz Paige.

Sob a mesa, onde ninguém pode ver, coço minha calça jeans três vezes.

— É, era mesmo.

✿ ✿ ✿

Estou prestes a tomar um remédio para dormir quando palavras completamente diferentes começam a tomar forma na minha mente. Sinto um desejo incontrolável de escrevê-las.

Faz anos que não penso nos cadernos, mas eles ainda estão na prateleira do alto da minha estante e me lembro exatamente do que Psico-Sue disse quando me deu. Eu devia escrever todos os dias, no caderno que combinasse melhor com o que estava sentindo: o caderno amarelo era para pensamentos positivos. O vermelho era para quando eu estivesse com raiva e precisasse desabafar. O azul era para quando eu estivesse bem. Tranquila. Nem feliz, nem com raiva. Neutra. No meio.

Abro o caderno azul primeiro e vejo a caligrafia de quando eu era muito mais nova. Segui o conselho de Sue por um tempo, mas só um quarto do caderno está cheio.

O caderno vermelho está cheio de pensamentos escritos com mais força. Minha caligrafia está diferente, mas não sei se é porque eu já era mais velha ou estava com mais raiva. Leio algumas linhas, mas paro rápido. É deprimente.

No entanto, não é tão deprimente quanto ver que o caderno amarelo está completamente vazio.

Jogo os cadernos vermelho e amarelo no chão e entro debaixo das cobertas com o azul. Com uma caneta na mão, abro na primeira página vazia, mas nada acontece.

Não sei o que escrever.

Posso escrever sobre meu TOC. Ou sobre o número três. Ou sobre espirais descontroladas de pensamento que vêm do nada, exigindo a minha atenção completa, e que me assustam quando não param. Ou sobre como estou apavorada com o aniversário de Alexis amanhã e não parece certo ter medo de passar o dia com minhas melhores amigas.

Poetas precisam de palavras. Mesmo quando encontro as certas, nunca consigo colocá-las para fora. Palavras só me servem quando estou na piscina.

A piscina. Encosto a caneta no papel e lá vou eu, escrevendo sobre a única coisa que me faz sentir saudável, feliz e... *normal*. Atravessar a superfície. Ouvir o som da água e o silêncio. Empurrar a parede de cimento com os pés, me sentindo poderosa e invencível. Amar a sensação da água no meu rosto.

Duas horas depois, ainda estou nessa, escrevendo rápido, virando páginas. Quando chego ao fim da página seguinte, olho para o relógio e noto duas coisas: passou de meia-noite e me esqueci de tomar o remédio para dormir.

Normalmente isso me preocuparia, mas hoje não. Estou exaltada demais para dormir.

Volto a escrever, enchendo o caderno azul, até finalmente pegar no sono sozinha, por volta das três da manhã.

me deixe ouvir

Estamos todas cantando com o rádio ao chegar ao spa, mas então a mãe de Alexis desliga o som do carro e ficamos todas em silêncio, olhando ao redor, absorvendo tudo. O caminho longo é ladeado por árvores verdes e cheias e roseiras claras. Quando o carro sobe uma colina íngreme e atravessa um vinhedo, abro a janela e respiro o cheiro de grama cortada e lavanda doce.

— Uau — exclama Olivia, do banco de trás.
— Sério — diz Kaitlyn.
— Eu falei — afirma Alexis.

Viro-me para a sra. Mazeur.

— Isso é incrível. Obrigada.
— Vocês vão adorar — diz ela.

Hailey também teria adorado.

Paramos em uma entrada circular com uma fonte enorme no centro. Deve ter alguma força gravitacional, porque começo a andar até ela e paro por lá, olhando para a água escorrendo da borda, ouvindo as gotas grossas caindo em pingos tranquilos no laguinho. Fecho os olhos e deixo minha boca sorrir como quer.

— Venham aqui, meninas!

A sra. Mazeur está parada atrás do carro e todas nós nos aproximamos.

— Tenho uma surpresa.

Ela abre a mala e tira de dentro uma bolsa atoalhada verde com o nome de Alexis bordado em linha branca.

— Uma para você, aniversariante.

Enquanto a mãe volta para a mala, Alexis abre a bolsa e mexe no conteúdo, tirando hidratante, creme para cutículas e esfoliante para o rosto.

— E uma para você — diz a sra. Mazeur, entregando para Olivia uma bolsa personalizada vermelha, sua cor preferida. — Roxa para você, claro, Kaitlyn.

A minha vai ser azul.

Ela fecha a mala e me abraça.

— Sinto muito, Samantha. Tentei encomendar outra ontem, mas era tarde demais.

— Tudo bem.

Sinto meu lábio começar a tremer, então mordo com força.

— Mas tenho uma surpresa ainda mais especial para você. Quero que escolha qualquer coisa na loja de lembrancinhas, ok? *Qualquer coisa* mesmo.

Ela aperta meu ombro e se afasta, indicando a porta com um gesto dramático.

— Ok, podem me seguir.

Respire. Respire. Respire.

Lá dentro, o spa tem um cheiro limpo, de pepinos e menta, e fico aliviada ao ver outra fonte no canto. Paro perto dela e coço meu pescoço três vezes, até uma mulher na recepção nos chamar, entregar robes brancos e macios e indicar armários.

Troco de roupa rápido, mando uma mensagem para minha mãe dizendo que está tudo bem e me junto ao grupo na sala de espera. Estamos bebendo água com pepino e cochichando sobre como o lugar é incrível quando ouço meu nome.

Alexis acena para mim.

— Divirta-se.

A esteticista me leva para uma sala onde está tocando uma música tranquila e zen e reclina minha cadeira.

— Você reservou a máscara de tratamento anti-idade — diz ela, com uma voz suave. — Só precisa relaxar e fechar os olhos. Se precisar de qualquer coisa, pode me dizer.

Não sei como dizer que tenho dezesseis anos e não preciso de um tratamento anti-idade, então fico quieta, mesmo quando ela começa a falar sobre os efeitos nocivos do sol. Finalmente, paro de me concentrar no erro e deixo meus pensamentos voltarem para um dos poemas que escrevi na noite anterior. Eu o repito mentalmente até os noventa minutos acabarem.

Estamos nos vestindo quando a mãe de Alexis avisa que nos atrasamos para o almoço e precisamos correr. Alguns minutos depois, estamos no carro, descendo o longo caminho e seguindo para a cidade.

Nós cinco andamos em fila única por uma entrada estreita de tijolos e subimos uma escada curta até o restaurante.

— Sabia que esse lugar fazia sucesso, mas isso tudo...

A sra. Mazeur parece surpresa ao ver o café lotado.

Enquanto esperamos pela mesa, Olivia mexe na bolsa e tira o novo hidratante para todo mundo experimentar. Alexis não consegue parar de falar sobre o conversível novo que acha que estará esperando na garagem quando voltarmos para a casa dela.

Alguns minutos depois, a recepcionista nos convida a entrar. Ela nos leva até uma mesinha com três cadeiras apertadas.

— Somos cinco — diz a mãe de Alexis.

— A reserva é para duas mesas, senhora.

— A pessoa com quem falei ontem me garantiu que as mesas seriam juntas.

A recepcionista passa a pilha de cardápios de um braço para outro e olha nervosa para o resto do restaurante.

— Tudo bem — diz a sra. Mazeur. — Você pode botar mais uma cadeira nessa mesa e eu sento sozinha na outra.

— Desculpe, senhora, mas não posso. Motivos de segurança.

Ninguém diz nada, mas depois de alguns segundos desconfortáveis sinto a sra. Mazeur passar o braço pelo meu.

— Quer me fazer companhia?

— Claro.

Mordo minha boca três vezes. Alexis parece não saber o que dizer.

— Vamos pedir duas sobremesas. Cada uma — diz a mãe dela para o grupo.

Quando a recepcionista para na nossa frente, seguimos até a outra mesa.

Um. Respire.
Dois. Respire.
Três. Respire.

Nós duas batemos papo furado por vinte minutos enquanto tento não encarar minhas amigas, que estão rindo, conversando e acenando com pena do outro lado do restaurante. Quando minha salada chega, como um pouco, constrangida. Finalmente, peço licença para ir ao banheiro e me escondo atrás de um vaso de plantas, controlando as lágrimas ao mandar mensagens para minha mãe contando sobre o meu dia não-tão-perfeito no spa. Ela deve sentir o pânico nas minhas palavras, porque, depois de algumas mensagens dizendo que não é tão grave, diz:

> Volte para casa.

Ela continua com uma sequência de mensagens:

> Estaremos na rua quando você chegar.
> Te amo.
> Você está no controle.
> Respire fundo.

Estou no controle.
Respiro fundo e volto para minha salada.

O carro para na frente da minha casa e saio o mais rápido que consigo.
Ela nunca quis que eu viesse.
Alexis me deseja melhoras. Kaitlyn e Olivia repetem o que ela diz, gritando pela janela enquanto o carro se afasta.
— Vamos sentir sua falta hoje — diz Kaitlyn.
Não, não vão.
— A gente te ama — acrescenta Olivia.
Não, não amam.
Assim que fecho a porta, as lágrimas começam a cair e os pensamentos chegam cada vez mais rápido, se atropelando, se jogando um na frente do outro, brigando pela minha atenção.

Eu não devia ter ido.

O sol está se pondo e o hall está escuro e silencioso. Escorrego para o chão e abraço meus joelhos, me deixando chorar e os pensamentos virem na velocidade que quiserem. A entrega é boa de um jeito estranho.

Uma batida na porta me faz pular.

— Um minuto! — grito, correndo para o banheiro para checar meu rosto. O rímel que passei cuidadosamente no spa está por todos os lados, *exceto* nos meus cílios, e todo o meu rosto se encontra vermelho e inchado. Me arrumo o mais rápido possível e encosto no olho mágico.

Caroline?

— O que você está fazendo aqui? — pergunto ao abrir a porta, e imediatamente me arrependo.

Caroline faz uma cara triste e dá dois passos para trás.

— Você me convidou — responde, envergonhada. — Para ver um filme. Lembra?

Ah, não.

— É sábado, né? — A voz dela parece um pouco forçada. Ela puxa a manga da camisa de flanela e confere a hora no relógio velho. — Você não disse a hora, então resolvi arriscar. — E aperta os olhos, estudando meu rosto. — Ei, o que foi? Você está bem?

Agora que paro para pensar, *estou* bem. Os pensamentos foram embora e, até onde sei, não estão esperando nas coxias, cochichando e se preparando para atacar de novo. Eles foram embora inteiramente.

— Tudo bem. — Abro a porta para ela entrar e digo a única coisa que estou pensando. — Estou feliz que esteja aqui.

Ela obviamente sabe que esqueci completamente dos nossos planos, mas não menciona, então também não digo nada.

Para quebrar o gelo, ofereço água, mas ela diz que não está com sede. Ofereço sorvete, mas ela diz que não está com fome. Parece cedo demais para começar um filme, então pergunto se ela quer subir para ouvir música no meu quarto. Caroline não responde, mas começo a subir e ela me segue.

Meu quarto está uma bagunça. Corro de um lado para outro catando pilhas de roupas para enfiar na cesta de roupa suja.

— Achei que pessoas com TOC fossem organizadas.

— É um erro comum — digo, chutando todos os livros largados no chão em uma pilha desordenada.

— Você não precisa arrumar por minha causa, sabe. Devia ver meu quarto. É um desastre. Tudo jogado.

Ignoro e continuo arrumando.

Caroline anda pelo meu quarto, olhando para as fotos nas paredes. Ela para em frente à colagem que fiz no oitavo ano. AS OITO DOIDAS está escrito em letras redondas e rosa-choque acima de fotos de mais de uma década.

— Uau. Faz muito tempo que vocês são amigas — diz Caroline enquanto ligo meu telefone na caixa de som.

Coloco minha playlist *In the Deep*. Ainda estou um pouco nervosa.

Ando até Caroline. Ela indica o pôster.

— Quer me contar o que aconteceu hoje? — pergunta, como se soubesse que meus olhos vermelhos e minha cara inchada têm a ver com minhas amigas.

— Como você sabe que aconteceu alguma coisa?

— Levo jeito para ler as pessoas — responde, casualmente.

— Assim, olha nos meus olhos e pensa em um número. Não *três*.

Faço uma cara estranha, mas olho nos olhos dela e penso no número nove. Caroline olha de volta. E abre um sorriso enorme.

— Estou brincando. Já estava chegando quando a mãe da sua amiga te deixou aqui.

Eu me sinto idiota. Caroline ri e dá alguns passos para trás, até chegar à cama. Ela cai de costas no edredom e apoia o peso nas mãos, cruzando as pernas. Leio a camiseta: INDIFERENÇA GRÁTIS.

— Então, o que aconteceu hoje?

Ela parece genuinamente querer ouvir a história. Eu definitivamente quero contar. Se minha mãe estivesse aqui, estaríamos no sofá da sala comendo sorvete direto do pote enquanto eu contava cada detalhe. Caio no outro lado da cama, imitando a pose de Caroline.

— Hoje foi aniversário da Alexis.

— Alexis? A Barbiezinha? Que usa salto, tipo, todo dia?

Concordo com a cabeça. É engraçado ouvir como outras pessoas a veem.

Então conto os detalhes do dia no spa para o qual eu não fui originalmente convidada. Conto sobre o caminho, o som da fonte e o cheiro das flores no ar, mas quando chego à parte das bolsas personalizadas, meu peito dói. Puxo um fio solto na perna da minha calça jeans.

— É besteira, né? Eu não devia ficar chateada. Foi de última hora...

Deixo minhas palavras em suspenso e confiro a reação de Caroline. Ela não diz nada, mas faz uma careta e sei que ela não acha que é besteira.

— A mãe dela claramente se sentiu culpada — continuo.

— Ela disse que eu podia escolher qualquer coisa na loja de lembrancinhas.

— Espero que você tenha escolhido alguma coisa ridiculamente cara.

Sacudo a cabeça.

— Quando acabamos os tratamentos no spa, estávamos atrasadas e saímos correndo para almoçar.

Caroline morde a boca.

— Mas, pelo lado bom, olha minha pele — digo, me aproximando. — Não pareço dez anos mais jovem?

Ela também se aproxima.

— Você está perguntando se parece ter seis anos?

Rio, e Caroline ri comigo.

— Espero que o almoço tenha sido melhor.

— Pior.

Ela para de rir.

— Como é possível?

— Quando a mãe dela ligou para o restaurante para mudar a reserva de quatro para cinco pessoas, disseram que precisava ser em duas mesas. Acho que ela supôs que iam juntar as mesas na hora.

— Não.

— É. Era um restaurante francês com mesinhas de café...

— Espera, você almoçou com a mãe da sua amiga enquanto elas almoçavam juntas em outra mesa?

Fico feliz de não ter que dizer em voz alta. Sinto que não seria engraçado.

Cruzo os braços. Fingi uma dor de cabeça para voltar mais cedo, mas agora sinto uma de verdade chegando ao contar essa história.

— Estou exagerando, né?

Esperando pela resposta, estudo os olhos de Caroline. São estreitos e encobertos, mas não estou mais tentando descobrir como usar sombra para abri-los. São bonitos assim mesmo. O cabelo dela também não parece mais tão descuidado, e não estou morta de vontade de cobrir as manchinhas no rosto. Só estou feliz por ela estar aqui.

— Você não está exagerando — diz.

— Tem certeza? Porque você pode me dizer se estiver. Tenho uma tendência a pensar demais, especialmente sobre minhas amigas, e não sei... Levo as coisas para o lado pessoal. Quer dizer, não é sempre culpa *delas*. Às vezes o problema sou eu. Só que nem sempre sei quando são elas e quando sou eu, sabe?

Não sei se fiz sentido, mas Caroline está olhando para mim como se tivesse entendido perfeitamente. É como se eu pudesse ler a mente dela agora. Ela não gosta que minhas amigas me magoem, intencionalmente ou não. E não entende por que eu escolho andar com gente que estou sempre questionando, não importa se a culpa é minha ou delas. E fica triste por mim, porque minhas amigas mais próximas não são mais tão próximas quanto eram quando éramos as crianças no pôster da minha parede.

Penso nas pessoas que vi no Canto da Poesia.

— Você nunca questiona o que os seus amigos pensam de você, né?

Caroline não responde, mas não precisa responder. Sei que estou certa só pela cara que ela faz.

— Que sorte — digo.

Olho para os meus pés, pensando sobre como passei a noite anterior na cama com uma lanterna, escrevendo poemas horríveis até de manhã, e acordei exausta e eufórica ao mesmo tempo.

Passei o dia pensando nesses poemas. Mal podia esperar para chegar em casa e continuar escrevendo.

Quando levanto o olhar, Caroline está me encarando.

— O que foi? — pergunto.

Ela abre um sorriso cuidadoso.

— Me deixa ouvir um.

Olho para ela como se não soubesse do que está falando, mas acho que sei.

— Um o quê?

Consigo ouvir a ansiedade na minha própria voz.

— Um poema.

Como ela sabe que eu ando escrevendo poemas?

— Lê um do caderno azul.

Levanto a cabeça de repente, boquiaberta.

Como ela sabe sobre as cores?

Ela aponta para minha mesa de cabeceira e eu me viro, seguindo com o olhar a linha invisível que leva do dedo dela à pilha de três cadernos, um vermelho, um amarelo e um azul, perto da luminária.

— Você está escrevendo, não está? — pergunta.

Não respondo diretamente, mas não preciso. Ela provavelmente sabe que está certa por causa da minha cara de pânico. Não posso ler minha poesia para ela. Não posso ler para ninguém. Psico-Sue disse que eu não precisava compartilhar nada do que escrevo nesses cadernos. Não teria escrito se achasse que não era o caso.

— É muito pesado? — continua. — Tudo bem se for. Os meus poemas ficam bem pesados também...

— Não é pesado, é... idiota.

— Os meus também ficam bem idiotas às vezes. Não vou rir de você, prometo.
— Não posso.
— Lê seu preferido. Não pensa, só lê.
Rio.
— Você está me mandando *não* pensar. E é tudo o que eu faço. O tempo todo. Penso tanto que tomo remédio e vou à terapia toda quarta-feira. Não posso *não* pensar, Caroline.
— Sam.
— O que foi?
— Lê.

Tenho a escolha perfeita em mente. É curto. Consigo ler sem vomitar. Além disso, até gosto. E nem preciso do caderno azul porque as palavras passaram o dia grudadas na minha cabeça, durante a máscara facial ridícula, no carro saindo do spa e durante o almoço. Elas se juntaram aos mantras. E impediram os pensamentos destrutivos de me invadirem.

Volto a me acomodar direito. Minhas mãos estão tremendo, então me sento em cima delas, respiro fundo, fecho os olhos e digo:

— Se chama "A Queda".

Na plataforma.
Sol na minha pele.
A água vai me cobrir.
E estarei segura de novo.

Ela não ri, mas o quarto fica inteiramente silencioso. Abro os olhos, esperando uma reação.

Ela odiou.

— A gente precisa te levar de novo — diz Caroline, finalmente, e ouço a sinceridade na sua voz, vejo no seu rosto.

Ela gostou.

Olho para ela, me perguntando se isso é bom demais para ser verdade. De onde ela veio? Por que está sendo tão legal?

— Nunca vai acontecer — digo simplesmente. — Aquele "porteiro" me odeia. Ele nem olha na minha cara.

Penso nele no banquinho e a música começa a tocar na minha cabeça. Penso na letra e onde ela mora naquela parede. Se eu puder voltar, posso achar a letra. Vou guardar na memória da próxima vez.

— É só o AJ — diz, sacudindo a cabeça. — Ele não te odeia. Mas você o magoou e ele não sabe lidar.

— Quê? — Meus pensamentos param de repente. — *Magoei?* Do que você está falando?

Ela olha nos meus olhos, mas não diz nada.

— Caroline. Como eu o magoei? Eu nem *conheço* ele.

— Conhece, sim.

Lembro como ele parou na minha frente, bloqueando minha entrada no Canto da Poesia. Parecia familiar, mas nunca conheci um AJ, e ele é bonitinho, especialmente com a covinha e o violão, bem do tipo que eu lembraria se tivesse conhecido antes.

— Vai me contar?

Ela sacode a cabeça.

— Você vai descobrir.

Olho para ela, chocada.

— Não quero descobrir, Caroline. Quero que você me conte.

Posso ter soado grossa. Não era minha intenção, mas não acredito que ela está escondendo essa informação.

Ela olha para o relógio.

— Tenho que ir.

Ela pula da cama e começa a andar para a porta.

— E o filme?

— Fica para outro dia — diz, segurando a maçaneta.

Minha cabeça está pulando de um pensamento para outro, como se não soubesse escolher.

Eu o magoei. Caroline está indo embora. Mas ela gosta do meu poema. Eu gosto de falar com ela. Não quero que ela vá.

— Tudo bem — digo. — Você não precisa contar. Por favor... fique.

Não saber o que fiz está me matando, mas quero falar com ela sobre várias outras coisas. Desejo perguntar sobre todos os poetas. Quero saber sobre aquela sala, como surgiu e como funciona. Desejo que *ela* leia alguns poemas. Quero que sejamos amigas.

Ela se vira e olha para mim. Corro para minha mesa de cabeceira, pego o caderno azul da pilha e o levanto no ar.

— Quero voltar para o Canto da Poesia, mas não sei como. Você me ajuda?

nós o consertamos

Minha mãe está passando manteiga na torrada de Paige, tomando café e respondendo uma mensagem no celular quando pergunta:

— Quer falar sobre o que aconteceu ontem?

— Não. Estou bem. — Bebo meu suco de laranja. — Conversei com a minha amiga Caroline ontem.

Minha mãe continua digitando.

— Quem é Caroline? — pergunta, sem tirar o olhar do telefone.

— Conheci ela na escola. Ela é legal. Veio me ver ontem quando voltei do spa.

Agora tenho a atenção dela.

— Sério? — pergunta, arregalando os olhos.

Tento agir casualmente, como se isso acontecesse o tempo todo, mas penso em Caroline sentada no chão do meu quarto, ajudando com minha poesia, e me sinto meio eufórica.

— É, eu teria apresentado vocês, mas ela precisou ir embora antes de você chegar.
— Você falou dela com a Sue?
— Falei.

Pego a torrada com uma das mãos e dou um soquinho de brincadeira no braço de Paige com a outra.
— Vou para a piscina.

No dia seguinte, eu e Olivia estamos a caminho da aula de trigonometria quando vejo AJ andando na nossa direção. Quase não o noto (provavelmente não teria se o gorro escuro não chamasse a minha atenção), porque ele está olhando para o chão, alinhado com o ritmo dos outros alunos. E passa direto.

As palavras de Caroline me assombram desde sábado: "Ele não te odeia, mas você o magoou." Não consigo entender o que fiz e, por volta das duas e meia da manhã, decidi que ia descobrir na primeira oportunidade.

— Esqueci meu livro de trigonometria no armário — digo para Olivia. — Te encontro na sala.

Ela se despede e dou meia-volta, seguindo o gorro que anda na direção oposta. AJ vira a esquina e para em um armário. Mantendo uma boa distância, vejo ele apoiar a mochila em um joelho e trocar os livros.

Quando ele me vê, acena com a cabeça.
— Oi.

Nada de sorrisos. Nada de acenos simpáticos. Só o movimento da cabeça. Ele fecha a porta do armário.

— Oi — digo, gesticulando. — Te vi no corredor, mas... acho que você não me viu.

Ele sacode a cabeça.

— Queria te cumprimentar. — Enfio as unhas no meu pescoço. Um, dois, três. Um, dois, três. Um, dois, três. — E, sabe, agradecer... por me deixar ficar com vocês na semana passada.

AJ olha ao redor e se aproxima. Ele é uma cabeça mais alta que eu e, quando abaixa o queixo para olhar para mim, me sinto culpada, mesmo que não tenha feito nada de errado. Ele levanta as sobrancelhas, fazendo uma cara de acusação.

— Você não contou para ninguém, né?

— Claro que não. Eu não faria isso.

Ele continua perto; permanece me encarando, como se tentando decidir se é verdade. Empurro meus ombros para trás e alinho minha coluna.

— Eu disse que não contaria, então não contei.

— Que bom — diz ele. Depois de uma longa pausa, continua: — Não conte.

— Não vou.

AJ se afasta e tenho a oportunidade de olhar para ele. Olhar de verdade. O cabelo loiro escuro escapa do gorro e os olhos são de um tom interessante de verde amarronzado, quase a mesma cor da camiseta que está usando. Ele não é arrumadinho, que nem a maioria dos meus amigos. É mais desgrenhado, mas de um jeito sexy. Tento ler a expressão no rosto dele, mas não consigo, o que me incomoda porque alguma coisa em seu olhar faz com que eu sinta pena. Ele parece doce, até um pouco tímido, nada como o cara confiante que vi se apresentar no palco na semana passada.

As perguntas estão me deixando tonta, quero fazê-las e acabar com isso logo. Como te conheço? Como te magoei? Como me desculpar se não sei o que fiz? No entanto, abafo essas palavras, procurando por outras mais seguras.

— Amei muito a sua música. Ficou meio grudada na minha cabeça.

Ele dá mais um passo para trás.

— Obrigado.

— Fiquei tentando me lembrar da letra, mas... Me convide para voltar. Por favor.

Olho ao redor para garantir que ninguém vai ouvir.

— Acho que aquele dia lá embaixo me inspirou. Meus poemas não são muito bons, na real. — Pauso por um momento, esperando que diga algo, mas ele não diz, então continuo tagarelando: — Mal dormi no fim de semana passado.

Agora ele me olha de soslaio, tentando entender o que tem a ver com isso.

— Eu não tenho... — Paro, notando que estava prestes a admitir que não tenho tomado os remédios para dormir que tomei toda noite por cinco anos. Ando esquecendo. Ou talvez não esqueça. Talvez eu escolha continuar escrevendo, apesar da exaustão no dia seguinte. — Eu não tenho dormido. Quando começo a escrever, meio que *preciso* continuar.

Solto um riso nervoso.

Ele sorri de leve. Não muito, mas o suficiente para mostrar a covinha e me pegar desprevenida.

— Você está escrevendo?

Concordo com a cabeça.

— Você?

AJ cruza os braços como se não acreditasse, mas, pelo menos, agora consigo ler a expressão em seu rosto. Ele está surpreso. Talvez até intrigado.

— Você está escrevendo poesia sem ser obrigada por um professor?

Dou de ombros. Acho que ele espera que eu me ofenda, mas não ligo. Entendo. Essa história de poesia me chocou também.

— Claro que é tudo uma droga — digo, esperando que mais autocrítica leve a alguma reação, como um convite para descer e ler no palco para eles me atacarem com papel e, depois, bastões de cola.

AJ descruza os braços e passa a mochila de um ombro para outro.

— Aposto que seus poemas são melhores do que você acha.

Não é verdade, mas é legal que ele tenha dito, e parece que é sincero. Começo a responder, mas olho por cima do seu ombro direito e vejo Kaitlyn andando na nossa direção, dando passos cuidadosos, esperando como se estivesse calculando a chegada para não nos interromper.

Me convide para voltar. Quero ouvir mais poesia, mais da sua música.

— Tenho que ir pra aula — diz. — Te vejo depois, ok?

Com isso, ele vai embora, deixando a abertura pela qual Kaitlyn estava esperando. Ela dá passos mais largos e, logo que se aproxima, segura meu braço com as mãos.

— Cacete, aquele é o Andrew Olsen? — pergunta.

— Quem?

Ela me solta para apontar para ele e, juntas, vemos AJ abrir a porta de uma sala de aula e sumir de vista.

— *Era* ele mesmo! Meu Deus, a gente foi horrível com esse garoto, né?

Ela sacode a cabeça enquanto penso no nome dele. *Andrew Olsen. Andrew Olsen.*

— Quem? — pergunto de novo, e ela bate no meu braço com as costas da mão.

— Andrew Olsen. Lembra? Quarto ano. Turma da sra. Collins?

Kaitlyn deve notar pela minha cara que não estou entendendo, porque ela abre um sorriso enorme. E sacode o quadril, cantarola "A-A-A-Andrew..." como se fosse uma musiquinha e começa a gargalhar.

— Como você não se lembra do Andrew? Ele gaguejava tanto que nem conseguia falar o próprio nome. A gente seguia ele por aí cantando essa musiquinha... Você precisa lembrar!

Meu Deus. Eu lembro. Tudo começa a voltar e, quando ela canta a musiquinha horrível de novo, consigo ver Kaitlyn e eu de saia e rabo de cavalo, correndo atrás dele no parquinho enquanto ele cobria os ouvidos, chorando, tentando fugir. A gente nunca o deixava escapar.

— Andrew?

É tudo o que consigo dizer. Quero vomitar. Andrew. Era disso que Caroline estava falando.

— Lembra? A gente até fez ele chorar naquele passeio para o museu. A mãe dele teve que ir até a cidade para buscá-lo.

Não quero lembrar, mas recordo. Eu me lembro de tudo. Como começou. Como finalmente acabou.

Kaitlyn o escolheu logo. Depois de um tempo, me juntei a ela. Implicávamos com ele no recreio, no almoço, depois da aula no ponto de ônibus. A gente o procurava, esperava encontrá-lo.

Consigo até ver a cara que fazia quando nos via chegar e lembro que me deixava culpada, mas não o suficiente para parar, porque fazia com que eu me sentisse poderosa de um jeito estranho. E a cara de Kaitlyn era sempre de aprovação.

Quando as aulas começaram no ano seguinte, soubemos que ele tinha mudado de escola e ficamos até decepcionadas, como se tivessem tirado nosso brinquedinho preferido. Nunca achei que fosse vê-lo de novo. Tenho certeza de que ele esperava nunca mais nos ver, mas acho que não teve escolha porque a nossa escola é a única com ensino médio público na região.

Caroline estava errada. Ele me odeia.

Kaitlyn para de falar, mas acho que não nota minha cara aterrorizada, porque ainda está animada como se fosse tudo hilário.

— Por que você estava falando com ele?

Ela requebra o quadril e mexe com o colar enquanto espera minha resposta.

Levo um segundo para entender. Quando finalmente falo, minha voz está tremendo e as palavras saem em sussurros fragmentados.

— Fazemos uma aula juntos.

O Canto da Poesia conta como aula? Provavelmente não.

— A gente fazia educação física juntos ano passado, mas não precisávamos falar muito, então nunca o ouvi — diz ela. — Ele ainda gagueja?

Penso em como ele subiu no palco e se sentou no banquinho. Como pegou o violão e disse que a música era ruim, sorrindo enquanto apontava para o próprio peito, convidando com confiança os amigos a jogarem coisas nele. Ele cantou e suas palavras eram lindas e claras, nada quebradas. Nada nele era quebrado.

— Não, não mais.

AJ já está distante, mas Kaitlyn aponta na direção em que ele foi.

— Viu, nós o consertamos — diz, orgulhosa.

Sinto meu rosto queimar e, quando ela me dá uma cotovelada, rindo, aperto as mãos em punhos fechados.

— Você sabe o que dizem... O que não mata, fortalece! — continua.

Não consigo falar, respirar ou me mexer. Não acredito que ela acabou de dizer isso e sei que devia defendê-lo, mas estou congelada, inteiramente estupefata. Sem dizer nada, como de costume.

— Além disso, faz milhões de anos — diz. — Éramos criancinhas. Aposto que ele nem lembra.

Sinto um nó enorme e desconfortável na garganta. Como eu pude fazer isso com ele? Com qualquer um?

— Ele lembra — retruco em voz baixa ao ir embora.

Caroline está perto do armário quando toca o último sinal, então enrolo, esperando todo mundo se afastar. Quando a barra está limpa, corro até ela.

— Sei o que fiz com o AJ — digo, sentindo meu estômago se revirar. — Não surpreende que ele não me queira lá embaixo. Caroline, o que eu faço?

— Você pode começar se desculpando — responde ela.

Ele nunca vai me perdoar. Por que perdoaria?

— Ele deve me achar uma pessoa horrível.

Talvez ele esteja certo. Talvez eu seja.

— Você quer minha ajuda?

Concordo com a cabeça. Caroline dá meia-volta e faz um gesto, pedindo para que eu a siga.

— Vamos lá — diz. — Eu sei o que fazer.

Ela me leva para a primeira fileira do teatro e passamos as próximas três horas trabalhando em um único poema. Escrevo. Caroline escuta. Quando fico bloqueada, ela me sugere palavra atrás de palavra até acharmos a opção perfeita, que resume o que quero que ele saiba. Quando acabo, temos um poema que não diz "desculpas" diretamente, mas fala de arrependimento e segundas oportunidades, um medo de não pertencimento tão profundo que te transforma em alguém que você não quer ser. É sobre ver no que você se tornou e querer, até desejar, ser diferente. Ser melhor.

Sou eu, implorando para ele me deixar entrar. Pedindo para que todos me deem a oportunidade de mostrar que, no fundo, não sou quem eles acham que sou. Ou, quem sabe, que sou exatamente quem eles acham que sou, mas que não quero mais ser assim.

aquele corredor estreito

Depois de quinze minutos de almoço, começo a enfiar papéis usados de volta no saco, juntar meu lixo e limpar a grama da minha calça.

— Preciso pegar um livro na biblioteca para a aula de inglês — anuncio. — Alguém quer ir comigo?

Já sei que elas vão recusar.

— Sou proibida de entrar lá — diz Olivia, orgulhosa.

Kaitlyn gargalha.

— Como você foi banida da biblioteca da escola?

Olivia revira os olhos.

— A sra. Rasmussen me encontrou pegando o Travis na seção das biografias. É naquele canto, sabe? — explica, desenhando uma curva imaginária no ar. — É completamente escondido. O que mais a gente devia fazer lá?

Ela ri.

— Procurar biografias — sugere Hailey.

— Não tem graça — diz Olivia, ajeitando a postura, olhando ao redor do grupo, gostando da atenção. — Acreditem, valeu a pena ser expulsa. O Travis pode não ser dos mais inteligentes, mas como *beija* bem.

Todas rimos.

— O que será que ele vai fazer no fim de semana? — acrescenta Olivia, pegando o celular.

— Achei que vocês tivessem terminado porque não tinham assunto — diz Alexis.

— Não temos — responde Olivia, franzindo o nariz. — Mas não estou planejando conversar com ele — continua, inclinando a cabeça para o lado e procurando o número dele.

Kaitlyn pega um pedaço de pão do sanduíche e joga na cabeça de Olivia.

Murmuro um "até mais" rápido e sigo para o caminho que leva ao teatro. Sei exatamente aonde ir, porque imaginei aquelas escadas e aquele corredor estreito pelo menos cem vezes até agora, então logo estou dentro do armário, afastando as vassouras e os esfregões para encontrar a porta escondida e o cadeado preto. As vozes estão abafadas, como se distantes, e bato três vezes, de leve, à porta. O som para imediatamente.

Ouço a chave na fechadura e o clique do cadeado. AJ entreabre a porta, só o suficiente para me ver.

— Você está de brincadeira.

Ignorando o comentário, fico na ponta dos pés, olhando por cima do ombro dele, procurando Caroline. Ela é parte do plano de hoje. Desço e ela tenta convencê-lo a me deixar entrar para ler o poema que escrevi.

— Estou procurando... — começo a dizer o nome dela, mas AJ abre a porta e sai.

Não tenho escolha além de dar um passo para trás, voltando para o armário. Aquela musiquinha idiota me vem à cabeça. *Qual é meu problema?* Ele fecha a porta e tranca com a chave pendurada no pescoço.

— O que foi? É alguma missão perversa? Suas amigas te mandaram fazer isso?

AJ abre a porta que conecta o armário e o corredor e olha ao redor, procurando minhas cúmplices.

Esperava surpresa, mas não tanta raiva. Minhas mãos começam a tremer e minhas pernas parecem que vão ceder, mas me forço a manter minha postura e olhar nos olhos dele, como Caroline mandou.

— Quero muito ler uma coisa para você. Para vocês todos.

Tiro o poema do bolso e abro, para ele ver a prova.

Ele se aproxima, rindo.

— Não é assim que funciona, Samantha.

— Como funciona?

Ele coloca as mãos no quadril.

— Funciona assim: Membros leem. Membros ouvem. Não membros não leem nem ouvem, porque não podem entrar. Olha, eu abri uma exceção, mas te disse que era só uma.

— Não posso só...

Ele me interrompe:

— Você precisa ir embora.

— Por quê?

— Porque aqui não é o seu lugar.

Meu coração afunda. Dobro meu poema e coloco de volta no bolso.

— Por quê?

Ele olha ao redor do cômodo, como se procurasse por palavras, mas não vai encontrar nenhuma nessas paredes. Aqui só tem produtos de limpeza.

Finalmente, ele me olha nos olhos e não diz nada, mas entendo tudo. AJ me falou da primeira vez que vim aqui. Não somos amigos.

Coloco a mão no bolso, tirando o papel de novo. Boto na mão dele e fecho seus dedos.

— Primeiro eu não lembrei. Faz anos... Sei lá, talvez eu tenha bloqueado, alguma coisa assim. Mas agora eu sei o que fiz e sinto *muito*, mesmo. Nunca vou conseguir te dizer o quanto me arrependo. Mas me arrependo muito, sinceramente. E estou morta de vergonha. — Um som estranho escapa e cubro minha boca. — Mas é merecido, né?

Viro-me para ir embora, esperando que AJ me impeça. Ele não o faz.

Quando estou prestes a pisar no corredor, olho para trás. AJ já está de volta no Canto da Poesia. Quando ouço o cadeado se fechar, volto para a porta e apoio minha orelha.

Consigo ouvir as vozes do outro lado. Sinto lágrimas nos meus olhos ao pensar em Sydney no palco, fazendo todo mundo rir, e AJ cantando, dando calafrios. Estou curiosa quanto Caroline, que disse que seria fácil me fazer entrar, desde que encontrássemos as palavras certas. Ela estava errada. Talvez esteja lá, me defendendo, já que não posso fazê-lo. Imagino a sala. As paredes táteis. Todos os pedacinhos de papel e as palavras incríveis que nunca verei.

Subo as escadas, atravesso o palco e saio para a luz do sol, respirando fundo e devagar, que nem Psico-Sue me ensinou. Quando chego à nossa árvore, já estou sob controle.

— Cadê o seu livro? — pergunta Hailey quando eu me sento, voltando ao círculo.

— Já estava emprestado — respondo.

Arranco pedaços de grama do chão (*um, dois, três*) e olho para Alexis, Kaitlyn, Olivia e Hailey, pensando no conselho da Sue sobre fazer novos amigos e notando que, depois de todos aqueles anos dizendo que não conseguia, acabei de tentar. E falhar.

não consigo superar

— Me atualize — diz Sue. — Como estão as coisas com as suas amigas agora?
Puxo a massinha com os dedos, testando o quanto posso esticar antes de arrebentar.
— Um pouco melhor. Mas diferentes.
— Você quer dizer que elas estão te tratando de um jeito diferente?
Eu até queria que fosse o caso. Seria mais fácil.
— Não. É mais... o contrário.
Faz um mês que tentei dar o meu poema para AJ. Desde aquele dia, algo mudou em mim. Fico mais quieta no almoço. No sábado passado, deixei de ir a uma festa para ir ao cinema com minha família. Tenho passado tempo com Paige depois da escola, a levado para o treino de ginástica olímpica, ajudado com o dever de casa. Estou achando difícil ficar perto das Oito. Nem consigo olhar para Kaitlyn. Toda vez, penso na cara orgulhosa dela quando falou que "curamos" AJ e fico enjoada.

Tiro meus sapatos e coloco meus pés na cadeira, me enroscando.

— Não quero falar delas hoje. Podemos mudar de assunto? — pergunto, apoiando meu queixo nos joelhos.

— Claro. Do que você quer falar?

Olho para o relógio. Passei a semana pensando obsessivamente sobre sentar nesta cadeira, falar com Sue, ouvir seus conselhos, brincar com a massinha. Agora estou aqui e não faço ideia do que quero dizer.

— Tenho nadado todos os dias. Faz com que eu me sinta bem. Sei que estou ficando mais forte e anda me distraindo de, bom, tudo. Ando escrevendo muito também. É catártico, sabe? Faz com que eu me sinta... — Procuro a palavra certa, da qual Sue vá gostar. — Saudável.

— Hum. Gosto dessa palavra. Saudável.

Ela fala devagar, deixando a palavra soar por um tempo. Sinto uma pontada de dor quando me vejo enrolada nas cobertas com uma lanterna, escrevendo até a noite virar dia. Provavelmente não é a melhor hora para contar que não tenho tomado meus remédios para dormir.

— Como andam as coisas com a Caroline? — pergunta ela.

Assim que ouço o nome, sinto meus ombros relaxarem um pouco.

— Bem. A gente tem passado muito tempo juntas. Nos encontramos no teatro depois da aula e ela me ajuda com a poesia.

Meu Deus, se as Oito me ouvissem dizer isso, nunca me deixariam em paz. Mas Sue claramente não é uma delas, porque apoia os cotovelos nos braços da cadeira e se inclina para a frente para me encorajar a falar.

— Gosto de escrever com ela. Quando não sei como articular o que quero dizer, ela parece ter as palavras perfeitas. E a gente conversa, sabe? *Conversa* mesmo — digo, me ajeitando na cadeira, apertando a massinha em uma bola. — Eu e as Oito costumávamos conversar assim, mas já faz muito tempo. É meio... esquisito ter uma amiga assim de novo.
— Mas esquisito de um jeito *bom*?
— É. Definitivamente de um jeito bom.

Meus dedos mexem com a massinha enquanto Sue se encosta de volta na cadeira e consulta suas anotações, voltando algumas páginas, para sessões anteriores.

— Faz um tempo que não falamos do Brandon. Você ainda tem pensado nele?

Brandon? Uau. Agora que paro para pensar, não tenho me ocupado muito com ele no último mês.

— Não, não muito.

Ela anota.

— E Kurt?

— Kurt? Eca. Não.

Eu o vi no almoço hoje, mas nem *isso* me levou a pensar nele do jeito que a Sue quer dizer.

— Você anda pensando em algum outro garoto?

— Você quer perguntar se eu ando *obcecada* por algum outro garoto?

— Não necessariamente. Só se for assim que você se sente.

Sorrio para ela.

— Boa estratégia.

Ela inclina a cabeça para o lado, parecendo orgulhosa.

Não falei com AJ desde que entreguei meu poema de desculpas e ele me expulsou do Canto da Poesia, mas penso muito naquele dia. Penso muito *nele*. Mudei meu caminho para a terceira aula para aumentar minha probabilidade de esbarrar nele. Escrevo sobre ele quase toda noite antes de dormir. Ontem fiquei acordada até tarde fazendo uma playlist de músicas para violão que consigo imaginá-lo tocando e chamei de *Song for You*, ou "Música para Você". Descobri onde ele mora, mas resisti ao impulso de passar por lá de carro. Sei onde AJ almoça quando não está lá embaixo, porque o vi sentado à mesa redonda perto do banheiro com aquele outro cara e uma das garotas do Canto da Poesia, mas não o encaro nem deixo coisas caírem de propósito quando estou perto nem nada.

Penso na covinha dele e naquele jeito sexy e fluido de jogar o violão para as costas. Mas então penso na cara dele quando me disse que eu não pertencia ao Canto da Poesia e sinto um choque de realidade. Não sei se estou obcecada por AJ, mas com certeza por ele me perdoar. E estou curiosa sobre ele. Caroline sabe. Sue provavelmente gostaria que eu contasse para ela também.

— Não, não ando obcecada por garoto nenhum — digo.

Ela levanta as sobrancelhas, me olhando como se me conhecesse bem demais para acreditar. Não fico ofendida. Estive preocupada com garotos desde o dia em que ela me conheceu.

— Mas não consigo parar de pensar no AJ. O garoto com quem eu e a Kaitlyn implicamos quando éramos crianças.

Apoio minha testa nos joelhos, escondendo meu rosto.

— Você pediu desculpas, não? — pergunta ela.

Concordo com a cabeça, sem olhar.

Mas não posso desfazer o que fiz.

Solto um longo suspiro.

— Quando vou parar de cometer erros, Sue?

O riso dela me surpreende, então olho para ela, confusa e com os olhos arregalados.

— Por que raios você quer isso? — pergunta.

Eu a encaro.

— Erros. Tentativa e erro. Dá na mesma. Erros são como aprendemos a andar, a correr e que coisas quentes queimam ao toque. Você cometeu erros a vida inteira e vai continuar cometendo.

— Incrível.

— O truque é reconhecer seus erros, aprender o que precisa e superar, seguir em frente.

— Não consigo superar.

— Você não pode ficar se torturando.

A sala fica em silêncio por um bom tempo. Finalmente, ela pigarreia para chamar a minha atenção.

— Por que você está se arranhando? — pergunta.

Eu nem tinha notado que estava fazendo isso, mas, quando afasto minha mão, minha nuca está dolorida e sensível. Enfio o dedo na massinha.

— *Preciso* que ele me perdoe — digo.

Só consigo pensar nisso. Está me enlouquecendo.

— Você não pode precisar disso, Sam — diz ela, lentamente sacudindo a cabeça. — Está fora do seu controle. Você fez sua parte, agora é a vez dele. Ele vai te perdoar, ou não vai.

Ele não vai.

Não me permiti chorar pelo que eu e Kaitlyn fizemos com AJ, nem quando descobri, nem quando contei para Sue um mês atrás, mas não consigo mais conter as lágrimas, então deixo que caiam. Já sinto meu peito mais leve com o choro.

— Ei — diz Sue, apoiando os cotovelos nos joelhos. — Olha para mim. Você é uma boa pessoa que cometeu um erro. — Isso me faz chorar ainda mais. — Você aprendeu alguma coisa? Escondo meu rosto com a mão, concordando com a cabeça em movimentos rápidos.

— Então este erro em particular serviu seu propósito. Se perdoe e supere, Sam. — Quando Sue me entrega um lenço, nossos olhares se encontram. — Vai nessa — diz baixinho.

Não sei por quanto tempo fico lá secando os olhos e assoando o nariz, mas sei que, mesmo passando do tempo da sessão, ela nunca vai me deixar sair dessa cadeira até que eu diga. Com sinceridade.

— Eu me perdoo — digo finalmente, minha voz quebrando em cada palavra.

mais três passos

Ao sentar no meu lugar na aula de História dos EUA, olho para o relógio na parede. Ainda faltam alguns minutos até o sinal tocar, então pego meu caderno amarelo. Tenho pensado em erros e perdão desde a sessão de ontem com Sue e estou morta de vontade de acrescentar alguns versos ao meu poema sobre o assunto.

— Oi, Sam.

Fecho o caderno rápido e olho para cima. Sydney está parada na minha frente.

— Oi. Sydney, né? — pergunto, como se não soubesse seu nome. Mas claro que sei. Eu a vi no quarto tempo todos os dias pelo último mês e, toda vez, penso no poema sobre os nuggets e sorrio.

Ela apoia uma das mãos na minha mesa e leva a outra ao meu pingente de S.

— Ah, que lindo — diz, levantando.

Ela gira o pingente algumas vezes, observando por vários ângulos. Solta o meu colar e pega o próprio.

— Olha só. Temos um gosto excelente para letras — diz, mostrando uma letra S rosa-choque.

— É muito bonito — digo, ainda tentando entender por que ela está falando comigo.

— Então — sussurra. — O AJ leu seu poema para a gente.

— O quê? Quando? Faz tanto tempo que dei o poema. Achei que, se ele tivesse lido, eu já saberia. Tenho me esforçado demais para parar de pensar nisso.

— A gente andou conversando — diz. — Queremos que você volte.

— Sério?

— Sério. — Ela se curva, chegando perto do meu ouvido. — Alguns de nós queríamos que voltasse na semana seguinte. Alguns precisaram de mais convencimento.

— AJ? — pergunto.

— Não era só ele. Todos sabemos quem você é, Samantha. Lembramos o que você fez com ele — diz ela, e levanto os ombros e abaixo a cabeça, desejando poder desaparecer. — Mas acho que você foi sincera no poema. Não foi?

Com esforço, ergo minha postura e olho nos olhos dela.

— Até a última palavra.

— Ótimo. Vamos nos encontrar hoje na hora do almoço. Desça comigo depois da aula. — Ela toca meu caderno amarelo. — Traga isso com você.

Então Sydney continua a atravessar a sala e se senta algumas fileiras atrás de mim.

"Caramba."

Minha mente está agitada, não consigo me concentrar em um único pensamento. Ainda estou envergonhada, mas agora a empolgação está vencendo. Vou poder ver aquela sala de novo. Mas penso em como Sydney indicou meu caderno e começo a entrar em pânico.

Vou precisar ler um poema.

A aula começa, mas não estou prestando atenção. Só consigo pensar nos poemas que escrevi até agora. Troco meu caderno amarelo pelo azul e começo a folhear as páginas, procurando candidatos que valessem a pena enquanto enfio as unhas na minha nuca três vezes, de novo e de novo.

Horrível. Tosco. Ridículo. Tentando ser engraçado, mas não é. Tentando rimar, mas não rima. Hum, este é meio interessante, mas... haiku?

Minha testa começa a suar, eu não paro de me mexer na cadeira e meu pescoço já está doendo por causa dos arranhões. Talvez eu tenha tempo para pedir uma opinião de Caroline. Ela já ouviu todos esses poemas. E me ajudou a escrever vários deles.

Espera aí. Este é uma boa opção.

Olho para o quadro branco para conferir o andamento da aula e finjo fazer algumas anotações, mas quando a barra está limpa leio o poema. Então me viro para olhar para Sydney. Ela está me observando com os olhos bem abertos e um sorriso encorajador, o que me lembra as palavras de Caroline naquele primeiro dia: "Vou te mostrar algo que vai mudar sua vida inteira."

Sydney fala bastante, o que é bom porque mal consigo respirar, muito menos falar. Enquanto trilhamos o caminho pelas portas, descendo as escadas e virando esquinas fechadas, escuto ela falar sobre os planos para o fim de semana e resmungo alguns "uhum" e "parece legal", mas não estou prestando atenção em uma palavra.

Estava me sentindo confiante ao encontrar um poema para ler, mas aparentemente deixei essa emoção na sala de aula.

Agora está tudo ficando claro. Assim que atravessar aquela porta, vão todos esperar que eu suba no palco e faça palavras significativas surgirem da minha boca. Não posso fazer isso. Não consigo falar nem quando estou sentada na grama cercada de gente que conheço a vida toda. O ar deve ser mais denso aqui, ou talvez a ventilação no porão não funcione como deveria, porque...
Eu. Não. Consigo. Respirar.

Sydney bate com força à porta de entrada e esperamos. Minhas unhas encontram o lugar de costume e as cravo com força.

"Isto foi um erro."

O cadeado faz um clique e a porta geme ao abrir, revelando AJ, com a chave na mão.

— Oi — diz ele.

Sydney abre a porta direito. Quando entramos na sala, ela abre bem os braços.

— Onde você quer sentar?

Olho ao redor. A garota negra com as tranças pretas e longas está de joelhos em um dos sofás, falando e sacudindo os braços, como se estivesse contando uma história engraçada. A garota com o cabelo loiro muito cacheado e o garoto baixinho de óculos estilosos estão atentos, gargalhando.

Na outra ponta da sala, vejo a garota do cabelo curtinho, Abigail. Ela está diferente hoje, com os olhos pintados com delineador grosso e a boca coberta de batom vermelho-escuro. Ela fica bem assim. Autoconfiante. Está com o braço apoiado nas costas do sofá, batendo papo com a garota de cabelo curto escuro e argola prateada no nariz.

Não vejo Caroline em lugar nenhum.

— Me dá um minuto? — peço para Sydney, apontando para AJ. Ela entende o recado.

Ele tranca a porta e se vira para mim. Não parece irritado. Tampouco chateado. Não parece *nada*.

— Olha — digo. — Posso ir embora se você estiver desconfortável com isso. Eu estou... — O que quero dizer? Confusa? Egoísta? — Estou me perguntando se devia estar aqui. Digo, se você não quiser que eu esteja.

Primeiro ele não diz nada. Então faz um gesto, indicando os outros.

— Eles querem ouvir o que você tem a dizer.

Não tenho nada a dizer.

— Acho que quero ouvir o que você tem a dizer também — acrescenta AJ.

Agora isso parece menos um convite para me juntar ao grupo e mais um teste no qual preciso passar. Escrevo poesia ruim. Para mim. Não tenho nada a dizer.

— Não sei se estou pronta pra isso.

As palavras saem antes que eu possa impedi-las. Minha respiração fica fraca de novo e meu corpo inteiro parece estar pegando fogo. Minhas mãos estão suadas, meus dedos tremendo, e os pensamentos vêm correndo, um atrás do outro.

Todo mundo vai rir de mim.

— Está tudo bem? — pergunta AJ, e sem nem pensar, sacudo a cabeça.

— Cadê a Car...

Minha garganta seca antes que eu possa dizer o nome. Boto a mão no pescoço, e AJ segura meu braço, me levando a um dos sofás na última fileira.

— Senta. Vou pegar uma água — diz ele.

Apoio meus cotovelos nos joelhos e encaro a porta pintada de preto.

É só um pensamento.

Sinto a mão de alguém nas minhas costas e viro a cabeça para o lado, esperando ver AJ, mas é Caroline.

— Tá tudo bem — diz ela.

Assim como começou, a espiral de pensamentos desacelera.

— Caroline — sussurro.

— Estou aqui — diz ela. — Está tudo bem.

Não posso surtar na frente deles. Não quero ser alguém que surta.

— Está todo mundo olhando pra gente? — pergunto.

— Não. Ninguém está prestando atenção. Só respira.

Escuto. Faço o que ela diz.

Alguns segundos depois, AJ volta para o meu outro lado, trazendo um copo d'água.

— Aqui — diz.

Pego sem olhar para AJ e bebo com os olhos fechados. Imagino ele e Caroline se comunicando em silêncio por cima da minha cabeça.

Estou no controle. Posso fazer isso.

Em vez dos meus pensamentos destrutivos, agora ouço a voz de Sue, me dizendo que isso é bom. Que é algo que a Sam do Verão faria. Que ela está orgulhosa.

Sem deixar outro pensamento negativo aparecer, me abaixo, abro a mochila e tiro o caderno azul.

— Estou pronta — digo baixinho e fico de pé, fingindo autoconfiança.

— O que você está fazendo? — pergunta AJ.

— Vou ler.

— Sam...

— Não, tudo bem — interrompo. Estou finalmente aqui e é isso que eles fazem neste lugar. Se vou provar que pertenço, preciso subir naquele palco e mostrar que não sou só uma das Oito Doidas. Sou só *eu*.

— Assiste hoje, Sam — diz AJ, apontando para o resto do grupo, sentado, esperando para começar. — Por favor.

Mas já estou passando por ele, andando para o palco.

Subir na plataforma não exige nenhum esforço físico, só deve ter uns cinquenta centímetros, mas demanda uma dose pesada de entusiasmo forçado. Subo no banquinho e ajeito minha postura. O bate-papo para imediatamente.

Tenho certeza de que todo mundo está vendo minhas pernas tremerem.

— Oi — digo para o grupo, sacudindo meu caderninho azul no ar. — Ando escrevendo muita poesia, mas sou bem nova nisso.

Escolho minhas palavras com cuidado. Mesmo que eu dissesse que minha escrita é horrível, duvido que eles realmente me atacassem com bolinhas de papel na minha primeira visita, mas não quero testar.

— Então sejam legais, ok?

Sydney abre a boca como se fosse dizer algo. Os outros estão me olhando em silêncio, se ajeitando nos assentos, se entreolhando, e não consigo evitar a sensação de estar fazendo algo errado. Encontro AJ e Caroline no fundo da sala. Não consigo ler nenhuma das expressões.

Continue.

Abro o caderno na página que marquei na aula.

— Chamo este de "Mergulho" — digo.
Respiro fundo.
— Mais três passos — começo.
Então paro, me dando um segundo para ler o resto do poema. Parece diferente aqui do que na aula de História dos EUA. Está tudo aqui. Minha obsessão com o número três. Meu hábito de arranhar. Meu ritual no estacionamento. Não conseguir dormir. Este poema não é sobre a piscina. É sobre a loucura. *Minha* loucura. Toda aqui, escorrendo em tinta. De repente, me sinto mais como uma stripper do que como uma poeta, dois minutos antes de me expor para esses completos desconhecidos que podem me achar falsa, mas no momento não me acham doida.

Merda. Aqui vêm eles de novo.

Os pensamentos negativos dominam os positivos e a espiral familiar começa. Desta vez, os pensamentos não são sobre subir no palco, ler em voz alta e ter medo de rirem de mim. Estes pensamentos são muito piores.

Eles vão saber que sou doente.

Queria acreditar que conseguia subir nesse palco e abrir a guarda como AJ e Sydney fizeram com tanta facilidade, mas agora não tenho mais tanta certeza. Estão todos me observando e olho para os seus rostos, notando que não sei nada sobre eles. Nem sei a maioria dos nomes.

— Mais três passos... — repito, mais baixo agora.

Meu corpo inteiro está tremendo e minhas mãos estão suando. Meu estômago se embrulha em um nó e sinto que estou prestes a vomitar.

Fico de pé, pronta para sair correndo do palco, mas algo captura minha atenção no fundo do palco. Caroline está de pé. Ela aponta os olhos com os dedos e diz, sem som:

— Olha para mim. Por um segundo, ajuda. Foco meu olhar no dela e abro a boca para falar de novo, mas então as paredes parecem estar derretendo e dobrando e o rosto de Caroline fica embaçado.

Ah, não.

Eu me obrigo a dobrar os joelhos, que nem a mamãe sempre diz para fazer quando apresento um trabalho, para não prendê--los e desmaiar.

AJ estava certo. Não pertenço a este lugar.

— Sinto muito — murmuro para ninguém em particular, enrolando meu caderno em um tubo, desejando fazer tudo isso desaparecer.

Então saio, andando direto para a porta.

A porta. Passo os dedos pelo batente, pelo cadeado. Não posso sair sem a chave.

— Espera aí. — AJ para na minha frente e começa a mexer na fechadura. — Está tudo bem — diz.

Ele parece sincero, como se estivesse tentando me acalmar. Mas não sou idiota. Consigo ouvir um traço de alívio em sua voz.

Não sei escrever poesia, muito menos ler em voz alta na frente de um grupo de desconhecidos. Além disso, não sou que nem eles. Não *preciso* estar aqui. Eu *tenho* amigas. Sinto culpa por pensar assim, mas é verdade. Meu relacionamento com as Oito pode ser superficial, mas, pelo menos, não esperam que eu abra meu coração para elas o tempo todo.

É então que entendo: é tudo uma enorme piada. Vingança pelo que fiz com AJ anos atrás. Aposto que vão todos gargalhar disso quando AJ, finalmente, abrir a merda da porta.

Meu rosto todo está queimando, lágrimas enchendo meus olhos quando o cadeado faz um clique e a porta se abre.

— Você provou seu ponto — sussurro para AJ, passando por ele. — Não se preocupe, não vou voltar.

O mais rápido que consigo, entro no armário de limpeza, atravesso os esfregões, as vassouras e os produtos químicos, e saio para o corredor. Caroline deve estar bem atrás de mim, mas não quero vê-la agora. Por um segundo acho que armou contra mim; então lembro como me forçou a olhar para ela. Não tem nenhuma possibilidade de ela ter me magoado intencionalmente.

Voo pelas escadas até o sol, correndo para o estacionamento dos alunos. Só consigo pensar em entrar no banco do motorista, botar minha playlist *In the Deep* pra tocar e me desligar do mundo. Mas quando chego ao carro e vou pegar a mochila não encontro nada.

Minha mochila. Ainda está no chão no Canto da Poesia, com tudo que importa. Minhas chaves. Meu telefone. Minha música. Meus cadernos amarelo e vermelho. Meus segredos. Eu me jogo contra a porta do carro, abraçando o caderno azul.

metida a poeta

O asfalto fica mais quente conforme a tarde de outubro passa, e não tenho nada a fazer no estacionamento além de xingar o sol da Califórnia e contar os sinais. Primeiro: fim do almoço. Segundo: começo do quinto tempo. Terceiro: fim do quinto tempo. Quarto: começo do sexto tempo. É minha deixa. Limpo a poeira do estacionamento na minha bunda e ando para o campus, rezando para não encontrar ninguém. Atravesso a grade e a grama até entrar no caminho de cimento que leva ao meu armário. Talvez Caroline tenha deixado um bilhete me dizendo onde buscar a mochila. Assim que recuperá-la, vou direto para a secretaria dizer que estou doente e pedir para ligar para minha mãe e voltar para casa.

Os corredores estão vazios, e chego ao armário sem esbarrar em ninguém. Coloco o código e abro o cadeado. Nenhum bilhete.

Para me acalmar, olho para a porta do meu armário, me concentrando nas três fotos que Psico-Sue me mandou colar ali, tentando me reconectar com a pessoa que vejo nas imagens.

Passo o dedo pela minha foto no bloco, com aquela expressão forte e determinada. Autoconfiança. Foi a palavra que usei aquele dia.

Ela não teria corrido.

Imediatamente noto meu erro e me vem a certeza absoluta: preciso voltar. Mesmo que tenha sido uma piada, mesmo que eles tenham tentado me envergonhar, tenho que voltar e provar que consigo; se não por eles, pelo menos por mim. Se posso mergulhar e ganhar medalhas, posso subir em um palco e ler um poema.

Eu pertenço àquela sala.

— Oi.

Ouço uma voz atrás de mim e me viro. AJ está sentado em uma das mesas redondas de metal na grama, entre os caminhos. Tem duas mochilas aos seus pés. Quando levanta, pega a minha. Ele atravessa o gramado e me entrega.

— Aqui, Sam.

Sam.

— Você devia ter deixado na secretaria, sei lá — digo, pegando de volto. — Vai levar bronca por matar aula.

— E você não vai? — pergunta, passando a mão pelo cabelo.

— Estava pensando em voltar cedo pra casa.

O breve momento de autoconfiança sumiu agora que ele está aqui. Penso naquele palco e naquele banquinho, em como AJ abriu a fechadura para me deixar sair, e meu rosto queima.

Ele está me observando, sem dizer uma palavra. Meu olhar para em uma rachadura no cimento enquanto crio coragem para contar a verdade.

— Entrei em pânico — digo. — Achei que vocês iam rir do meu poema.

— Não íamos.

— E depois achei que fosse tudo uma piada. Que você estava tentando se vingar pelo que fiz quando éramos pequenos.

Eu me obrigo a encontrar seu olhar.

— Eu nunca faria isso.

Ouço a voz da Psico-Sue na minha cabeça, falando de erros. Lembrando que eles têm propósitos.

— Estraguei tudo, né?

— Não. A gente estragou.

A expressão dele está diferente agora. Mais suave, quase arrependida.

— Olha, Sam, a gente fez tudo errado. Tem todo um processo de iniciação que a gente meio que... pulou.

Não consigo saber se ele está brincando. Ouço "processo de iniciação" e imediatamente penso em vendas, velas e a possibilidade de tortura com água.

— Ótimo.

Cubro a cabeça com as mãos e encontro aquela rachadura no cimento de novo.

— Não se preocupe — diz ele.

Consigo ouvir a risada em sua voz e algo nisso me deixa mais tranquila. Se ele está rindo, deve estar sorrindo também. Já o vi sorrir, tocando no palco, mas nunca para *mim*. Olho para cima. Realmente, ele está.

— Em vez de matar o sexto tempo e ir para casa, posso te convencer a matar o sexto tempo e vir comigo?

— Aonde?

— Lá para baixo.

— Por quê? Está todo mundo lá?

— Não. É meio por isso. Você tem que ver a sala sozinha. Vou te mostrar.

Ele indica o teatro com o queixo e dá dois passos para trás, entrando no caminho.

Depois daquela primeira vez, tudo que eu queria era passar a tarde toda no Canto da Poesia, lendo as paredes. Queria ficar sozinha. Queria ler todos os poemas sem interrupção.

Quero segui-lo.

Dou um passo incerto na direção de AJ.

Quero confiar nele.

Ele se vira e continua andando, parando por um instante na mesa para pegar a mochila, e prosseguimos pelo gramado, direto para o teatro. Sigo ele pelo palco, pelas escadas, pelos esfregões e vassouras, até o Canto da Poesia. Ele deixa a porta aberta para entrar luz e aponta para a luminária mais próxima.

— Acende a luz? — pede.

Ele tranca a porta e, juntos, damos uma volta na sala, acendendo as luzes. AJ é mais rápido do que eu, mas ainda assim nos encontramos na frente.

— Sente-se.

Ele se senta na beira do palco baixo e improvisado, e eu me acomodo ao lado dele, tentando esquecer que me fiz de idiota neste lugar menos de três horas antes.

— Funciona assim. — Ele pigarreia. — Os membros atuais discutiram e gostaríamos de considerar você, Samantha... Sam... McAllister, para se juntar ao Canto da Poesia.

— Por quê?

Ele franze a sobrancelha.

— Por que o quê?

— Por que querem que eu me junte a vocês? Vocês nem me conhecem.

— Bem, não é tão simples. Você precisa ler antes. Então a gente vota.

— Se meu poema for ruim, não sou aceita?

— Não é isso. Todo mundo escreve coisa ruim. Não estamos julgando sua poesia.

— O que *estão* julgando?

— Não sei. Sua... sinceridade, acho.

Ele bate com as palmas nas pernas, fica de pé rápido e estende a mão para me ajudar a me levantar. Aceito. Acho que ele vai soltar, mas não solta. Ele me puxa até o centro do palco, bem ao lado do banquinho.

— Você precisa ver as coisas deste ângulo antes, para se acostumar a subir aqui.

Ele pega meus braços e me gira até eu estar de frente para as fileiras de cadeiras e sofás vazios.

— Com que frequência?

— Não tem regra. — Ouço sua voz atrás do meu ombro direito. — Você pode subir aqui quantas vezes quiser. Precisa ler uma vez, para ficar equilibrada com a gente, mas depois é por sua conta.

A ideia de ler me deixa enjoada de novo, então mudo de assunto.

— De onde vieram esses móveis todos?

Não consigo imaginar como eles trouxeram isso tudo para cá. Parece impossível, especialmente considerando a escada estreita e íngreme.

Quando me viro para trás, AJ está sentado no banquinho com uma perna dobrada e outra no chão. Está com os braços cruzados no peito. Deste ângulo, parecem meio musculosos.

Até agora, achei que fosse alto e meio magrelo, de um jeito fofo. Ele não é magrelo.

— Sala de cenário — diz.

— Como assim?

— Quando você desce as escadas, vira à direita para entrar aqui. Mas, se virar à esquerda, vai parar na sala de cenário.

Levanto uma sobrancelha.

— Sala de cenário?

— É a sala bem abaixo do palco — explica. — Tem um elevador de carga enorme que usam para subir e descer os móveis do cenário para apresentações. Quando acaba a peça e não precisam mais daquele cenário, os itens ficam na sala até serem usados de novo. Ou até serem realocados.

— Realocados?

Ele descruza os braços e aponta para o sofá laranja no qual sentou na primeira vez em que estive aqui.

— Aquela é nossa mais recente aquisição. Eu e Cameron precisamos tirar as pernas dele para passar por aquela curva fechada perto da escada. Ficou preso na porta por uns bons dez minutos até conseguirmos empurrar. — Ele fica de pé de repente, faz uma reverência e se senta de novo. — Mas deu certo.

Sorrio para ele.

— Vocês passaram esse sofá pela porta?

— Por pouco.

Olhando ao redor, entendo por que nada combina e tudo parece vir de épocas inteiramente diferentes. Uma estante antiga com uma luminária moderna. Uma cadeira retrô dos anos 1970 com uma mesinha elegante de metal.

— Tudo aqui veio da sala de cenários?

— É.
— Eles não sentem falta das coisas?
— Hum. Peças desaparecem pouco a pouco já faz uma década, desde o começo do Canto da Poesia. Tenho certeza de que eles sentem falta de algumas coisas às vezes, especialmente as grandes.
— Por exemplo, um sofá laranja.
— Exatamente.
— Mesmo sentindo falta, eles não fazem ideia de onde procurar — digo, controlando um sorriso.
— Sala secreta. — Ele sorri de soslaio. — Eu, provavelmente, devia me sentir meio culpado, né?
— Talvez um pouco — respondo, levantando a mão, quase tocando o polegar e o indicador.
— Não é como se fosse roubo.
— Claro que não. Só foram realocados.
— O sofá é muito confortável.
Ele passa por mim e pula do palco, fazendo barulho. E se joga no sofá laranja, passando as mãos pelas almofadas.
— E inspirador. Sabe, se estiver procurando um assunto para escrever, o sofá é um ótimo tema.
Rio.
— Por que eu escreveria sobre um móvel?
Tenho um transtorno mental e quatro amigas superficiais. Certamente tenho mais material para uma carreira poética do que um sofá laranja feio.
Quando ele sorri, a covinha no lado esquerdo da boca chama a minha atenção.
— Não faço ideia.
Então ele deixa a cabeça cair para trás e encara o teto.

— Isso é bom. Continua — diz, fazendo um gesto com a mão. — Que outras perguntas você tem para mim, Sam?

Sam. De novo. Duas vezes.

Dou uma volta no palco, sentindo os passos. Toco o banquinho com os dedos, pensando em como senti medo aqui. Parece estar me desafiando a sentar de novo, então subo e olho ao redor. A sala parece diferente agora que está vazia. Mais segura. Pelo menos agora pareço uma metida a poeta, não uma stripper.

AJ ainda está jogado no sofá, me observando.

— Conta mais sobre as regras. É proibido criticar os poemas, especialmente os seus próprios, né?

— Verdade. Você viu em primeira mão as consequências da última vez em que quebrei essa regra.

Lembro que AJ ficou de pé ali, com o violão pendurado, convidando os amigos a jogarem papel nele.

— Sim, vi.

Pensar naquele dia me lembra de mais uma coisa que me deixou curiosa.

— Por que vocês sempre começam dizendo onde escreveram o poema? Por que importa?

— Tem algum lugar no qual você gosta de escrever? Um lugar específico que te inspira?

Imagino meu quarto, enrolada nas cobertas muito depois da hora de dormir, escrevendo até minha mão doer. É bom, mas não diria que é inspirador. Então penso na piscina.

— Sim.

AJ olha para mim.

— A gente acha que esses lugares importam. Que vale a pena compartilhar, sabe? Porque, quando você compartilha, eles viram parte do poema.

Sinto calafrios.

— Hum. Gostei.

— É, eu também. Isso me lembra de outra regra. — Ele pula de volta no palco e para bem na minha frente. — O primeiro poema que você ler no Canto da Poesia tem que ser escrito aqui.

— Quê?

— É.

Merda. Na aula de história, Sydney não estava me dizendo que eu precisava subir no palco. Por que eu fui tão idiota?

— Por que vocês me deixaram ler hoje?

Ele ri.

— Você estava insistente. Acho que nenhum de nós sabia te impedir.

Escondo o rosto.

— Até eu me impedir.

— E acho que falo por todos quando digo que sentimos muito por isso.

— Mesmo?

Eles me queriam aqui.

— Claro. Você teria sido atacada com papel ao acabar, e eu, sinceramente, estava especialmente ansioso por essa parte.

Reviro os olhos.

— Isso sim teria sido uma iniciação interessante.

— Talvez, mas esta é melhor — diz, pegando o celular no bolso. — Nos encontramos na hora do almoço toda segunda e quinta. Às vezes marcamos reuniões adicionais sem motivo aparente. É um problema?

— Não.

Na verdade, talvez.

— Se te convidarmos para participar, vou precisar do seu número.

AJ levanta o telefone. Não sou um membro oficial, mas ele parece estar pedindo, então digo. Digita e bota o celular de volta no bolso.

— Mais alguma pergunta?

Saio do palco e começo a dar uma volta na sala, passando pelas centenas de papéis cobertos por milhares de palavras. Todas essas pessoas. Cada uma exposta de forma tão assustadora. Não faço ideia de como conseguirei fazer algo perto disso.

— Acho que todos vocês têm um dom que não possuo — digo, sem olhar para ele.

— Qual é?

Dou alguns passos para a frente, olhando para as paredes e as palavras.

— Vocês parecem saber articular seus sentimentos e compartilhar com outros seres humanos. Temo que meu dom seja o oposto: sou boa em esconder tudo.

Meu queixo treme como quando conto para a Sue algo que nunca planejei admitir, mas meu peito fica mais leve. Duvido que AJ estivesse pensando nisso quando me pediu mais perguntas, mas preciso saber a resposta.

— Como aprendo a fazer isso?

Ele se levanta do sofá.

— Acho que você começa com um espaço seguro, com pessoas seguras, que nem nesta sala, com a gente. — Ele fala enquanto anda na minha direção. — A gente confia uns nos outros e a gente não julga. Você é totalmente livre para se abrir aqui.

Rio alto demais.

— Eu? É, não me abro. Nunca. Minha amiga Kaitlyn se orgulha de ter muitas opiniões e de sempre dizer exatamente o que pensa. Ela se abre. Às vezes até magoa as pessoas ao seu redor.

— É diferente.

Eu o encaro.

— Você sempre diz exatamente o que está pensando?

Ele dá de ombros.

— Eu tento. Gosto de saber em que pé estou com as pessoas e acho que devo a mesma cortesia. Quer dizer, nunca sou rude ou grosseiro, mas não vejo motivo pra ser falso. Dá trabalho demais.

Dá mesmo. Eu sei.

AJ tira o cordão do pescoço e passa pela minha cabeça. Seus dedos tocam meus ombros e a chave faz um barulho ao quicar em um botão da minha blusa.

— Isso é permitido? — pergunto, pegando a chave, passando os dedos pelas pontas e curvas.

— Claro. A chave é do grupo. Sou só o responsável pela porta.

Estou me sentindo um pouco nervosa sobre ficar aqui sozinha. E se a luz acabar? E se a ventilação pifar? Alguém me encontraria?

— Mais alguém tem chave?

— O sr. Bartlett. Ele vem algumas vezes por mês para esvaziar o lixo, passar aspirador, essas coisas.

— O zelador? Ele conhece este lugar?

— Ele trabalha aqui faz vinte anos. O sr. B conhece tudo e todos. Mas ele guarda nosso segredo.

Passo o dedo pela chave de novo. Não quero que AJ vá embora, mas ao mesmo tempo estou ansiosa para ficar sozinha com esses poemas. Estou morta de vontade de, finalmente, encontrar a letra da música dele.

— Vou embora, tá? — diz.

Espero que ele se afaste, mas me surpreendo quando se aproxima. Noto como é alto e tenho que levantar o queixo para encontrar seus olhos. Pensei tanto nele no último mês, mas agora, finalmente, tenho uma oportunidade de estudá-lo.

Ele não é lindo nem nada, não é que nem Brandon e o resto das minhas paixões recentes. Mas nenhum deles me fez sentir como me sinto agora.

Tudo em AJ está me atraindo. A postura dele, tão confiante e controlada. Como esteve tão relaxado nesta sala comigo hoje, fazendo com que eu me sentisse parte disso. Como me lembro dele tocando aquela música, como praticamente flutuou do corpo dele.

— Fique aqui o quanto precisar. Leia as paredes; estão cobertas de uma década de palavras escritas por mais de cem pessoas. Conheça todo mundo. Então escreva algo seu.

— Ok — sussurro.

A expressão dele é suave e bondosa, seus olhos brilhando quando fala sobre a sala, sobre eu me tornar parte disso.

— Tranque a porta e apague as luzes quando acabar. Vou te esperar naquela mesa perto do seu armário.

— Ok — digo de novo.

Ele começa a se afastar, mas para.

— Ah, e se quiser, pratique ler em voz alta. O palco é menos assustador quando a sala está vazia.

Ele passa por mim, e me encosto na parede para dar espaço.

— AJ?

Ele se vira. Não quero falar, mas acho que preciso, porque não desejo ficar desconfortável aqui e, certamente, não quero que *ele* fique. Se estão todos se preparando para julgar minha sinceridade, AJ deve entender o quanto é importante para mim que me perdoe.

— Você não precisa fazer isso. Se não quiser que sejamos amigos, eu entendo. Faz muito tempo, mas as coisas que eu disse e fiz quando éramos pequenos...

Interrompo a frase, pensando no dia em que eu e Kaitlyn passamos trote para a casa dele sem parar, até a mãe dele, finalmente, atender o telefone e gritar, implorando para a gente desistir. Ou na vez em que sentamos atrás dele no ônibus e esvaziamos nossas mochilas, jogando todas as embalagens de chiclete, restos de papel e poeira por dentro da camisa dele. Sacudo a cabeça e mordo a boca com força.

— Você nunca vai saber como me arrependo.

Ele não responde imediatamente.

— Por que me contou isso? — pergunta, enfim.

— Acho que... Eu meio que... — gaguejo, procurando as palavras perfeitas. — Queria ter certeza de que você soubesse. Caso não achasse que foi sério da primeira vez.

Ele sorri de novo. Três vezes hoje. Este sorriso parece ainda mais sincero do que os outros.

— Se eu não achasse que foi sério da primeira vez, você não estaria aqui.

Não tenho ideia do que dizer, então fico parada com os dedos nos bolsos do jeans, balançando no calcanhar.

— Mas já que estamos nos abrindo aqui, vou ser honesto — diz. — Não foi fácil te deixar vir aqui hoje. Aceitei seu pedido de desculpas, porque acho que é sincero e não sou de guardar rancor, mas não vamos exagerar na amizade, ok?

Andando para a porta, ele levanta o dedo e faz um círculo no ar.

— Leia as paredes, Sam.

eu solto tudo

Passo o resto do sexto tempo e o sétimo inteiro lendo as paredes no Canto da Poesia. Os poemas aqui são bobos, devastadores, hilários, tristes, e muitos são absurdamente incríveis. São sobre gente que não se importa e que se importa demais, gente de confiança e traidora, odiar escola, amar amigos, ver a beleza do mundo. Entre eles estão alguns mais pesados, sobre depressão e vício, automutilação e várias formas de automedicação. Mas a maioria é sobre amor. Querer. Faltar. Sentir. Leio alguns desses duas vezes.

Nenhum poema está marcado por nada que identifique seus autores; exceto pelas embalagens de comida, que parecem ser a marca registrada de Sydney. Por mais que tente, não consigo descobrir quais Caroline escreveu, mas os de AJ são fáceis de encontrar; assim que achei a primeira música, não foi difícil encontrar mais daquela letra estreita e inclinada para a direita.

Quando o último sinal toca, já li centenas de poemas. Por mais que esteja ansiosa para ler cada centímetro das paredes, já faz mais de uma hora que estou sozinha aqui. AJ está na mesa lá fora, me esperando voltar, e ainda tenho um poema para escrever. Minha mochila está apoiada perto do sofá, então me sento e folheio os cadernos. Pulo o vermelho porque não estou com raiva, e o azul porque não estou pensando na piscina. Apoio minha cabeça nas almofadas e deixo meu olhar passear pelas paredes uma última vez antes de botar a caneta no papel. Bato três vezes. Então eu solto tudo.

sem nenhum pensamento

Estou na borda do bloco de mergulho na raia número três. Ajusto minha touca, pressiono os óculos no rosto com a palma da mão e me posiciono. Arranho a fita três vezes e mergulho.

Passei o caminho todo até aqui pensando na tarde no Canto da Poesia. Sentada sozinha no palco. Lendo os poemas. Escrevendo meu próprio. E em AJ, que pode não ser meu amigo, mas, pelo menos, não parece mais me odiar.

Mas agora está tudo tão quieto. Não só a piscina, mas minha cabeça também. Nem sinto a necessidade de nadar acompanhada de música. Estou esgotada. Sem nenhuma palavra. Sem nenhum pensamento. É bom estar tão vazia. Sinto paz.

É assim que é ser normal?

Nos quarenta minutos seguintes, sigo as instruções do treinador Kevin, mas queria estar aqui sozinha, sem ele gritar para eu nadar mais rápido, me esforçar mais. Quando o treino acaba e o resto da equipe vai tomar banho, fico na água, nadando devagar de um lado para outro.

Quinze minutos depois, o clube está ficando vazio. O resto da equipe está de moletom e jaqueta, andando para a saída, então saio da piscina e pego minha toalha. Enquanto me seco, penso no que vem depois. Se quiser mesmo fazer parte do Canto da Poesia, vou precisar subir naquele palco para ler na segunda-feira. Se me deixarem ficar, vou precisar ler de novo. E de novo. Vou necessitar de uma desculpa para furar o almoço duas vezes por semana.

O que vou falar para as Oito?

Meu coração bate rápido enquanto visto o moletom, e meus dedos começam a tremer enquanto ando para o estacionamento.

Estou quase na saída quando vejo Caroline sentada de pernas cruzadas na grama perto do meu carro.

— Oi. O que você está fazendo aqui?

Ela ajeita um pouco a postura e leio a camiseta: PROCRASTINE AGORA!

— Espero que você não se importe por eu aparecer assim. Achei que estaria aqui, e não pude te ver depois de, sabe... do que aconteceu hoje no almoço.

— O que aconteceu hoje no almoço? — brinco.

Cobrindo o rosto de forma dramática, me jogo na grama ao seu lado.

— Desculpe — diz ela, rindo.

— Você contou para eles sobre o meu TOC e meus ataques de ansiedade? É por isso que o AJ se desculpou e me levou de volta?

— Não — afirma tranquilamente. — Nunca disse uma palavra.

— Jura?

Ela desenha um *X* no coração.

Então me lembro do que Sydney disse na aula quando me convidou para descer com ela. Eu planejava agradecer a Caroline quando a visse no Canto da Poesia, mas acabei não tendo a oportunidade.

— Sabia que eles me deixaram voltar por causa do poema que você me ajudou a escrever? — digo, me apoiando no cotovelo.

— *Você* escreveu.

— Não sozinha.

Ela não diz nada, mas sabe que é verdade. Se não tivesse me ajudado a encontrar as palavras certas para pedir desculpas para AJ, ele nunca teria me perdoado.

— Obrigada.

Ela sorri.

— De nada.

— Preciso voltar para aquele palco segunda.

— Eu sei. E vai ficar tudo bem.

Ela parece tão certa. Queria me sentir tão confiante.

— E digamos, hipoteticamente, que eu mande bem. Vou precisar de mais coisas para ler. O que pode ser um problema, já que, sabe, a maior parte do que escrevo é sobre...

Giro meu dedo em um círculo no lado da minha cabeça, sem conseguir dizer a palavra "loucura".

— Eles são capazes de lidar, sabe? Com...

Ela imita meu gesto sem dizer a palavra também.

Tenho certeza de que sim. Mas levei cinco anos para contar para alguém fora da minha família sobre o transtorno e, mesmo que tenha contado meu segredo para Caroline, não estou pronta para compartilhar com o resto dos membros do Canto da Poesia. Além disso, quero o voto deles, não pena.

— Só quero manter isso entre a gente. Pelo menos por enquanto. Tá?

— Pode deixar.

Ela aperta a boca e gira uma chave imaginária, trancando meus segredos lá dentro.

uma pergunta excelente

— Onde você estava? — pergunta Kaitlyn quando encontro um lugar no círculo.

— Como assim? — digo, abrindo meu almoço. — O sinal acabou de tocar.

— Não hoje. Ontem.

Quando olho para cima, ela sopra o papel do canudinho, que quica na minha testa.

— Você não almoçou com a gente, e a Olivia falou que você faltou o quinto tempo.

— Eu fiquei preocupada — diz Olivia, brincando com a comida. — Está tudo bem?

— Eu me senti mal, então fui pra casa depois do quarto tempo.

Dou um gole no refrigerante. Na minha visão periférica, noto que estão todas olhando para Alexis.

— O que foi? — pergunto, sentindo a adrenalina que sempre dispara o ataque de pânico. Me preparo para o que quer que Alexis vá relatar sobre minha localização.

Ela me viu falando com AJ perto do armário. Ou entrando no teatro com Sydney.

— Eu vi seu carro no estacionamento depois da aula.

Ela parece constrangida, mas tem um leve tom de acusação na voz. Um "Ha! Te peguei!" implícito.

Não quero mentir para elas, mas não posso dizer onde estava ontem. Uma versão dos eventos que eu estava planejando quando esbarrei com AJ ontem me ocorre, então invisto nela.

— Fui para a secretaria e a enfermeira tirou minha temperatura. Como estava alta, ela disse que eu não podia dirigir, então minha mãe teve que vir me buscar.

Acrescento uma careta dramática, revirando os olhos, para pontuar minha mentira, e concentro toda a minha atenção no sanduíche, tentando não parecer culpada.

Elas não devem ter nenhuma outra prova contra mim, porque Alexis diz:

— Ah. Tá, que bom que você está melhor.

Quando olho de novo, ela está misturando molho na salada. Hailey sorri para mim, como se estivesse aliviada por descobrir que tenho um bom motivo para abandoná-las sem aviso.

Funcionou por hoje, mas não sei como vou faltar ao almoço na segunda-feira. O que posso fazer se for chamada para o Canto da Poesia? Fingir estar doente *toda* segunda e quinta? Vou precisar de uma desculpa melhor.

Olivia começa a contar sobre uma banda nova da gravadora do pai dela, explicando que ele quer que todas nós apareçamos no próximo show com amigos para encher a plateia. Enquanto todo mundo se ocupa conferindo as datas dos shows no celular, uso a oportunidade para desaparecer no meu mundinho, pensando em formas de escapar do almoço.

É cedo demais para a comissão de formatura. Não faço parte de nenhum outro clube. Elas nunca iriam acreditar que eu estava passando duas tardes por semana ajudando um professor com um projeto, preparando um experimento de ciência, nem nada assim. Então me ocorre. Como de costume, salva pela água. Perfeito. Normalmente não nado na piscina da escola até os treinos começarem na primavera, mas fica aberta e aquecida até o início de dezembro. Não tem motivo para eu não começar mais cedo.

Quando a conversa morre, aproveito minha oportunidade.

— Tenho algumas competições importantes chegando, então decidi começar a nadar na hora do almoço algumas vezes por semana — explico casualmente, fazendo um gesto na direção geral da piscina. — Estou sobrecarregada de dever de casa e anda difícil ir até o clube. Só estou mencionando isso pra, sabe, vocês não se perguntarem onde eu estou.

— Ei — diz Olivia, animada. — Eu quero ver uma das suas competições. Nunca te vi nadar — continua, olhando ao redor do círculo. — Vocês já viram?

Todas sacodem a cabeça.

Não. Não posso deixar que elas me vejam nadar. Quando estou na piscina, sou o mais perto da Sam do Verão possível.

— Na verdade... por favor, não. Sei que parece estranho, mas é meio que a *minha* parada.

Kaitlyn bufa, ofendida.

— Você compete na frente de grupos enormes o tempo todo. Por que te incomodaria se a gente fosse a uma competição?

Não tenho uma boa resposta preparada, então digo a verdade.

— Não sei. Desconhecidos me vendo nadar é uma coisa. Vocês são diferentes. Eu ficaria totalmente nervosa.

Rio para diminuir o impacto dos olhares, mas o som que sai da minha boca não parece uma risada.

— Somos suas melhores amigas — diz Alexis, e não sei pelo tom de voz se ela está ofendida ou simplesmente apontando um fato. — Por que ficaria nervosa com a *gente*?

É uma pergunta excelente. Uma que eu me faço o tempo todo.

Antes que eu possa responder, Hailey interfere.

— Tudo bem — diz. — A gente entende.

— Entende? — pergunta Kaitlyn. Seu tom não é nada difícil de interpretar.

— É a parada da Samantha.

Olho para Hailey e a agradeço silenciosamente.

— Ainda não entendi — diz Alexis. — Mas tá. Divirta-se nadando na hora do almoço. Sozinha.

Voltamos a almoçar e fico aliviada dessa conversa ter passado. Começo a pensar na segunda que vem, me preparando mentalmente para ler o poema na frente do grupo.

— Vocês souberam de amanhã? — pergunta Alexis. — Festona.

— Onde? — pergunta Hailey.

— Na casa do Kurt Frasier.

Levanto a cabeça correndo.

Kaitlyn olha para ela com raiva.

— Você *precisa* estar zoando. Eu *não* vou pra casa daquele babaca.

— E eu vou? — acrescento.

Kaitlyn estica o braço e segura minha mão em solidariedade. Eu me afasto.

— Ah, fala sério. Você não está puta por causa daquilo ainda, está? — pergunta. — Eu te falei. *Ele me* beijou.

— Kaitlyn, a gente não vai ter essa conversa de novo — digo com firmeza, e ela deve ouvir o peso da minha voz, porque suspira fundo e deixa o assunto para lá.

Eu e Kurt estávamos juntos há dois meses quando fomos para o baile de inverno no ano passado. Ele disse que ia pegar uma bebida e, vinte minutos depois, quando fui procurá-lo, o encontrei pegando Kaitlyn no guarda-volumes.

Eles não duraram muito juntos. Algumas semanas depois, ele e Olivia ficaram em uma festa. Começou a parecer que planejava passar o rodo em nós cinco e ainda estava só no começo. Achei que tínhamos todas concordado que nunca falaríamos com ele de novo. Como Alexis podia *sugerir* irmos à casa dele?

Alexis olha para Kaitlyn, depois para mim.

— Olha, o cara é um escroto, mas um escroto com cerveja e uma casa vazia, e é aonde todo mundo vai amanhã. — Ela volta a atenção para Hailey e Olivia. — Eu vou. Vocês?

— Estou dentro — responde Olivia.

Quando Kaitlyn olha para ela com raiva, acrescenta:

— O que foi? A casa dele é legal. Aposto que a bebida dos pais dele é boa.

Hailey parece querer minha aprovação, porque olha de relance para mim. Dou de ombros e desvio o olhar.

— Tá, claro — diz, finalmente.

— Ok, tudo bem, eu vou — diz Kaitlyn, olhando para mim.

— Samantha?

— Eu não vou.

É bom dizer isso com tanta firmeza. Talvez eu chame Caroline para sair.

há de ser

A entrada lateral do teatro está destrancada. Corro pela ala central, subo as escadas que dão no palco e me esgueiro para trás do piano, prestando atenção em sons do outro lado da cortina. Quando ouço passos, entro.

Eles já passaram, mas Caroline está no fim do grupo e, quando me vê, abre um sorriso enorme. Sorrio de volta quando ela segura meu braço, me puxa para o grupo e toca um dedo na boca.

Sydney está bem na nossa frente, andando com a garota do cabelo muito cacheado. As duas se viram e acenam, mas ninguém diz uma palavra enquanto descemos as escadas, atravessamos o labirinto de corredores cinzentos e entramos no armário de limpeza.

É silencioso demais aqui embaixo. Tenho certeza de que todo mundo me ouve respirando do jeito que Psico-Sue ensinou: inspirando pelo nariz, expirando pela boca. Caroline deve notar que estou nervosa, porque aperta minha mão.

AJ abre a porta e todos entramos, nos aglomerando no fundo da sala. Quando ouvimos o cadeado se fechando, o silêncio desaparece e a energia muda completamente.

A garota do cabelo loiro cacheado diz que se chama Chelsea. Ao lado dela, a outra com o cabelo escuro na altura do ombro e a argola prateada no nariz fala:

— Fico feliz que você tenha vindo. Sou a Emily.

— Oi — digo. — Obrigada.

Minhas mãos estão suando e meu coração bate rápido, mas parece com o momento antes de um mergulho, então tenho bastante certeza de que é adrenalina positiva, não o primeiro sinal de um ataque de pânico.

— Sou a Jessica — sussurra a garota magra com as tranças pretas e compridas, acenando. — Bem-vinda.

Só tem outro garoto. Ele é baixinho e forte e está usando uma camiseta do time de luta livre da escola North Valley, então suponho que seja Cameron, o parceiro de AJ na realocação de móveis. Ele ajusta os óculos e acena para mim.

Cumprimento Abigail, usando seu nome, e digo que estou feliz em vê-la de novo, e ela me surpreende com um abraço apertado. Quando me solta, Sydney passa um braço pelo meu ombro e mostra para todo mundo nossos pingentes de S combinando.

Caroline fica parada, sorrindo como se este momento todo estivesse acontecendo exatamente como ela imaginou, e AJ me cumprimenta com aquele gesto casual do queixo e diz:

— Você não precisa ler imediatamente hoje. Ouve antes, ok?

— Por que você acha que eu pularia no palco e começaria a ler? — pergunto sarcasticamente, e todos riem.

AJ sorri. Então ele se dirige ao grupo:

— É melhor a gente começar.

Ele corre para a frente da sala e se joga no sofá laranja do qual tanto gosta.

Todo mundo anda atrás dele e se instala nos móveis descombinados, mas fico para trás, me permitindo um momento para me acostumar com a sala.

As paredes parecem um pouco diferentes agora. As cores estão mais fortes, as texturas mais marcantes. Até a caligrafia parece pessoal, quase íntima, como se todas essas palavras em todos esses pedaços de papel estivessem aqui só para mim. Eu li os poemas. Conheço os autores. Compartilhamos um segredo, o que faz com que eu me sinta pequena, de um jeito bom, como se fosse parte de algo maior, algo poderoso, mágico e tão especial que não pode ser explicado. Inspiro fundo, apreciando tudo nessas paredes, especialmente seu caos.

AJ está de pé no palco agora, com os braços cruzados, e noto que está me observando, me esperando sentar.

Sydney me chama, então sento ao lado dela. Estou começando a ficar nervosa, mas me lembro que não preciso ler agora. Antes, necessito ouvir. Escutar e aplaudir. Só isso.

Ouvir. Aplaudir. E respirar.

Viro-me para trás e vejo Caroline no sofá atrás do meu. Ela faz um sinal de joinha com as mãos.

Chelsea se senta no banquinho. Alguns usam maquiagem dramática e têm tatuagens e piercings visíveis, mas não Chelsea. Como Caroline, ela não usa maquiagem nenhuma, e por um momento imagino o que poderia fazer com um pouco de blush e brilho labial. Talvez um produto para definir melhor os cachos e uma faixa para afastá-los do rosto.

Então eu me controlo.

— Escrevi isto semana passada no meu carro.

Todo mundo fica em silêncio enquanto Chelsea desdobra um papel.
— Se chama "Superei".

    Só levou duzentos e quarenta dias
        sete horas
        vinte e seis minutos
        e dezoito segundos

    Mas posso finalmente dizer:
        eu superei.

Não penso mais em
    como seu quadril mexe quando você anda
    como sua boca mexe quando você lê
    como você sempre tirou a luva
        antes de segurar minha mão para me sentir.

Esqueci completamente as
    mensagens no meio da noite, dizendo que
        me ama, me quer
    piadas internas das quais mais ninguém ri
    músicas que te faziam querer parar o carro
    e me beijar imediatamente.

Não lembro
    o som da sua voz
    o gosto da sua boca
    a cor do seu quarto quando o sol nasce.

Não recordo
   exatamente o que você disse naquele dia
   o que eu vestia
   o quanto levou para eu começar a chorar.

   Só levou duzentos e quarenta dias
      sete horas
      vinte e seis minutos
      e dezoito segundos
      para te apagar da minha memória.

   Mas se você dissesse que me quer de volta
      hoje
      ou amanhã
      ou daqui a duzentos e quarenta dias
         sete horas
         vinte e seis minutos
         e dezoito segundos a partir de agora,
   sei que tudo voltaria.

Ficamos todos em silêncio por um minuto. Ninguém se move. Ninguém aplaude.

Só um minuto antes eu estava aqui, planejando maquiar Chelsea, e agora a estou encarando, sentindo uma combinação estranha de tristeza e inveja. Ela teve tudo isso? Fico triste por ela, mas não consigo deixar de estar um pouco triste por mim também. Quero isso. Ela perdeu, mas pelo menos *teve*.

— Oi? Cola?

A sala explode em aplausos, e Sydney fica de pé e joga o tubo de cola. Estou batendo palmas, mas também observando

Chelsea, imaginando se vai chorar depois de uma leitura tão catártica. Ela não chora. Empurra os ombros para trás e sai do palco, orgulhosa.

— Ok!

Ouço a voz na frente da sala e encontro Abigail quicando no lugar, sacudindo os braços.

— Ainda fico meio nervosa aqui — diz ela, o que me surpreende.

Abigail não parece o tipo que fica nervosa. Então lembro que ela me disse que era a mais nova no grupo. Passa a mão no cabelo curtinho e olha para o papel que segura.

— Escrevi isso na aula de ciências semana passada.

Ela mostra um pedaço rasgado de papel quadriculado, se senta no banquinho e respira fundo algumas vezes, como se estivesse se preparando.

— Se chama "Fingir" — diz, sacudindo os braços de novo.

Quando começa a ler, vejo o papel tremendo nas suas mãos.

Tímida, insegura,
com medo de falar?
"Finja", dizem.
Finja não ser.

Ande com a postura correta.
Fale com a voz aberta.
Levante a mão na aula.
Finja.

Fale o que pensa. Corte o cabelo.
Seja o papel. Pareça o papel.

Você consegue.
É só fingir.

Se você me conhecesse,
Se pudesse me ver por dentro,
Me encontraria tímida, insegura e assustada.
Fingindo.

Irônico, não acha?
Quando não estou
"fingindo"?
Quando estou no palco.

Sou a primeira a aplaudir. Não consigo evitar. Foi totalmente inesperado.

Sydney me passa um tubo de cola.

— Quer ter as honras? — pergunta.

Pego dela, sorrindo quando jogo para Abigail.

Olho ao redor, me perguntando quem é o próximo. Não parece ter uma ordem determinada nem nada, mas estou esperando a próxima pessoa, pronta para vê-la mostrar coragem. Abigail cola o poema na parede do fundo e volta para o palco quando Cameron e Jessica se levantam para se juntar a ela.

Jessica vai até a borda. Ela está de regata e, quando se vira, noto uma tatuagem pequena no seu ombro direito. Quando me cumprimentou na porta, falou tão baixinho que achei que fosse tímida, mas agora está cheia de energia e, quando abre a boca, uma voz alta e cheia de autoridade emerge.

— Ok. Sei que falamos muito disso — diz, com as mãos no quadril. — Vocês, finalmente, vão ouvir o que a gente anda fazendo, mas precisam nos ajudar.

Ela bate com as mãos nas pernas, começando o ritmo: *Esquerda-esquerda-esquerda-direita, esquerda-esquerda-esquerda-direita, esquerda-esquerda-esquerda-direita.* E continua enquanto nos juntamos: *Esquerda-esquerda-esquerda-direita, esquerda-esquerda-esquerda-direita.*

Então Jessica olha bem para mim, o ritmo ainda soando no fundo, e diz:

— Estamos trabalhando nisso já faz um mês, mas ainda está longe de ser perfeito. É a primeira vez que apresentamos aqui. Então não julgue.

Não sei por que ela se preocupa com o que penso, mas estou meio lisonjeada. Talvez eles fiquem tão nervosos de se apresentarem na minha frente quanto estou de me apresentar na frente deles.

— Este é "O Corvo", de Edgar Allan Poe — diz, e dá um passo para trás, alinhada com os outros dois.

Bem no ritmo, Cameron dá um passo para a frente e começa a falar em uma voz retumbante:

Em certo dia, à hora, à hora
Da meia-noite que apavora...

Cameron continua, recitando o poema de cor. Em alguns versos específicos, os outros dois se juntam. Ele acaba com um forte "Há de ser isso e nada mais", e Jessica imediatamente continua de onde ele parou:

Ah! Bem me lembro! Bem me lembro!
Era no glacial dezembro...

Ela soa clara, a voz alta e bem no ritmo, e sinto calafrios quando diz seu último verso: "E que ninguém chamará mais."

É então que Abigail entra.

> E o rumor triste, vago, brando
> Das cortinas ia acordando...

Ela mexe a cabeça com o ritmo, cantando mais do que declamando os versos, e o resto de nós ainda bate nas pernas e com os pés em uníssono, mantendo o ritmo, interferindo com gritos encorajadores de vez em quando.

Os três dizem o último verso juntos:

> Há de ser isso e nada mais.

Eles param completamente. Levamos mais um ou dois instantes para notar, então vamos parando devagar, até ficarmos todos de pé, aplaudindo. Os três dão as mãos e fazem uma reverência. Abigail agradece mais algumas vezes sozinha.

— Tem muito mais poema — diz Jessica, quando a sala fica em silêncio de novo. — Mais quinze estrofes, para ser precisa, mas vamos continuar trabalhando.

Abigail pega um pedaço de papel no banquinho, e AJ joga o bastão de cola. Ela esfrega no papel e as três primeiras estrofes de "O Corvo" ocupam um pedacinho vazio da parede.

— Temos tempo para mais um — diz AJ do seu lugar, e, apesar de não me chamar especificamente, sei que é minha vez.

Acho que não consigo.

Algo toca meu ombro e eu me viro. Caroline está apoiada nas costas do meu sofá.

— Vai — diz, indicando o palco com a cabeça.

Sacudo a cabeça e digo "Não dá" sem emitir som, mas ela levanta as sobrancelhas e sussurra:

— Sam. Não pensa. Vai.

Antes de notar, me ouço dizer:

— Eu vou.

Não é alto, mas é o suficiente para Sydney ouvir, o que basta.

— Sam! — grita, e de repente todos estão olhando para nós.

Meu estômago dá um nó quando abro minha mochila procurando o caderno amarelo. Levo um tempo para encontrar. Quando fico de pé, estão todos me olhando, e meu primeiro instinto é me sentar de novo, mas me forço a andar. A sala está tão silenciosa que consigo ouvir minhas sandálias batendo nos meus calcanhares. Subo no palco e me viro, me permitindo um momento para observar a sala. Sinto meus ombros relaxarem.

Eu consigo.

— Escrevi aqui no Canto da Poesia — digo, me sentando no banquinho.

Todo mundo aplaude e comemora. O caderno treme na minha mão.

— Tenho uma mania com o número três. Sei que é esquisito.

Estou esperando alguns olhares confusos, mas a expressão deles não muda.

Ok. O pior já passou. Eles já sabem do três. Leia.

— O poema se chama...

Paro. Olho para eles, um de cada vez, dizendo seus nomes na minha cabeça para me lembrar de que não são mais desconhecidos.

Sydney, Caroline, AJ, Abigail, Cameron, Jessica.

A próxima garota leva um segundo.

Emily.
Então olho para a garota com o cabelo loiro cacheado e me dá um branco. Ela foi a primeira a ler. O poema era incrível. O nome começa com *C*. Quando ela levanta a mão e acena, noto que a estou encarando e sinto a adrenalina bater e o calor irradiar do meu peito até a ponta das minhas orelhas.
Merda.
Agora, minha respiração está difícil e entrecortada de novo, e coloco a mão na barriga. Acho que vou vomitar. Foco meu olhar no poema que escrevi aqui semana passada, mas as palavras giram e se misturam. Pisco rápido e tento me concentrar de novo, mas não consigo.
Eu não consigo.
Estou prestes a dar uma desculpa e descer, quando sinto uma mão no meu ombro esquerdo. Viro o rosto e vejo Caroline ali. Quero dizer algo, mas minha boca está tão seca que parece que eu estava mastigando giz.

— Feche os olhos — sussurra ela. — Não olhe para ninguém. Nem olhe para o papel. Feche os olhos e fale.

Começo a reclamar, mas ela me interrompe antes que eu possa dizer qualquer coisa.

— Você não precisa ler. Conhece o poema de cor. Só feche os olhos. Não pense. Vá.

Fecho os olhos. Respiro fundo. E começo.

— Se chama "Construindo paredes melhores" — digo.

> Todas essas palavras
> Nessas paredes todas.
> Lindas, inspiradas, engraçadas,
> Porque são suas.

Palavras me apavoram.
Ao ouvir, dizer,
E ao pensar.
Queria que não.

Eu fico quieta.
Guardando as palavras
Onde elas infestam
e me controlam.

Estou aqui agora.
Botando para fora.
Soltando minhas palavras
Construindo paredes melhores.

Não senti a mão de Caroline me soltar, mas quando abro os olhos ela está no fundo da sala de novo. Aplaudindo e gritando com todo mundo, e, apesar de eu ainda estar tremendo, é diferente agora, mais euforia do que medo.

Chelsea. O nome me vem à mente no segundo em que a vejo sorrir.

De repente tem bastões de cola voando de todas as direções e rio, desviando deles. Finalmente, pego um no ar.

AJ sobe no palco e se aproxima.

— Parabéns — diz.

Eu me aproximo mais ainda.

— Achei que vocês precisassem votar? — sussurro.

Ele me cutuca com o cotovelo.

— Acabamos de votar — afirma, indicando os bastões de cola jogados pelo palco todo.

Então AJ aponta para a cola na minha mão.

— Vai nessa. É oficial.

Passo a cola na parte de trás do poema, saio do palco e ando até o fundo da sala, passando por todos. Paro bem ao lado de Caroline, encontro um canto vazio na parede e colo minhas palavras ali.

derreter com você

Três semanas depois, estou sorrindo ao abrir o meu armário após o almoço.

Hoje li um poema simples, de seis palavras, que escrevi em um Post-it rosa-choque chamativo. Em um lado, dizia "O que veem...", e no outro "Não sou eu". Questionei se os Poetas considerariam um poema de seis palavras uma trapaça, mas me forcei a não pensar nisso e, quando li, olhei para a plateia e nem suei. Quando acabei, todos ficaram de pé, aplaudindo como sempre. Colei o poema na parede com o papel dobrado, para ficar com os dois lados visíveis.

Quatro vezes no palco. Quatro poemas na parede. Ainda não me sinto um deles, mas pelo menos estou contribuindo.

Pego o bloco de Post-its na minha mochila e cuidadosamente escrevo o mesmo poema, então dou um passo para trás e examino a porta do meu armário, procurando o lugar perfeito para ele. Rearrumo algumas coisas até as três fotos que Psico-Sue me mandou imprimir se sobreporem de leve às minhas com as Oito.

A multa por excesso de barulho parece deslocada, então a amasso em uma bola e a jogo na mochila. Passo a minha foto nos blocos para o lugar ao lado do espelhinho e deixo as palavras "O que veem..." fazer a ponte entre os dois.

Estou saindo da escola à tarde, sentindo o verão fora de hora. É fim de outubro, mas deve estar fazendo mais de trinta graus na rua. Quando abro a porta do carro, jogo a cabeça para trás, virando o rosto para o céu, e fecho os olhos, sentindo o calor no rosto. É relaxante. Mas a água vai ser ainda melhor. Mal posso esperar para chegar à piscina.

Jogo minha mochila no banco do carona e giro a chave, mas antes de andar dou uma olhada nas minhas playlists, procurando uma que combine com meu humor. Acabo escolhendo a animada *Make it Bounce*, tipo *Para me Mexer*.

O estacionamento está quase vazio, então não levo muito tempo para atravessar as grades e chegar à rua. Estou cantarolando enquanto espero o sinal abrir e, quando abre, viro à esquerda na rua principal que atravessa a cidade e leva ao clube. Só andei uma quadra quando paro em outro sinal vermelho. Aumento um pouco o volume. Enquanto espero, olho pela janela. Fico sem ar.

AJ está no ponto de ônibus, abraçando uma garota, e aperto os olhos para ver melhor. Ela está com a cabeça abaixada, então não vejo o rosto, mas a reconheço pelo corpo e pelo corte do cabelo escuro na altura dos ombros. Tem que ser Emily. De todas, é quem eu menos conheço. Ela sempre se senta no fundo com Chelsea e nunca a ouvi ler no palco, mas frequentemente penso em como me cumprimentou no meu primeiro dia.

Ela passa a mão pelos olhos e noto que está chorando. Olho para AJ. Ele está me encarando.

Viro o rosto rápido, mas quando olho de novo ele está fazendo sinal para eu parar no acostamento. Quando chego perto, paro a música e abaixo a janela. AJ se aproxima.

— Ei, posso te pedir um favor? A Em precisa de uma carona.

Ele olha para ela de novo e sigo o olhar pelo espelho retrovisor.

— A mãe dela está muito doente, e o pai mandou uma mensagem dizendo para ela ir pra casa imediatamente, o que... não pode ser coisa boa.

Olho para o hodômetro.

Não posso levar passageiros.

Olho para o retrovisor de novo e vejo Emily digitando no celular e enxugando as lágrimas ao mesmo tempo.

— Sim. Claro.

Quando AJ volta com Emily, ele entra no banco de trás.

Espera aí. Ele também vem?

— Oi. Tudo bem? — pergunto.

— Tudo, obrigada — ela responde, desanimada.

Do banco de trás, AJ passa o braço pelo ombro dela e ela segura sua mão. Olho para as mãos entrelaçadas.

Claro que ele tem namorada. Como eu não notei?

Sinto um toque de tristeza, mas afasto o pensamento, me forçando a pensar em Emily e no que quer que esteja acontecendo na vida dela, para não me concentrar em mais nada. Funciona.

AJ dita o caminho: "Esquerda aqui, direita aqui, agora vai reto, pode parar, é esta casa branca à esquerda."

Olho para o hodômetro, parado no zero.

Passo da entrada de propósito. Ando por mais duas casas, dou a volta em uma praça e faço o retorno. Três. Perfeito.

A casa de Emily é pequena, mas bonita, com cara de casa de campo, incluindo uma cerca branca de madeira, um carvalho enorme bem no meio do jardim e um balanço de pneu pendurado no maior galho. É pintada de branco com detalhes e janelas azuis, e parece tão alegre que acho estranho alguém ficar doente ou triste do outro lado daquela porta azul brilhante.

— Obrigada, Sam — murmura Emily, saindo do carro.

AJ sai também e, quando a abraça, ela enfia o rosto no peito dele. Ele diz algo que não consigo ouvir, e Emily fica na ponta dos pés para beijá-lo na bochecha.

Ele entra no banco do carona do meu lado e, juntos, esperamos Emily abrir a porta e entrar em casa.

— Obrigado — diz ele. — Foi muito legal da sua parte.

— Claro.

Espera aí. Ele não vai ficar com Emily? Preciso passar pela história do hodômetro de novo?

— Ela está bem? — pergunto, dando marcha à ré.

— Não sei.

Ele fica em silêncio por um bom tempo, olhando pela janela.

— A mãe dela tem câncer de pulmão em estágio bem avançado — acrescenta finalmente.

Agora realmente não sei o que dizer. Estou curiosa sobre a mãe de Emily, mas não quero perguntar, e AJ não parece planejar compartilhar mais informação, então ficamos os dois em silêncio pelas próximas quadras enquanto atravesso o bairro residencial, voltando o caminho até a estrada principal. Ele me pede para virar à direita, suponho que para chegar à casa dele, e volta a olhar pela janela.

Estou triste por ele ter uma namorada, mas vê-lo assim agora reforça o que eu já suspeitava: AJ é um cara legal.

— Faz quanto tempo que vocês estão juntos? — pergunto.

— Não estamos — responde, sem olhar para mim. — Somos só amigos. Somos muito amigos faz muito tempo.

Eles são amigos. Isso me lembra do que ele falou naquele dia no Canto da Poesia, para eu não exagerar nessa história de amizade.

Do nada, ele sacode a cabeça e ajeita a postura.

— Desculpe. Estou preocupado com ela. Vai passar — diz, se virando para me olhar. — Mudando de assunto. Gostei do poema que você leu hoje.

— Obrigada.

Imagino o Post-it no seu novo lugar no meu armário e sorrio.

— Às vezes tem um lado da sua personalidade que você nem sempre mostra para os outros, sabe? — continuo, olhando para o hodômetro, que está no sete. — Tenho pensado muito nisso ultimamente.

Ele se recosta no banco e dou uma olhada para ele. Ele está me observando com um olhar curioso.

— É interessante. Normalmente, depois que as pessoas leem algumas vezes, começam a fazer mais sentido para mim, mas cada vez que você lê eu fico... — Ele pausa, procurando a palavra certa. — Mais curioso.

— Que bom. Estamos quites — respondo.

— Estamos?

— Faz um tempo que estou curiosa sobre você.

Não sei de onde essa ousadia vem, mas parece natural. Olho para ele.

— Desculpe. Foi sua culpa.

— Minha? — Ele ri. — Como assim?

— Me abrir.

Viro à esquerda no sinal e entro em uma via mais movimentada, acelerando.

— Eu ando treinando.

— E como anda?

— Não muito bem. Provavelmente exagerei hoje.

Ele levanta as sobrancelhas.

— Como assim?

— A Kaitlyn não está falando comigo porque disse que meu cabelo estava ridículo assim — digo, apontando para a trança que fiz de manhã porque queria experimentar algo novo. — E em vez de ir ao banheiro e mudar de penteado como eu normalmente faria, disse que ela tinha exagerado no blush e estava parecendo um mímico.

— Bom, se ela estava parecendo um mímico, faz sentido não falar com você — responde.

Caio na gargalhada.

— Eu não devia ter dito isso pra ela — digo, fazendo uma careta. — Foi mais babaca do que sincero, né?

— Talvez. Não se preocupe, você vai pegar o jeito.

Ele pega meu telefone no porta-copos.

— Quer botar uma música para acabar com esse silêncio constrangedor? — pergunta, sorrindo.

Normalmente eu ficaria irritada com alguém mexendo na minha música, porque é pessoal demais, que nem mexer na minha gaveta de calcinhas. No entanto, me surpreendo ao responder "Claro" e dar minha senha, como se fizesse isso o tempo todo. Com o canto do olho, vejo ele passar o dedo pela tela. Nem sinto o desejo de arrancar o telefone da sua mão.

— Hum — diz.

— O que foi?

— *Oblivious to Yourself. A Cryptic Word. It's a Reinvention.* "Absorto em Si", "Uma Palavra Enigmática", "É uma Reinvenção". São títulos de playlists ou um jeito criativo de estudar para o vestibular?

Nunca deixei ninguém ver minhas playlists e jamais contei a ninguém como as nomeio, mas ele está me olhando como se estivesse sinceramente curioso.

— Você vai achar estranho.

— Vamos ver.

Sei pela expressão em seu rosto que ele não vai me deixar escapar.

— Tá. Quando eu estava no quinto ano, eu e minha mãe fomos ver uma palestra de um linguista na biblioteca pública. Briguei com ela porque não queria ir, mas quando cheguei, fiquei completamente fascinada. Ele falou das palavras: de onde elas vêm, como as novas evoluem, como políticos e publicitários e até jornalistas as usam para manipular as opiniões sutilmente. Desde então fiquei interessada por palavras. Especialmente letras de música. Não só escuto, as estudo. É um tipo de hobby.

Psico-Sue não chama de hobby. Ela chama de obsessão. Ritual. Sei lá.

AJ parece aprovar. Ele ainda parece interessado, então continuo falando:

— Mencionei que tenho uma mania com o número três, né? Bom, quando termino de fazer uma playlist, escolho uma música que, tipo, captura o clima, sabe? Aí escolho três palavras que gosto na letra e isso vira o título. Que nem a playlist *Melt with You*, ou "Derreter com Você". É cheia de músicas animadas dançantes dos anos oitenta, e começa com a música "Melt with You". E eu adoro a palavra *"melt"*... significa "derreter" e é tão visual, né?

As músicas são meio cafonas, meio manteiga derretida, então combina. *Mellllt* — digo a palavra devagar, estendendo os sons, e sinto minha boca abrir um sorriso satisfeito. — Viu? Fico feliz só de dizer.

Olho para a direita, me perguntando se ele está considerando me pedir para parar e deixá-lo sair do carro da garota doida. Em vez disso, noto que ele está passando o dedo pela tela de novo.

— Ok, preciso saber sobre a playlist *Grab the Yoke* — diz, olhando para mim. — *"Pegar o Manche."* Manche. Palavra engraçada. Poucos usos.

Hum. Não sei como explicar essa playlist sem revelar mais do que gostaria. Tento mesmo assim.

— Quarta faixa, "Young Pilgrims", dos Shins.

— Música excelente.

Noto que ele está balançando a cabeça de leve, marcando o ritmo, e sei que está pensando na letra, tentando achar a palavra "yoke".

Poupo ele do esforço e recito o verso.

— *I know I've got this side of me that wants to grab the yoke from the pilot and just fly the whole mess into the sea.* Sei que tenho um lado que quer pegar o manche do piloto e jogar essa bagunça toda no mar — traduzo, parando no sinal vermelho. — Adoro esse verso. Não é sempre que quero pegar o manche do piloto e jogar tudo no mar, mas às vezes quero.

Ótimo. Agora ele está me olhando como se estivesse preocupado com minha segurança ou algo assim.

— É uma playlist meio deprimente. Ouço quando preciso chorar. Mas não se preocupe, não estou prestes a me matar nem nada.

— O que é *Song for You*? — pergunta ele, e sinto meu rosto corar quando penso na playlist cheia de músicas acústicas de violão que escolhi porque conseguia imaginá-lo no palco tocando e cantando. À noite, às vezes boto meus fones de ouvido, fecho os olhos e imagino ele tocando e cantando para mim.

— Nada. Só uma playlist — digo, esperando que ele não abra e confira o conteúdo.

Ele não responde imediatamente. Ainda não tem nenhuma música tocando, e agora está me pedindo para entrar na rua dele.

— Então o seu fascínio por palavras não é novo?

— Não. Só por poesia.

Noto que estamos chegando à casa dele, mas não estou pronta para que saia do carro. Tento pensar em uma pergunta que vá mantê-lo falando mesmo depois de chegar.

— Quando você começou a tocar violão? — pergunto.

— Sétimo ano.

Faz ele falar. Faz ele falar.

— O que te fez escolher o violão?

— Você.

Ele ainda está mexendo no meu telefone, e não tira o olhar da tela depois de responder.

— Eu? Como assim "eu"?

— Você quer mesmo saber?

Olho para ele de soslaio.

— Acho que sim.

— É aqui — diz, apontando para uma entrada longa e íngreme.

Checo o hodômetro. Está quase no três. Viro à esquerda, acelero e paro na frente da porta da garagem. Quando puxo o freio de mão, o hodômetro não mexeu muito, mas está quase lá.

Três. Isso!

Desligo o motor e me viro para o lado, para vê-lo melhor.

— Então, o que eu tenho a ver com você tocar violão? — pergunto.

Estava morta de curiosidade, mas, agora que vejo seu rosto, não sei se devia estar.

— Bom, não *você* exatamente. Mas um monte de gente que nem você era quando a gente era menor.

Opa. Meu estômago dá um nó.

Ele joga meu telefone de volta no porta-copos.

— Eu mudei de escola no quinto ano, mas, como você deve imaginar, era um alvo fácil lá também — diz, rindo um pouco, mesmo que não seja nada engraçado. — Minha mãe, finalmente, me levou para um fonoaudiólogo. Eu ia toda semana, mas não avancei muito. Finalmente, pareceu mais fácil parar de falar.

Prendo a respiração, apertando minha boca.

— Mas, no sétimo ano, eu tinha uma professora de música incrível. Ela me entregou um violão e trabalhou comigo depois da aula, todo dia, o ano todo, me ensinando a tocar. Me deu algo que eu não tinha antes, sabe? Meio que... me deu uma voz, eu acho.

— Uhum — digo, acompanhando cada palavra que ele diz.

— Aí, um dia, eu comecei a cantar. E quando cantava, parava completamente de gaguejar.

— Sério?

— Era como se eu precisasse enganar meu cérebro, distraí--lo com outra coisa. Depois disso, meu fonoaudiólogo começou a usar música na terapia e, desde então, melhorei. Agora só bate quando estou nervoso. Tipo, quando estou na entrada de casa no carro de uma garota — diz, olhando para mim por baixo dos cílios grossos. — Aí eu engano meu cérebro fazendo isso.

AJ olha para as mãos e sigo seu olhar. Ele está com o polegar e o indicador juntos, esfregando a mão na calça jeans.

— Ninguém nota, mas, quando preciso falar na aula, estou sempre tocando um violão invisível por baixo da mesa.

— AJ... — começo, mas não sei como continuar. Não faço ideia do que dizer.

Ele bota a mão para trás, procurando a mochila.

— Quer entrar?

Olho para a casa pela primeira vez. É uma casinha pequena, de um andar só, encaixada entre as árvores, que nem as cabines originalmente construídas na nossa cidade californiana nos anos 1940. Tem muitas casas assim por aqui, mas a maioria foi reformada, redecorada ou inteiramente destruída. Essa não parece ter sido modificada.

— Você quer que eu entre?

— Quero.

Ele abre a porta do carro e olha para mim, sorrindo. Meu Deus, realmente gosto quando ele faz isso.

— Não sei. — Sorrio de volta. — Talvez pareça que estamos virando amigos.

— Hum — murmura ele. — Talvez estejamos.

Três acordes simples

Por dentro, a casa de AJ é bonita e bem decorada, mas tão antiquada quanto o lado de fora. O carpete é felpudo e marrom-escuro e nem quero tentar adivinhar a idade do papel de parede, mas os móveis são de boa qualidade e, mesmo que seja uma mistureba de estilos, tudo funciona bem junto. É bonitinho.

AJ deixa as chaves na mesa da entrada e larga a mochila no chão.

— Sua mãe está em casa? — pergunto.

— Ela está trabalhando. Chega por volta das seis.

Ele faz um gesto indicando o que imagino que seja a cozinha e pergunta:

— Quer comer alguma coisa? Beber alguma coisa?

Sacudo a cabeça e deixo minhas chaves junto com as dele na mesa.

— Tem mais alguém em casa?

Ele olha para o corredor.

— Meu irmão, Kyle, talvez esteja aqui, mas duvido. Ele joga futebol, então nunca para em casa.

Claro. Por que eu não tinha conectado as coisas antes?

— Kyle é seu irmão?

Kyle Olsen foi o primeiro calouro em anos a entrar no time de futebol. Ele é muito bom. Também é incrivelmente bonito. Por causa da idade, Olivia estava preocupada com o que íamos pensar dela depois de ter ficado com ele em uma festa ano passado, mas no jantar no dia seguinte listamos seus atributos em um guardanapo e o aprovamos, com unanimidade, como o único calouro aceitável para namorar. Armada com o selo de aprovação das Oito Doidas, Olivia mergulhou de cabeça. Mas ficou morta de vergonha quando, nos dias seguintes, Kyle não se esforçou para vê-la de novo e respondeu suas muitas, muitas mensagens de forma monossilábica.

AJ entra na sala de estar, e eu o sigo. As paredes estão cobertas de fotos emolduradas deles dois, mas as de Kyle definitivamente chamam mais atenção, suas fotos esportivas dominando as de escola de AJ. Noto fotos da mãe com os dois e imagino o que aconteceu com o pai, mas não pergunto. Provavelmente divórcio. O pai de Kaitlyn morreu quando estávamos no terceiro ano e ainda tem fotos dele pela casa toda.

— Caso você esteja se perguntando, sim, eu sei que meu irmãozinho é muito mais descolado e muito mais bonito do que eu.

AJ aponta um retrato do irmão como evidência e sorri para mim. Aquela covinha de novo. Olho para a foto de Kyle. Ele não tem covinha.

— Provavelmente vou precisar de terapia um dia — diz ele.

Tento não ficar ofendida pelo comentário.

— Ei, não julgue. Talvez você goste de pagar alguém para te ouvir falar dos seus problemas.

— Não estava julgando.

Reviro os olhos.

— Além disso, duvido que precise. Você parece muito bem ajustado.

Ele se aproxima e se abaixa um pouco, como se fosse me contar um segredo, e o gesto repentino de familiaridade me surpreende. Parece ainda mais alto agora que está tão próximo. Está bonito de camisa de botão. E cheira bem, a desodorante masculino.

— Todo mundo tem alguma questão — diz.

— Tem?

— Claro que sim. Algumas pessoas só atuam melhor que as outras.

O que ele diz me lembra do poema de Abigail sobre "fingir".

AJ ainda está próximo, quase me tocando, e sinto um impulso poderoso de contar minha "questão". Se eu parasse aqui na sala dele e contasse sobre Psico-Sue, meu TOC, meus problemas para dormir e minha grave *falta* de ajuste, sobre como, nos últimos anos, eu me tornei uma atriz digna de Oscar, tão talentosa que parece que me convenci a *ser* normal, será que ele entenderia? Aposto que sim.

Abro a boca e deixo a sílaba "eu" escapar, como se meu corpo estivesse pronto para despejar tudo, mesmo que meu cérebro esteja dando ordens claras de calar a boca. Ele está me observando, me esperando dizer mais.

— Posso tomar um copo d'água? — pergunto.

Covarde.

Ele levanta as sobrancelhas. Se perguntar, vou contar tudo. As palavras estão bem aqui. Só precisam de um empurrãozinho, um pedacinho de permissão. Mas AJ só diz "claro" e dá um passo para trás, quebrando nossa conexão invisível.

Eu o vejo sair da sala e, assim que ele some de vista, expiro, fecho os olhos com força e enfio as unhas no meu pescoço três vezes. AJ acabou de me contar tudo sobre a gagueira, o que não deve ter sido fácil. Eu devia contar sobre minha questão. Ele entenderia. Tenho certeza.

A água está correndo no outro cômodo e, quando ouço parar, tomo como meu sinal para me endireitar. Abro os olhos e relaxo meus dedos antes dele voltar.

— Aqui — diz, me entregando o copo.

— Obrigada.

Os lábios dele são cheios e parecem muito macios. Eu me pergunto como seria beijá-lo.

— Vem comigo — diz ele, então vou, pelo corredor, passando por outros dois quartos até entrar no dele. Ele fecha a porta.

Já vi os quartos de vários outros garotos, normalmente em festas, mas entrar no quarto de AJ parece diferente, como se eu estivesse fazendo algo escandaloso. Kurt foi o meu namorado mais sério, mas a mãe dele tinha uma regra rígida de que garotas não podiam passar da cozinha. Uma vez, fomos para o quarto dele do mesmo jeito. Não me lembro de me sentir assim.

Reconheço algumas bandas nos pôsteres nas paredes, como Arctic Monkeys e Coldplay, e tenho quase certeza de que o cara com a guitarra é Jimmy Page. Sua mesa está coberta de pilhas de papel, cadernos, embalagens de chiclete e latas vazias de refrigerante. Mal consigo ver o monitor do computador e o teclado.

A cama é só um colchão em um estrado apoiado diretamente no chão, no canto, embaixo da janela. Está bem arrumada, com uma colcha azul-escura e travesseiros brancos, e tento não encarar.

— É aqui que você escreve?

Sempre que ele sobe no palco para tocar uma música, começa dizendo que escreveu no quarto, o que sempre me faz imaginar como é. Na minha cabeça, o imagino sentado à mesa com o violão no colo e um caderno na frente. Mas não tem espaço naquela mesa nem para um bloquinho de papel.

Ele abre bem os braços e responde:

— Não é nada de mais, mas é. É aqui.

AJ anda até um canto do quarto e pega o violão, que parece flutuar com ele, como se fosse parte do corpo. Senta na beira da cama e começa a tocar. Não conheço a música, mas é suave e melódica, como algo que eu colocaria na playlist *In the Deep*.

Não sei aonde ir. Estou morta de vontade de sentar ao lado dele, mas parece estranho, então acabo decidindo me encostar na mesa. Em cima de uma pilha de papel, encontro uma palheta. Começo a brincar com ela para me distrair.

Na verdade, gosto deste lugar. Daqui, tenho uma visão perfeita das mãos dele. Encaro seus dedos, hipnotizada pela maneira como eles sobem e descem pelas cordas, e começo a imaginá-lo subindo e descendo pelo meu corpo, seguindo a curva do meu quadril e escorregando até minha lombar. Vejo-o mexer a boca, também, gostando de como ele sorri distraidamente e lambe os lábios ao tocar. E olha para mim. Prendo a respiração. E, antes de pensar, estou dando passos lentos, cuidadosos, andando na direção dele.

Quando paro, coloco minhas mãos no pescoço dele.

— Não para de tocar — digo, apoiando meus cotovelos no violão e levando minha boca à dele.

Os dedos dele continuam a escorregar pelas cordas, as notas ainda preenchendo o quarto enquanto a língua dele passa lentamente pela minha, perfeitamente sincronizada com a música. Mexo meus dedos no seu cabelo. Me aproximo mais. Então a música para.

— É nisso que ando trabalhando — diz.

Suas palavras me trazem de volta ao quarto e noto que ele está segurando uma prancheta cheia de papel e que ainda estou de pé perto da mesa, a uns dois metros da cama. Cubro minha boca e respiro fundo enquanto AJ folheia as páginas.

— Tem muita merda aqui, mas as de cima talvez tenham potencial.

Parece um convite para eu me juntar a ele, então coloco a palheta no bolso da frente da minha calça jeans e, com as pernas tremendo, ando até a cama e me sento. Ainda estou tentando respirar normalmente e bloquear o beijo que não aconteceu, mas é ainda mais difícil agora que estou tão perto. E quando a boca dele ainda parece tão absurdamente macia.

— Posso? — pergunto, apontando para a prancheta.

AJ concorda com a cabeça e me entrega. Não consigo imaginar oferecer meus três cadernos e deixar alguém mexer neles, mas ele não parece se incomodar e volta a tocar.

AJ dedilha ao meu lado enquanto leio página depois de página. Algumas das músicas são engraçadas, observações cômicas sobre coisas mundanas como burritos de micro-ondas e lava jatos, e outras são mais profundas, muito mais intensas, nada engraçadas. Vou de risos para calafrios e tremeliques, voltando para os risos.

— Para — diz AJ.

Ele parece estar se divertindo, olhando para os dedos tocando as cordas. Ainda está enchendo o quarto de notas.

— Parar com o quê?

— Você está sendo boazinha demais. Não são tão boas.

— São sim — afirmo, passando para a próxima.

AJ para de tocar. Ele estende a mão. Devolvo a prancheta e ele a joga na colcha, um pouco além de onde alcanço.

Espero que volte a tocar, mas em vez disso ele muda de posição e passa a correia do violão pela cabeça.

— Aqui — diz, botando a correia no meu pescoço.

Tento afastar o violão.

— De jeito nenhum. Não faço ideia de como tocar isso. Estava gostando de te ouvir.

Tateio a cama, procurando a prancheta.

— Toca alguma coisa na qual você está trabalhando — digo, mas ele fica de pé e segura os meus braços, e congelo.

Prendo a respiração. Olho para ele. Não me movo porque, se o fizer, AJ pode mexer as mãos.

— Agora estou trabalhando em ensinar você a tocar violão — diz.

Ele ajusta o instrumento no lugar e me mostra onde botar os dedos, dizendo coisas como "Aquela corda. Isso. Agora indicador naquela. Não tão reto. Dobra mais os dedos. Usa as pontas. Melhor".

— Isso é meio estranho.

— Então está fazendo certo.

Parece que as minhas mãos não se esticam o suficiente.

— Agora toca.

Sai um som. Até parece um acorde.

— Isso, agora bota esse dedo aqui — diz, levantando um dedo meu da corda e mudando para outra. — Agora toca de novo. De novo, parece um acorde. Até parece que os acordes combinam.

— Bom — diz. — Agora toca os dois.

Volto meu dedo para a primeira corda, toco o acorde, mudo de novo e toco o próximo. Então ele me mostra como tocar mais um e junto os três, repetindo de novo e de novo. AJ volta para o lugar na cama, me olhando.

— Viu? — diz. — Falei. Facinho.

— Não sou tão ruim.

Toco meus três acordes simples de novo, agora com um pouco mais de força e atitude.

— Ok, esse próximo é mais difícil.

Ele sobe mais na cama e fica de joelhos, atrás de mim. Sinto suas coxas no meu quadril.

— Vem um pouco pra trás — diz, e obedeço.

Ai, por favor, que isso seja de verdade.

Ele se aproxima mais ainda, pressionando o peito contra minhas costas e passando os braços ao meu redor, olhando por cima do meu ombro, ajustando minhas mãos.

— Pronto, assim é mais fácil.

Ele fala como se fosse o professor, eu a aluna e isso fosse totalmente normal, só parte do trabalho. A voz dele está baixa, mas tão próxima do meu ouvido que o escuto respirando.

— Mindinho aqui. Pronto, tenta assim — sussurra.

Toco e, quando o faço, parece uma nota de verdade.

— Agora toca os outros três e acrescenta esse.

Não sei se consigo quando estou sentindo o peito dele subir e descer nas minhas costas, mas tento. A última nota é esquisita e preciso tentar algumas vezes para acertar, mas, finalmente, encaixo os quatro acordes e parece muito com uma música.

— Foi ótimo — diz ele. — Como você se sente?

A respiração dele aquece meu pescoço.

— Incrível.

— Quer tocar mais uma vez? — sussurra no meu ouvido.

Meus dedos estão colados nas cordas e não consigo movê-los. Sacudo a cabeça, pois não quero tocar mais uma vez. Quero levar minha mão para o rosto dele porque está bem *aqui*, quero virar o meu um pouco mais para a esquerda e beijá-lo na boca porque está bem aqui também. Ele fica em silêncio. Imagino se está pensando na mesma coisa que eu.

Não está. Aula completa, ele se afasta das minhas costas e volta a se sentar ao meu lado, desta vez com um pouco mais de distância. Sinto falta dele imediatamente.

— Obrigada.

Devolvo o violão, e desta vez ele aceita sem protestar.

— Não foi tão horrível, foi, Sam? — pergunta, passando a correia pela cabeça.

Sam. Ainda não me acostumei a ouvi-lo dizer meu nome.

— Não, não foi.

Estou tonta. Para botar minha cabeça no lugar, fico de pé e dou uma volta no quarto, sacudindo as mãos, prestando atenção nos pôsteres na parede. Na cama dele, atrás de uma pilha enorme de papéis, vejo o alto de um porta-retratos prateado. Pego para ver.

É AJ e uma garota que nunca vi. Ela está sentada entre as pernas dele, apoiada no seu peito. Ele abraça a cintura dela com os braços e apoia o queixo no seu ombro. Ela é bonita. Não de um jeito glamouroso nem nada, mas de um jeito natural e atlético.

Levanto o porta-retratos e pergunto:

— Quem é?

AJ dá uma olhada rápida na minha direção, dedos ainda nas cordas, mas quando vê o que estou segurando para de tocar.

— Hum... é a Devon.

Ele deixa o violão na cama e fica de pé, penteando o cabelo com os dedos ao se aproximar.

— Terminamos no verão passado. Nem me lembrava que ainda estava na minha mesa.

Ele gesticula para a pilha de papéis que escondia o porta--retratos como prova.

Olho para a foto de novo.

— Eu a conheço?

— Não. A gente se conheceu em um torneio do Kyle. Ela estudava na Carlton. — Nossa escola rival, na cidade vizinha.

— Ela estaria no terceiro ano lá, mas a empresa do pai dela o transferiu para Boston em julho. — Ele franze o nariz. — Foi o fim pra gente.

Ela é um ano mais velha que ele. Interessante. Faz mais de três meses que eles terminaram e a foto continua na mesa. Também é interessante.

— Mantivemos contato até as aulas voltarem, mas aí acho que ficamos ocupados com outras coisas. Faz um tempo que não falo com ela.

— Ela é bonita — digo, passando a mão pela moldura prateada, me perguntando se me abrir é permitido ou desagradável nessas situações.

Quero saber mais sobre Devon. *Preciso* saber mais sobre ela.

Sinto aquele movimento conhecido na minha cabeça, começando como um turbilhão, girando devagar e constantemente, se preparando para crescer e acelerar, alimentado por informação e pela necessidade de mais informação, até ser um redemoinho de verdade.

— Quanto tempo vocês ficaram juntos? — pergunto, contra a minha vontade.

— Quase um ano.

— Muito tempo.

— É.

Estudo a foto de novo. O cabelo loiro passa dos ombros dela, a franja é penteada para o lado. O jeito que ela aperta os olhos dá a impressão de que não está só sorrindo, então me pergunto se AJ disse algo que a fez rir logo antes da foto ser tirada.

As perguntas continuam vindo. Não consigo parar de olhar para eles dois. Parecem tão confortáveis juntos, tão felizes, e não consigo deixar de me perguntar se algum dia me sentirei tão relaxada com alguém. Será que algum cara vai me olhar como ele olha pra ela na foto? Kurt nunca o fez. Brandon nem pensou nisso. AJ e Devon eram um casal de verdade. Dá para ver.

Olho para ele.

— Você a amava?

Ele examina a foto na minha mão. Então me olha nos olhos.

— Sim.

— Ainda a ama?

AJ faz uma cara triste e não sei se passei dos limites ou se ele só está considerando seriamente a pergunta.

— Não sei.

É honesto. A resposta não me chateia. É fofo, na verdade, e a informação é satisfatória do jeito que preciso que seja.

Olho para a cama dele, tentando não pensar na minha próxima pergunta. Está na ponta da língua, mas não consigo falar, mesmo que AJ esteja bem ali, esperando pacientemente.

— Você a levou para o baile de inverno do ano passado? — acabo perguntando, e ele me olha com uma cara engraçada.

— Levei.

Depois de uma pausa, pergunta:

— Com quem você foi?

— Kurt Frasier.

— Ele parece legal.

— Ele é um babaca.

— Ah.

— Pior história de festa escolar.

— Me conta.

— Você só quer mudar de assunto.

— Sim. Desesperadamente.

Isso me faz rir.

Boto o porta-retratos de volta atrás dos papéis onde o encontrei, mas mal sai da minha mão quando AJ o pega e o guarda em uma gaveta.

— Na verdade, melhor não me contar — continua. — É uma ideia ruim um cara magrelo da música que nem eu querer causar mal físico a jogadores de futebol americano fortões. Você vai me contar que ele te tratou mal, e porque sou seu amigo — diz, esbarrando com o cotovelo no meu braço —, vou vê-lo na escola e querer defender sua honra, aí uma hora depois estarei na emergência levando pontos na testa ou alguma coisa assim.

Sorrio.

— Somos amigos, é?

Ele dá um passinho na minha direção. Próximo, mas não demais. Uma proximidade *amigável*.

— Podemos ser? — pergunta.

Duas semanas atrás, eu estava feliz em ser amiga dele, mas não é mais o que quero. Gosto dele. Gosto de tudo nele. De como ele toca. Do que escreve. Do que diz. De como me faz querer falar, em vez de guardar minhas palavras. Da covinha. Da boca. Preciso saber se é macia. Talvez isso seja que nem me abrir? Talvez eu não deva pensar, deva só agir. Mas quero que ele tome a iniciativa.

Por favor, me beije.

— Claro — digo.

— Ótimo — responde. — Amigos.

Mas quero mais. Penso em Devon de novo. Ela tinha mais. Por outro lado, provavelmente nunca implicou com ele por uma gagueira que não podia evitar, nem o assediou até mudar de escola.

— Tenho que ir — falo.

Ainda estou perto o suficiente para ele me tocar de novo e, por um instante, me pergunto se o fará. AJ não se mexe, mas seus olhos estão focados nos meus como se estivesse tentando ler meus pensamentos. Se conseguisse, entenderia o quanto quero que ele abrace minha cintura e apoie o queixo no meu ombro, tão relaxado e feliz quanto naquela foto.

Ele inspira fundo e expira devagar.

— Ok — diz finalmente, andando até a porta e girando a maçaneta, e eu o sigo com relutância pelo corredor.

Ele pega a minha chave do carro na mesa da entrada e a sacode na minha frente.

— Obrigado de novo por ajudar a Em — diz.

— Sem problemas.

— Te vejo amanhã.

— Até amanhã.

Não quero ir embora. Não tenho certeza se ele quer que eu vá. AJ fica de pé na varanda, encostado em uma pilastra com os braços cruzados, me vendo entrar no carro. Dou marcha à ré, me perguntando o que teria acontecido se eu tivesse a coragem de dizer o que estava pensando.

este coelho branco

Por volta da meia-noite, pensei em tomar meu remédio e ir dormir. Mas não consegui parar de pesquisar, então às quatro da manhã já aprendi muito sobre Devon Rossiter. Estou compulsivamente abrindo janela atrás de janela, clicando em link atrás de link, lendo site atrás de site, mas ainda estou seguindo este coelho branco pelo buraco, tentando alimentar meu cérebro com informações suficientes para chegar ao meu próprio país das maravilhas.

Como Kyle, Devon é uma atleta impressionante, bem avaliada no time. Carlton High posta tudo, de estatísticas do time às dos jogadores individuais, então não só vejo sua foto oficial (de novo, bonita, pouca maquiagem), como também cada ponto, gol, desarme, passe e drible de cada jogo da última temporada.

Há muitas fotos do time e em todas ela está usando o rabo de cavalo loiro e comprido com a franja penteada para trás com uma faixa de cabelo esportiva. Há alguns vídeos, mas ela não está em muitos.

Pela internet, achei alguns artigos sobre ela. Não consigo descobrir onde morava, mas seria fácil se eu quisesse muito. Mesmo se minha mãe não tiver representado nenhum lado da venda, aposto que tem todos os detalhes no laptop. Não sei onde eles moram agora, mas achei o escritório novo do pai dela em Boston no Google Maps.

Devon parece estar bem adaptada na nova escola, com amigos dentro e fora do time. O perfil do Facebook é aberto, então vejo tudo, inclusive uma história longa e detalhada em fotos do relacionamento de "quase um ano" com AJ. Há fotos do nosso baile de inverno (reconheço o fundo) e noto que ela está usando mais maquiagem nelas, mas menos do que uso todo dia. E também deles dois na praia, no aniversário de três anos da sobrinha dela, em vários torneios de futebol, inclusive uma dela entre AJ e Kyle, um braço no ombro de cada um. Ela também marcou AJ em alguns posts sobre filmes que viu.

Claro que isso me leva ao perfil de AJ, mas está praticamente intocado, exceto pelas marcações dela. Nada sobre ele. Nada sobre música. Nada sobre poesia. Nada sobre o irmão ou a mãe e o que o conecte às pessoas do Canto da Poesia.

Com cada clique, sinto a tensão no meu estômago, a adrenalina, a *necessidade* de saber mais; não sobre ela, sobre *eles*. Preciso entender o relacionamento e o que está na raiz da expressão no rosto de AJ quando olha para Devon e não para a câmera, o que ele faz muito.

Não é ciúmes. É meu TOC, essa *necessidade* inexplicável e descontrolada de saber uma coisa, e depois mais uma coisa, e aí outra coisa, até meu cérebro ficar exausto. Hoje estou com dificuldade de chegar a esse ponto, porque já passaram horas e ainda não sei como é estar em um relacionamento como esse, como é estar tão íntima e conectada com alguém, e preciso descobrir de um jeito que só Sue entenderia.

Sue. Se ela visse o que estou fazendo agora, surtaria. Fecho o laptop e o deixo cair no chão ao lado da mesinha de cabeceira. Não devia fazer isso. Devon não mora aqui, ela e AJ não estão juntos. Mesmo se morasse e eles estivessem, ele não é meu namorado. Mal somos amigos.

Minha mente lógica sabe que isso é verdade, mas mesmo assim, quando fecho os olhos, aparece uma imagem de AJ e Devon enroscados nos lençóis juntos. A mãe dele só chega em casa às seis. O irmão dele nunca está lá. Ele a amava e talvez ainda a ame. Com que frequência se encontravam na casa dele depois da aula? Será que matavam aula, passando dias inteiros juntos na cama? Devem ter feito isso pelo menos uma vez. Relacionamento sério, casa vazia, é o que se faz.

Não quero pensar neles dois, com os braços e as pernas entrelaçados debaixo da colcha azul, mas não consigo pegar no sono porque sou incapaz de tirar a imagem da minha cabeça.

segurar o taco

Eu e Caroline estamos sentadas na primeira fila do teatro, como de costume. Estou elétrica por causa da falta de sono e das três latas de Coca-Cola que tomei desde o almoço. Hoje de manhã, encontrei a palheta do AJ no bolso da minha calça e não parei de mexer nela desde então, como se fosse a massinha da terapia. Já decidi que vou colá-la na porta do meu armário.

— Você está surtando por causa de uma garota com quem ele não fala faz meses — diz Caroline.

Estamos tentando escrever um novo poema, mas estou com dificuldade de me concentrar. Fico pensando em como AJ me abraçou, o peito pressionando contra as minhas costas, a respiração morna no meu pescoço. Não consigo parar de reviver a fantasia de quando atravessei o quarto e o beijei. Estou tentando pensar nas partes boas de estar sozinha ontem no quarto com AJ, porque foram muitas, mas, por mais que eu tente, aquela foto surge na minha mente toda vez.

— Eles ficaram juntos por quase um ano. Era sério, Caroline.

— E daí? Agora não é mais.

Fecho meu caderno, deixando o lápis para marcar a página, e me encosto na cadeira de veludo vermelho.

— Viu, isso é bom. Continua — digo, curvando um dedo na minha direção. — Foi por isso que te contei. Sabia que você ia ser razoável. Eu te falei que ela é veterana?

— Três vezes.

Caroline se ajeita na cadeira e cruza os braços.

— Quer mesmo saber o que eu acho, Sam?

— Claro que quero.

Jogo a cabeça para trás e olho para o teto. Caroline não diz nada. Olho para ela, para que saiba que é sério.

— Por favor. Quero saber o que você acha.

— Tá — diz Caroline. — Acho que ele gosta de você.

— Acha mesmo?

Ela não me responde, só continua falando:

— Também acho que você está complicando demais isso tudo. Acho que mesmo quando coisas boas, totalmente normais, completamente saudáveis, acontecem na sua vida, tipo... — ela começa a contar com os dedos. — Seu carro novo, escrever poesia, passar uma tarde na casa do AJ, me conhecer... — Ela ajeita a postura e abre um sorrisão falso, então volta para o tom sério. — Você parece determinada a encontrar um jeito de transformar em algo *doentio*.

— Você? Eu não te transformei em nada doentio.

— Ainda não, talvez.

— O que isso quer dizer?

Ela ri.

— Você não está entendendo, Sam. Essas coisas são todas boas, *normais*. Em vez de aproveitar, você dá um jeito de distorcer tudo para ficar tóxico.

Reviro os olhos e suspiro.

— Acredite, eu quero parar de pensar. Gostaria que fosse possível.

Caroline estica as pernas e se reclina na cadeira, cruzando os braços atrás da cabeça e olhando para longe.

— Você devia rebater bolas de beisebol.

— Beisebol — digo, sem emoção.

— Eu e meu pai costumávamos ir às gaiolas de rebatida no parque. Você já foi?

— Acho que fui quando criança. Faz muito tempo. Não lembro direito. Por quê?

— Você entra na gaiola sozinha. — Caroline ajeita a postura e começa a falar mais alto e mais rápido, usando as mãos para dar ênfase. — Então pega o taco e se posiciona na base. Mesmo que você esteja esperando, tem uma certa surpresa quando a bola vem voando da máquina na sua direção. — Ela aponta para a cabeça. — Então segura o taco com mais força e leva para a altura do ombro. Você observa a bola. Aí, dá um passo e rebate.

— Ok — digo, tentando entender aonde ela quer chegar com isso.

— Você ouve um *crec* quando o taco acerta e, de repente, a bola se foi, voando até o horizonte. Mas não pode relaxar, porque tem outra bola vindo na sua direção. Então você aperta o taco, se posiciona na base e rebate de novo. E continua até acabar o tempo. No final, seus ombros estão tremendo e você está sem ar, mas a sensação é boa.

— Você quer dizer que meus pensamentos são que nem bolas de beisebol.

Ela abre um sorriso satisfeito.

— Exatamente. E você, minha amiga, fica lá na gaiola deixando essas bolas baterem na sua cara sem parar. Mas não precisa — diz, tocando a têmpora com o dedo. — Você tem um taco em ótimo estado.

— Eu tenho um taco quebrado.

— Hum. Vai servir.

Então ela se reclina de novo na cadeira e cruza os braços, orgulhosa do que disse.

— Ainda está feliz de ter perguntado o que eu acho?

— Na verdade, estou.

— Ótimo. Você pode ficar feliz, por favor? As coisas estão indo bem, não estão?

Estão. Mal consigo esperar para descer nas segundas e quintas. Estou até começando a ter vontade de subir naquele palco. Faz semanas que não tenho uma espiral de pensamentos induzida pelas Oito.

— Sim.

— Você pode confiar, Sam — diz. — Baixe a guarda com AJ e com todo mundo. E, por favor, pare de pensar tanto. É exaustivo.

Chuto o pé dela. Ela me chuta de volta. E voltamos a escrever.

ele se aproxima

Na semana seguinte, vejo AJ por todos os lados. Passo por ele entre as aulas, não só depois do segundo tempo, como tenho planejado intencionalmente. Todo dia no almoço, o vejo sentado com Emily e Cameron e, quando noto que está me olhando, ele rapidamente olha para outro lado e finge estar concentrado na conversa. Já o vi no estacionamento duas vezes, entrando no carro da Sydney. Nas duas vezes, fui embora desejando que tivesse entrado no meu.

Na segunda-feira, tentei conversar com ele depois do Canto da Poesia, mas disse que tinha compromisso e subiu as escadas tão rápido que Caroline até olhou para mim e disse:

— Bom, isso foi constrangedor.

Estou começando a acreditar que imaginei o que aconteceu semana passada, porque parece que nunca conversamos sobre linguística e playlists, que eu nunca vi seu quarto ou a prancheta cheia de música e que nem aconteceu uma aula de violão incrivelmente sexy, na qual ainda estou pensando obsessivamente, sem nem *tentar* bloquear.

Andando para o terceiro tempo na quarta-feira, o vejo caminhando na minha direção. Estou esperando um dos cumprimentos distraídos de costume, preparada para retribuir da mesma forma, mas, em vez disso, ele anda mais devagar e faz contato visual comigo.

— Oi — diz baixinho, parando. — Você tem um segundo?

Concordo e ele me chama para o canto do corredor, fora do fluxo de gente. E aproxima o rosto do meu.

— Como você está?

Ele não está de gorro hoje, e quando o cabelo cai na testa, tenho que controlar o impulso de ajeitar para trás.

— Estou bem. E você?

— Bem.

AJ parece nervoso, mudando o peso de um pé para o outro, como se isso não fosse o que ele planejava. Então noto que está tocando o violão imaginário na calça jeans. Penso se estou agindo assim também, então presto atenção e percebo minha mão no pescoço, unhas prontas para arranhar. Em vez disso, enrolo a alça da mochila no dedo.

— Eu só queria... saber como você estava.

Tento pensar em algo interessante para dizer, algo que dê margem para continuarmos conversando quando tivermos mais tempo. Mas, antes que eu possa falar, ele se aproxima e toca o meu braço de leve. Não é acidental. É deliberado.

— Preciso ir pra aula — diz.

— É — concordo. — Eu também.

Ele abaixa o braço e volta para a multidão, e olho para o corredor, o observando ir embora. Tenho que me controlar para não o seguir. Quero conversar por mais tempo. Quero que ele me toque assim de novo.

Mordo minha bochecha três vezes e ando na direção oposta.

segura com eles

— Deve ser quarta! — declara Colleen quando abro a porta. Ela anda até o meu lado do balcão e me oferece uma garrafa d'água. — O dia hoje está uma loucura. Ela teve uma emergência no hospital de manhã, então estamos atrasadas.

É engraçado. Às vezes esqueço que Psico-Sue tem outros pacientes, entre eles aqueles que precisam que ela largue tudo e vá ao hospital vê-los. Fico feliz por não precisar dela *tanto* assim.

— Fique à vontade — diz Colleen.

Coloco meus fones de ouvido e, em vez da minha playlist habitual da sala de espera, escolho *Song for You*. Encostada na parede, me levo mentalmente para o corredor da escola, feliz de ter alguns momentos para pensar no que aconteceu com AJ hoje à tarde. Ele estava tão nervoso, tão lindo, tão perto de mim.

Enquanto a música enche meus ouvidos, calafrios percorrem meu corpo e noto que estou esfregando meu polegar no braço, exatamente como ele fez.

Algo chama a minha atenção e vejo Colleen acenando atrás do balcão. Puxo o fio e os fones caem no meu colo.

— Ela pode te atender agora.

Entro no consultório de Sue. Ela vai direto ao ponto.

— Então, me conta sobre a sua semana.

Esticando a massinha, conto o básico. Tudo anda bem com a minha família. A escola está tranquila. A poesia vai bem, melhorando, ainda terapêutica. Chegamos à conversa inevitável sobre as Oito Doidas, mas, surpreendentemente, não há muito a contar. As coisas andam meio sem drama.

— Como estão as coisas com Caroline? — pergunta.

Hoje, não sorrio como de costume. Em vez disso, sinto minha pressão sanguínea subir.

— Tenho pensado muito nela esta semana. Estou me sentindo muito culpada, sabe?

Penso nela do jeito como as Oito a veriam: camisa velha de flanela e camisetas esquisitas, pele manchada e cabelo oleoso.

— Ela é minha amiga. Eu não devia estar escondendo ela.

— Ela se incomoda de não ter sido apresentada às Oito?

Sacudo a cabeça.

— Não. Perguntei esta semana. Ela disse que não tem interesse em conhecê-las.

— O que elas diriam se você contasse sobre ela?

Aperto a massinha com força.

— Elas se sentiriam ameaçadas. Você sabe como são com outras garotas. É uma questão de lealdade.

Ela anota algo no caderno.

— Então talvez você não deva contar?

— Tudo bem fazer isso?

— Parece que pela Caroline está tudo bem. E quanto a você, tudo bem?

— Acho que sim.

Meu coração acelera de novo.

— Na verdade, não quero falar disso hoje.

Ela me observa por um momento e volta para o caderno, folheando as páginas para rever as anotações de sessões anteriores.

— Como anda a natação?

— Tenho ido à piscina seis vezes por semana desde que as aulas voltaram. Ainda estou nadando com a equipe, mas também comecei a nadar sozinha à noite. É ótimo. *Eu* me sinto ótima.

Vai ser uma sessão fácil. Sue teve um dia cansativo. Ela está atrasada. Vamos acabar logo para eu ir à piscina.

Estou tentando decidir o que falar em seguida quando Sue fecha o caderno, apoia os cotovelos nos joelhos e olha nos meus olhos.

— Por que você parece tão cansada? — pergunta.

— Quê?

— Como você tem dormido?

Sue não se move. Acho que ela nem pisca. Considero fazer uma piada ou inventar uma desculpa, mas, depois de uma longa pausa, decido dizer a verdade.

— Parei de tomar o remédio para dormir — sussurro.

— Quando?

Expiro. Sei a data exata. Foi na semana em que Caroline me apresentou ao Canto da Poesia. Não consegui parar de pensar na música de AJ, e em algum momento a obsessão pelas palavras dele se tornou uma obsessão pelas minhas.

— Faz mais de dois meses.

Ela suspira longamente. Não consigo ver o que está escrevendo, mas saber que está documentando meu fracasso faz com que eu me sinta ainda pior.

— Você não pode dormir só quatro ou cinco horas por noite, Sam.

Faz dois meses que faço exatamente isso e ando bem. Não estou tirando notas ruins nem nada. Quer dizer, só em trigonometria, mas isso não tem nada a ver com meu sono. É só porque sou ruim na matéria.

— O que você anda fazendo até tão tarde?

Eu me sento sobre meus pés e me reclino na cadeira, olhando para o teto.

— Poesia — respondo, o que é verdade, mas não inteiramente. Às vezes escrevo. Às vezes leio poemas na internet. Às vezes ouço música e leio as letras, mas isso conta como uma forma de poesia, não?

— Você não pode fazer isso de dia?

Sacudo a cabeça com veemência.

— Não tenho tempo.

Mas é mais que isso. Não é que não tenho tempo, é que não é o momento certo. Mesmo quando estou escrevendo na natação, ou no teatro com Caroline, é quieto e escuro. Preciso do silêncio e do escuro. Preciso escrever à noite, onde ninguém pode me ver.

— Sam — diz rispidamente, e esmago a massinha entre meus dedos. — Você parou de tomar os outros remédios?

— Não. Eu não faria isso, Sue.

Lembro como era antes de encontrarmos a medicação adequada. Eu ficava vidrada em alguma coisa, qualquer coisa, algo que um professor dizia, ou que uma das Oito dizia, ou algo que eu ouvia na televisão. Sabia que os pensamentos eram irracionais, mas um pensamento levava a outro, que levava a outro, e quando a espiral começava, eu não conseguia controlar.

Era horrível. Eu gritava com meus pais. Dava ataques que nem uma criança. Estava sempre cansada, porque tentar funcionar e ao mesmo tempo ignorar o turbilhão de pensamentos é física e mentalmente exaustivo. Ainda sou eu mesma tomando medicação, mas me ajuda a controlar as espirais. Eu não voltaria a uma vida sem remédios.

— É importante para você, né?

Devo parecer confusa, porque Sue acrescenta:

— A poesia.

— É. Mais do que eu esperava.

Não é só a escrita que importa; é tudo que vem junto. O olhar de antecipação na cara das pessoas quando subo no palco. Caroline me dizendo que estou melhorando com cada poema, que estou encontrando minha voz. Poder construir versos nadando cem metros livre.

É todo mundo lá embaixo também. Como eu me sinto investida na vida deles. Como meu coração dói quando Emily conta que a mãe está piorando, não melhorando. Como os poemas de Sydney sempre me deixam de bom humor. Como Chelsea sempre me emociona com os poemas sobre o ex-namorado. Como o Canto da Poesia está mudando minha vida, exatamente do jeito que Caroline disse que faria.

Mais do que nunca, me sinto compelida a contar para Sue sobre aquela sala. Sinto culpa por não contar. E, além da minha mãe, ela é a única que entenderia realmente como entrar naquela sala é como mergulhar na piscina; como o papel nas paredes me dá uma sensação poderosa de paz.

Mas não posso quebrar minha promessa.

Sue deve ver algo na minha expressão, porque a dela se suaviza e ela começa a batucar com a lapiseira no joelho como faz quando está pensando.

— E se encontrarmos um meio-termo? — pergunta. — Tenho outro remédio para dormir que você pode experimentar. É relativamente novo. Age rápido e tem uma meia-vida curta, então vai sair logo do seu sistema. Você pode escrever até meia-noite, tomar e dormir pelo menos sete horas. Você pode escrever e também dar ao seu corpo e ao seu cérebro o descanso necessário. Que tal?

Adoro a ideia de escrever quando preciso. Principalmente gosto de fazer isso com a permissão da Sue.

— Claro — digo.

Ela se curva e rabisca uma receita.

— Tome toda noite, no máximo até meia-noite — diz, me entregando o papel. — Agora, tenho que te falar uma coisa importante.

"Opa. Lá vem."

— Tudo anda bem para você atualmente, Sam. É porque tem feito mudanças positivas na vida, mas também porque encontramos um plano de tratamento que funciona. Terapia semanal, medicação para te ajudar a dormir e medicação para impedir que pensamentos invasivos virem ataques de ansiedade. Você não pode mudar essa combinação sozinha.

— Ok.

— No futuro, você precisa falar comigo *antes* de parar de tomar qualquer remédio. Combinado?

— Sim.

— Ótimo.

Ela ajeita a postura e cruza as pernas.

— Agora, você quer me contar mais alguma coisa?

Ela cruza as mãos no colo e espera. Dou mais uma olhada no relógio. Merda. Como ainda posso ter trinta minutos de sessão pela frente?

Eu me recosto na cadeira e fecho os olhos.

— AJ — digo sem emoção.

— O garoto com quem você e a Kaitlyn implicavam. Concordo.

— Faz quanto tempo que isso está rolando?

Faço as contas na minha cabeça. Faz mais de dois meses que Caroline me levou pelas escadas e me apresentou a ele. Um mês desde que ele me aceitou no Canto da Poesia. Uma semana desde que me convidou para a casa dele e nos declarou "amigos".

— Para mim? Uns dois meses. Para ele... não tem nada "rolando" porque, como todos os garotos por quem me interesso, esse interesse é completamente unilateral.

— O que te leva a dizer isso? — pergunta.

— Somos amigos.

Penso em como ele tocou meu braço hoje no corredor e me sinto sorrir a contragosto.

— Mas gosto dele. Ele é legal. Tudo parece... normal.

— Como assim, normal? — pergunta devagar, usando o tom da voz para me encorajar a falar mais.

Eu quero contar tudo.

Estico a massinha, tentando decidir por onde começar. Finalmente, paro de procurar a coisa certa a dizer, o que acho que Sue *quer* ouvir, e só começo a falar daquele jeito assustador e sem filtro.

— Não acho que estou obcecada por ele. Tá... posso estar meio vidrada na ex-namorada dele, Devon. Comecei a pesquisar sobre ela semana passada e no começo foi bem ruim. Mas estou começando a me controlar.

Conto para Sue o truque de beisebol de Caroline. Sue anota.

— Mas tantas coisas parecem melhores agora. Não estou passando a noite toda pensando se vou escolher a coisa errada para vestir no dia seguinte. Durante a aula, não fico preocupada em dizer alguma coisa no almoço que vá irritar minhas amigas a ponto de se voltarem contra mim e me ignorarem por três dias seguidos. Pela primeira vez em muito tempo, *não ligo* para o que elas pensam. E não é só por causa desse garoto, da escrita ou de Caroline, ou, sei lá, talvez seja. Talvez seja isso tudo.

Estou cheia de energia agora e não consigo ficar parada, então me levanto e ando até a janela com vista para o estacionamento.

— Só sei que estou me sentindo bem pela primeira vez em muito tempo. Posso ainda estar obcecada, mas estou *obcecada* por poesia e palavras. Estou nadando quase todo dia, meu corpo está forte e minha mente tranquila. E gosto de um garoto muito legal que pode só pensar em mim como amiga, mas que, pelo menos, não é um babaca que nem o Kurt, nem completamente inatingível que nem o Brandon.

Ela larga o caderno na cadeira e anda para se juntar a mim na janela.

— Não estou obcecada pelo medo das minhas amigas se virarem contra mim ou me expulsarem do grupinho. Não ligo mais se elas fizerem isso.

É libertador falar isso em voz alta e, quando o faço, noto como é verdade: me preocupo mais com o que AJ, Caroline e o resto do Canto da Poesia pensam de mim. Se *eles* me expulsassem ou parassem de falar comigo, eu ficaria devastada, mas claro que nunca fariam isso. Eu me sinto segura com eles.

— Talvez seja uma obsessão. Talvez não seja nada "normal". Mas me sinto bem com eles.

— Dá para notar.

Sem revelar a sala secreta debaixo do teatro da escola, passo o resto da sessão contando sobre AJ, Caroline, Sydney, Cameron, Abigail, Jessica, Emily e Chelsea. Meus oito amigos novos.

nada de encontro

O estacionamento está quase vazio. Encosto meu cartão no painel, o portão abre e entro, olhando ao redor e me perguntando por que não tem ninguém aqui. Os treinos de equipe acabaram horas atrás, mas mesmo depois das oito costumam ter alguns adultos nadando quando chego. Hoje só tem uma pessoa na piscina. Estou aliviada que ela não esteja na raia número três.

Largo minha bolsa em uma cadeira perto da borda e abro o bolso lateral, onde guardo a touca e os óculos. Tiro a toalha do compartimento maior e vejo meu caderno azul. A noite está tão agradável que o guardei ali no último minuto, pensando em me sentar no gramado e escrever um pouco depois de nadar.

Nunca *escrevi* de fato na piscina. Meus poemas me ocorrem enquanto estou nadando, mas só os coloco no papel quando chego em casa, e eles nunca soam tão bons quanto na minha cabeça. Assim, acho que não vou perder o ritmo.

Estou na metade do meu treino quando a outra nadadora sai da piscina e vai tomar uma chuveirada. Depois de mais algumas voltas, a vejo abrir o portão e desaparecer no estacionamento. Estou sozinha. Saio da piscina e ando até a cadeira, pego meu caderno azul e uma caneta e os deixo na beira, embaixo dos blocos.

No fim do treino, o papel está encharcado em um canto e um pouco da tinta está borrada, mas ainda consigo ler meu último poema com clareza. Acrescento o último verso e leio tudo, de cima a baixo, riscando uma palavra aqui e outra ali, trocando por opções melhores. Quando termino, meus dedos do pé estão doendo de tanto esfregá-los na parede, mas não ligo. O poema até que ficou bom.

Eu me enrolo na toalha, enfio o caderno de volta na bolsa, tomo uma chuveirada e vou trocar de roupa no vestiário. Estou prendendo o cabelo em um rabo de cavalo quando meu telefone toca. Eu o pego na bancada e leio a mensagem:

você foi ótima hoje

É de um número desconhecido, mas da minha área. Digito:

quem é?

Deixo o telefone na bancada ao lado da pia e arrumo minhas coisas. Estou botando a bolsa no ombro quando o telefone toca de novo.

AJ

Minha bolsa escorrega e cai no chão com um estrondo. Checo o telefone. Não é uma mensagem de grupo; é só para mim. Franzo as sobrancelhas ao responder:

> oi

Faz duas semanas desde aquele dia na casa dele, quando me ensinou a tocar violão e me contou sobre a ex-namorada e viramos amigos, mas nada mais. Não sei o que dizer, então fico parada, encostada na pia, segurando o telefone com as mãos, esperando uma resposta. Finalmente chega:

> o que você está fazendo?

Não posso dizer que estou de pé em um banheiro semipúblico com o cabelo ainda molhado do banho, de moletom e sem maquiagem, então penso no que estava fazendo quinze minutos antes.

> nada de mais. escrevendo

> desculpe. não quis interromper

> não interrompeu

> vou te liberar, só queria dizer que gostei muito do seu poema

Ontem, quando subi no palco pela sexta vez, li um poema sobre amigos pouco leais, pessoas que você ama e com quem tem uma conexão, mas nas quais nunca pode confiar de verdade. Era sobre se sentir sozinha e vulnerável, sem nunca conseguir abaixar a guarda. Quando li, minha voz estava clara, alta e direta, e nunca me senti mais confiante naquele palco, mas também nunca me senti mais exposta. Todo mundo aplaudiu e colei o papel na parede, oficialmente me dando outra contribuição ao Canto da Poesia. Foi bom. Muito bom.

obrigada

Não sei mais o que dizer, mas não quero que a conversa acabe, então decido continuar, sendo misteriosa, flertando, ou um pouco das duas coisas.

lembra quando você perguntou se eu
tinha um lugar preferido pra escrever

sim

é onde estou

Digitando, penso no que AJ disse naquele dia em que estávamos sozinhos no Canto da Poesia. Quando perguntei por que todo mundo começa dizendo onde escreveu, ele disse que os lugares importavam e que, ao fazê-lo, eles se tornavam parte do poema. Gostei da ideia.

estou intrigado...

Mordo o lábio. Isso ainda é um papo amigável? Ou estamos flertando? Talvez ele esteja flertando. Não tenho certeza.

Caso estejamos flertando, espero um minuto antes de responder, deixando as palavras pairarem um pouco mais, mantendo ele "intrigado".

vai me contar?

Encaro a tela por um bom tempo, criando coragem para responder a primeira coisa que me vem à cabeça, que é definitivamente um flerte, sem dúvida. Saio do vestiário, jogo minha mochila na grama e me sento, ajoelhada, segurando o celular. É ele que vive me dizendo para me abrir. E fazer isso por mensagem é bem mais fácil do que cara a cara. Tremendo, digito:

quer que conte ou mostre?

Antes que perca a coragem, clico em ENVIAR e meu coração começa a bater mais forte e mais rápido do que quando eu estava nadando. Largo o telefone na grama e sacudo os braços, desejando poder desenviar aquela mensagem. Mas não posso. Já foi. Não posso voltar atrás agora. Merda.

Consigo ver a tela. Não tem resposta. Ele não sabe o que dizer. Passei dos limites. Enrolo o rabo de cavalo molhado no dedo, me sentindo idiota e começando a me perguntar se ele vai responder, quando as palavras aparecem em uma bolha de conversa na tela:

me mostra.

Caio de costas na grama e pego o telefone, cobrindo a boca com a mão para esconder o sorriso bobo que surgiu do nada. Fica tranquila. Fica. Tranquila.

amanhã à noite?
te busco às 8

Ele vai estar no meu carro de novo. Começo a entrar em pânico por causa do hodômetro, mas afasto o pensamento com uma memória boa daquele dia em que ele se sentou no meu banco do carona, me ouvindo falar sobre playlists e como escolhia os títulos. Contando como aprendeu a tocar violão, mesmo que fosse difícil de ouvir. Meus pais me matariam se soubessem que ando dirigindo com passageiros. Sue também. Mas não posso deixar passar essa oportunidade. Quero que ele se sente lá de novo, que fale comigo que nem naquele dia.

até amanhã

Encaro a tela pelo que parece muito tempo, me perguntando o que isso significa. Se significa *alguma coisa*.
Não é um encontro nem nada. Vou só mostrar para outro poeta onde gosto de escrever. Só isso. Mas pensar em trazer AJ aqui faz com que eu me sinta feliz e emocionada. Olho ao redor do clube vazio, esperando que esteja tranquilo assim amanhã.

traga um traje de banho

Clico em ENVIAR e espero as reticências aparecerem na tela, mostrando que ele está digitando a resposta.

não sei se continuo intrigado

Rio. Não estou pronta para a conversa acabar, então leio tudo de novo, como se fosse mantê-la viva, e para conferir e garantir que não interpretei nada mal. Acho que não. Ele começou. Continuei e tornei um papo amigável em outra coisa.

— Não é um encontro — digo em voz alta, passando a mão pela grama. — Somos amigos.

Mesmo que seja só isso, tudo bem. Já é mais do que eu esperava de AJ Olsen.

O último degrau

Noite passada, tomei o remédio que me apaga por oito horas e coloquei o despertador para me acordar quinze minutos mais cedo do que de costume. Hoje de manhã, tomei banho rápido e corri para tomar café da manhã com minha mãe e Paige, só para poder chegar cedo à escola e conversar com Caroline antes do primeiro sinal. Mal posso esperar para contar sobre meu não encontro hoje com o meu só-amigo-nada-mais AJ.

Estou dez minutos adiantada, colocando o cinto de segurança e pronta para arrancar com o carro, quando recebo uma mensagem toda em maiúsculas de Kaitlyn, dizendo que ela odeia Hailey. Solto um suspiro irritado, parando o carro de novo. Eu devia saber que o estado de tranquilidade não duraria muito.

Estou respondendo quando recebo uma mensagem de Hailey, dizendo que Kaitlyn vai matá-la. A mensagem contém um link, no qual clico. Ele me leva a uma foto de nós oito, tirada no quintal da Sarah nas férias antes do terceiro ano do fundamental.

Estamos todas de biquíni, mas Kaitlyn está só com a parte de baixo. Já tem mais de trinta curtidas.

Digo para as duas, em mensagens separadas, que estou a caminho.

Quando chego ao armário de Hailey, Kaitlyn e Alexis já estão lá, gritando sobre usar bom senso e considerar os sentimentos dos outros. Minhas mãos estão suando quando me aproximo da cena, e sinto um calafrio horrível na espinha ao chegar perto o suficiente para ouvir a voz de Hailey falhando enquanto tenta se defender sem cair no choro. Entendo. Já estive nessa posição antes, vezes demais para contar.

Sem nem pensar no que estou fazendo, entro na frente de Hailey e afasto Kaitlyn, mantendo distância dela.

— Relaxa, gente.

— Você sabe o que ela fez? — grita Kaitlyn para mim.

Então ela volta a atenção para Hailey.

— O que você estava pensando? — grita por cima do meu ombro.

— Achei que era engraçado. Achei que *você* acharia engraçado — responde Hailey, a voz baixa e irregular. — Desculpe. Já apaguei a foto.

— Depois de ser curtida mais de cinquenta vezes! — diz Alexis, defendendo Kaitlyn, como de costume.

— Você estava bonita — tenta Hailey, mas isso deixa Kaitlyn mais enfurecida.

— Ninguém está olhando para a minha cara, Hailey!

— Ah, fala sério. A gente era criança.

— Kaitlyn.

Fazemos contato visual e não desvio o olhar. É estranho. Acho que nunca a olhei nos olhos com tanta convicção antes.

— Você tem todo direito de sentir raiva, mas precisa se acalmar, ok? Vamos conversar no almoço.

— Não, Samantha! — grita na minha cara. — Vamos conversar agora.

— Não, Kaitlyn. Não vamos.

Eu nem pisco.

Pego Hailey pela mão e a puxo para longe antes de elas terem a oportunidade de responder, virando a esquina, atravessando o corredor e entrando no banheiro do prédio ao lado. Espero que elas não pensem em procurar a gente aqui. Quando entramos, Hailey bate com a mão na porta do banheiro e chora.

— Sabe o pior? — grita Hailey. — Ela teria feito o mesmo comigo. Ou com você. E se a gente ficasse chateada ou constrangida ela diria que somos "sensíveis demais" e que "não devemos levar tudo para o pessoal".

Hailey imita perfeitamente a voz de Kaitlyn na última parte. Rios de rímel preto escorrem pelas bochechas vermelhas, e pego um lenço de papel e molho com água fria. Entrego o lenço para ela.

— Mesmo assim. Você devia saber que a Kaitlyn ia ficar chateada. Não foi muito legal.

Hailey pega o lenço e o larga na bancada. Ela me abraça apertado.

— Não foi mesmo. Não sei por que fiz isso, Samantha — diz ela.

Acho que sei por quê. De forma consciente ou não, aposto que tem alguma coisa a ver com estar no último degrau.

— Obrigada por intervir. Eu não esperava que você fosse fazer isso.

Meu peito aperta. Hailey *devia* esperar que sua amiga interviesse para defendê-la. É a primeira vez que fiz isso?

Eu a abraço de volta e digo que vai ficar tudo bem, porque sempre fica.

— Elas vão te punir por uns dias, mas depois vão encontrar outra distração.

— Você acha?

— Tenho certeza. Semana que vem, vamos estar todas chamando isso de "escândalo do peitinho" e morrendo de rir.

Isso faz Hailey gargalhar. Ela me abraça mais apertado.

Ainda tenho tempo para conversar com Caroline, então pego o lenço de papel molhado da bancada e o boto na mão de Hailey.

— Preciso ir. Se arruma e vai pra aula, ok? Tenta não pensar nisso demais.

São palavras vazias. Claro que ela vai pensar.

— Te vejo no almoço.

— Mesmo? — pergunta.

— O quê?

— Vai mesmo me ver no almoço? — pergunta, me encarando.

— Você tem faltado muitos almoços ultimamente.

— É?

Hailey levanta as sobrancelhas como se estivesse perguntando como eu poderia questioná-la de forma tão ridícula.

Nas últimas semanas, faltar dois almoços passou para três, às vezes quatro. Quando não estou no Canto da Poesia, estou escondida na primeira fileira do teatro, escrevendo com Caroline.

— Déjà-vu — diz, começando a limpar a maquiagem borrada.

— Como assim?

— É a história da Sarah de novo. Ela desapareceu um pouquinho de cada vez, lembra? Uns dias aqui. Outros dias ali. Aí, ela sumiu de vez.

— Hailey...

Ela não me deixa acabar.

— Sam. Não quero que você desapareça também. Se você sumir, eu não...

Ela esmaga o lenço de papel.

— Estarei lá hoje, prometo. Claro que estarei lá hoje. É quarta. Mas se fosse segunda ou quinta, faltaria ao Canto da Poesia para garantir que Hailey está bem.

— Te vejo no almoço — repito.

Corro para o meu armário e arrumo meus livros devagar, enrolando o máximo que posso. Mas Caroline nunca aparece.

aqui está você

Fico aliviada de encontrar o estacionamento do clube completamente vazio e entro em uma vaga perto do portão. O hodômetro não foi um problema. Dirigi para cá tantas vezes que sei todos os atalhos e segredos para me ajudar a estacionar direito.

— Clube de Natação e Tênis de North Valley — diz AJ, lendo a placa enquanto paro o carro, antes de se voltar para mim. — Uma piscina?

— Sou nadadora — digo.

— Sério? Eu não sabia.

Dou de ombros.

— Sou detentora do recorde distrital de nado borboleta.

— Jura?

— Juro.

Estou me sentindo bem autoconfiante quando saio do carro e abro a mala. Penduro a bolsa de natação no ombro, fecho a mala, ando até o portão e passo o cartão pelo painel. O portão se abre com um clique e, quando entramos, aponto para o vestiário masculino e digo que vou encontrá-lo na piscina.

Dois minutos depois, lavei meu rosto, troquei de roupa e saí do vestiário, jogando minha toalha perto dos chuveiros, como de costume. Ando de maiô em competições cheias desde os seis anos e não lembro a última vez que isso me constrangeu, mas hoje acontece. Entro na parte rasa da piscina antes de AJ voltar. A água está morna e mergulho, molhando o cabelo, afastando-o do meu rosto. Enquanto espero, penso em Hailey. Pessoas comentaram aquela foto o dia inteiro, e no fim da tarde, Kaitlyn estava com mais raiva ainda. Faço uma nota mental de mandar uma mensagem para ela quando chegar em casa.

AJ sai do vestiário e para, mudando o peso de um pé para outro, fofo e constrangido. Chamo seu nome e aceno.

— Está gelado aqui — diz ele.

— A piscina está bem mais agradável.

— Você quer que eu entre?

— Você *está* de calção — respondo, olhando para o céu. — E a noite está bonita.

As noites esfriaram um pouco nas últimas semanas, mas ainda... é a Califórnia. O ar está mais fresco, mas o céu está limpo e cheio de estrelas.

AJ concorda com a cabeça, e eu o vejo andar até o lado oposto da piscina, passar pelas entradas das raias e subir a escada para o trampolim. Sem hesitar, anda até o fim da plataforma e pula. De pé. Retinho. Direto. Ele reaparece na superfície e nada na minha direção, com um estilo esquisito e híbrido que nunca vi.

— Deixe-me adivinhar — digo quando ele se aproxima o suficiente para ouvir. — Você nunca fez aula de natação?

Ele chega a uma profundidade que dá pé e começa a andar na minha direção, falando enquanto tenta recuperar a respiração.

— Nenhuma. Sou um talento natural, né?

Rio.

— Exatamente o que pensei.

Ele se inclina para trás, apoiando os braços na beira da piscina.

— Este é o seu lugar preferido para escrever? Uma piscina. Agora que ele disse, noto que soa esquisito.

— É. Eu costumava recitar letras de música enquanto nadava, mas desde a minha primeira vez no Canto da Poesia passei a escrever poesia enquanto nado.

Eu me jogo para a frente na água e, com uma braçada, estou ao lado dele. Pressiono minhas mãos no concreto e saio da piscina. Consigo senti-lo me observando enquanto ando para o lado oposto.

Subo no bloco na raia número três. Entro na posição correta, passo o dedo três vezes na superfície áspera e mergulho, empurrando minhas pernas e apertando os braços contra minhas orelhas. Palma sobre mão, rompo a superfície e chuto com força debaixo d'água — um, dois —, e no três ressurjo, jogando os braços para cima. Encontro um ritmo: Um, dois, três. Um, dois, três. Quando acho o compasso, começo a pensar em palavras.

Quando vejo as pernas de AJ sob a água, vou bem na direção delas. Chego perto, toco a parede com as mãos e me afasto de novo, voltando para os blocos, mantendo o ritmo e criando um poema no caminho. Do outro lado, dou uma última volta e retorno para a parte rasa. Para AJ.

Paro um pouco antes de alcançá-lo e fico de pé, ofegante, tentando normalizar a respiração. Mergulho a cabeça e jogo o cabelo para trás, me sentindo corar ao pensar no que acabei de escrever.

AJ está se aproximando em passos grandes, com braçadas exageradas. Quando chega perto o suficiente, coloca as mãos nos meus ombros e me olha nos olhos.

— Sam McAllister! O que foi isso? E esses ombros!

Ele os aperta, e desejo poder mergulhar de novo e morrer.

— Eu sei. São horríveis e masculinos. Minhas amigas implicam comigo por isso o tempo todo.

Ele me olha de soslaio.

— Por que elas fariam isso?

Daria de ombros, mas não quero chamar mais a atenção para eles.

— Por que elas gostam de fazer outras pessoas sofrerem?

— Não, quero saber por que elas fariam isso? Você consegue acabar com elas com esses.

Quando se aproxima mais, desliza as mãos pelos meus braços. Queria escapar do toque dele, mas agora espero que ele fique exatamente onde está.

— Você nada todo dia?

— No verão sim, mas quando as aulas voltam fico ocupada e costumo deixar de lado até a equipe da escola voltar na primavera. Mas este ano decidi focar mais. Agora nado pelo menos seis dias por semana. Meu treinador acha que tenho uma boa chance de conseguir um bolsa de estudos se continuar assim.

Eu me preparo mentalmente para a taquicardia que costuma acompanhar declarações sobre a faculdade, mas hoje ela não acontece.

Ele olha para a outra ponta da piscina.

— E enquanto você fazia *aquilo* — diz, sem nem tentar esconder a surpresa na voz —, estava escrevendo ao mesmo tempo?

— Não — minto, porque não posso contar o que escrevi. — Não escrevi nada desta vez.

— Claro que escreveu. Dá para ver pela sua expressão.

— Não tem nenhuma expressão.

Ele me gira até ficar no lado mais fundo. Agora estamos cara a cara e parece que temos a mesma altura.

— Vamos lá... Me conta, Sam.

Sam. Amo que ele me chame assim, mas agora queria que não o fizesse, porque me desarma completamente.

— Não posso. Escrevi em, tipo, vinte segundos. É horrível.

Ele joga água em mim.

— Desculpe. Não tenho papel.

Tento esconder o rosto com as mãos de novo, mas ele segura meus braços e os força delicadamente para baixo d'água, pressionando contra a lateral do meu corpo.

— Você viu minhas músicas. Escrevi umas coisas bem toscas.

Começo a discordar, mas ele não me dá tempo.

— Me conta, Sam.

O sorriso é bondoso, encorajador, contagiante, e aquela covinha... tão fofa.

Mais um "Sam".

Suspiro. Fecho os olhos. Inspiro fundo. Tudo em mim me diz para parar de falar, mas não escuto como de costume. Então outro pensamento surge.

Conte para ele.

— Não fui te procurar. Fui me procurar — digo, minha voz suave, baixa e trêmula. — Mas, agora, aqui está você, e, ao te encontrar, acho que me encontrei.

Começo a entrar em pânico. Falei demais. Sabia que o faria. Caroline estava errada sobre baixar a guarda.

Maldita ideia de me abrir.

Antes de abrir meus olhos, sinto quando ele encosta a testa na minha, passa as mãos pelas minhas costas e toca minha boca de leve, me beijando como se eu tivesse dito a coisa certa, não a coisa errada. E o beijo... Meu Deus, o beijo é macio, quente e perfeito, e afasto meus lábios enquanto meus dedos encontram seu pescoço. Ele tem gosto de menta e a pele cheira a cloro e eu o beijo, me lembrando de todas as vezes em que imaginei Brandon fazendo isso, como esses momentos nunca acabaram bem. Passo meus dedos pela pele. Ele parece real. Movo minhas mãos até o seu cabelo molhado. Também parece real.

Por favor, que isso seja real. Por favor, que eu não esteja imaginando.

— Tudo bem? — pergunta AJ.

Ele toca meu queixo com o dedo e levanta meu rosto para que eu não tenha escolha além de olhá-lo.

— Viu, é aqui que essa minha história de se abrir cai bem — diz, em voz baixa. — Vou começar. Estou tão feliz de ter te beijado. Faz semanas que quero te beijar, desde muito antes daquele dia na minha casa, e agora quero muito te beijar de novo.

AJ beija minha testa, minha bochecha, minha boca, e eu o beijo de volta, mas ele deve sentir minha hesitação, porque para e apoia a testa na minha de novo.

— Isso não é justo. Não sei o que você está pensando. Não se preocupe em escolher as palavras certas. Só me conta.

Isto é um erro. Ele não gosta de mim; ele gosta da pessoa em quem Caroline me transformou. Ele acha que sou uma garota normal que nada e escreve poesia, mas não sou. Sou obcecada pelos meus pensamentos, não consigo dormir e conto de três em três. Ele compõe música e é vulnerável e eu não o mereço.

— Isto não é bom.

Mordo minha boca, pressionando meus lábios para manter o resto dos meus pensamentos lá dentro, onde eles pertencem. Encaro a água de novo, mas vejo seu reflexo. Ele está me observando, me esperando, silenciosamente me pedindo para continuar, para falar.

— Sam — diz, acariciando minha bochecha com o polegar.

— O que não é bom?

Assim que abro a boca, ouço as palavras escorregarem, como se escapassem de mim por conta própria.

— Gosto demais de você.

Ele me beija de novo, mais forte dessa vez.

— Ótimo — sussurra. — Também gosto demais de você.

o que for

Quando começamos, não conseguimos parar. Outros nadadores raramente aparecem depois das oito e meia e ainda somos os únicos aqui, mas por via das dúvidas afasto AJ das raias e vamos para perto do trampolim, onde temos um pouco mais de privacidade. A água é muito mais funda aqui, então nós dois temos que nos agarrar na beira da piscina para não afundar, e também parar de nos beijar de vez em quando para reajustar as posições. Cada vez que paramos, rimos porque isso é totalmente inesperado e bem engraçado.

Kurt não beijava muito bem. Só língua, cutucando minha boca sem parar, girando rápido demais. Além dele, beijei caras em festas e tal, mas eles todos provavelmente estavam bêbados. Então talvez seja uma comparação injusta, mas AJ parece especialmente talentoso.

Tento não pensar em quanto ele praticou com Devon. Tento não pensar nas garotas que beijou antes dela, ou antes ainda. Uso o truque de beisebol de Caroline, rebatendo com meu taco mental, jogando os pensamentos negativos para longe. Funciona. Logo eles somem e só sobramos eu e AJ, boca, pele, água e... Não quero que acabe. É incrível a sensação de me deixar levar, me perder assim.

Ele vê a escada e me desliza para lá, me levantando até o degrau de cima. Seguro o rosto dele com as mãos e cruzo minhas pernas ao redor da sua cintura para impedi-lo de afundar, e voltamos a nos beijar.

Cada vez que um de nós começa a ir embora, o outro dá um beijo — AJ beija minhas costas quando subo a escada, beijo o pescoço de AJ quando ele começa a sair da água — e mergulhamos de novo, voltando ao ponto em que paramos. Quando finalmente concordamos em ir embora, fazemos um acordo e apertamos as mãos.

Quando estamos perto dos vestiários, entro nos chuveiros abertos.

— Você vai entrar? — pergunto.

Estou acostumada a me lavar com o resto da equipe aqui, mas isso é diferente. Paro debaixo de um chuveiro, ligo, e ele encontra um mais distante, na outra parede.

Lavo o cloro do meu cabelo, olhando para ele de relance enquanto isso. AJ não tem um corpo de nadador; seus braços e suas costas não são tão musculosos, mas, definitivamente, não é magrelo como eu achava que era. Ele é equilibrado, sólido e forte.

Ele me pega observando. Fecha o chuveiro e faço o mesmo. Pego minha toalha e cubro os ombros dele, segurando as pontas e o puxando para perto, como uma vez imaginei que Brandon faria comigo. Nos beijamos de novo por um bom tempo. Então ele me cobre com a toalha dele.

— Te encontro aqui — digo, indo para o vestiário.

Visto as roupas que trouxe para depois de nadar: calça de malha e um suéter justo, bem melhor do que o moletom largo e o casaco velho que costumo usar depois da piscina. Mexo na bolsa até encontrar meu kit de maquiagem. Levo até o espelho, mas parece estranho colocar. Ele já me viu sem maquiagem pela última hora. Qual seria o propósito?

Arrumo minhas coisas e saio do banheiro. O cabelo de AJ ainda está molhado, mas ele está usando as mesmas roupas com as quais veio. Atravessamos o portão e entramos no meu carro. Ele treme e liga o aquecedor.

— Música? — pergunta, pegando meu celular.

Lembro a ele minha senha, e ele escolhe tão rápido que parece que foi direto para *Song for You* e botou para tocar. Joga meu telefone no painel e se apoia na cadeira.

A primeira faixa é uma versão acústica de "Your Body Is a Wonderland", que ele reconhece imediatamente. Dá para notar porque fecha os olhos e começa a tocar um violão imaginário.

— Onde mais você toca violão? — pergunto. — Você tem uma banda, algo assim?

— Não. Nunca toquei fora do Canto da Poesia.

— Sério? — pergunto. — Nunca?

Ele abre os olhos e sorri, meio constrangido.

— Não. Gosto de tocar lá. Grupo pequeno. Extremamente simpático. Muito bondoso.

— Você tem medo?

No palco, AJ parece um artista completamente à vontade, tocando para a plateia, apontando e piscando para dar graça nas músicas mais cômicas. Ele ama estar lá. Dá para ver.

— Não consigo imaginar tocar para completos desconhecidos. Não é minha praia. Amo compor, tocar as cordas, tentar descobrir como a letra e as notas se encaixam.

Ficamos os dois em silêncio, pensativos, e nenhum de nós diz uma palavra até chegarmos à frente da casa dele. O hodômetro está no nove, então digo que quero ouvir a música até o fim e dou uma volta na quadra. Então finjo passar da entrada. Quando os dígitos estão alinhados corretamente, paro na frente da garagem dele.

Ele vira a cabeça de lado.

— Posso te perguntar uma coisa?

Eu me preparo para uma pergunta sobre minha tendência de errar entradas de casas.

— Claro — digo.

— Quando você começou esta playlist?

Merda. AJ sabe que as músicas são para ele. Não sabe? Começo a dizer algo bobo, tipo "Ah, essa velharia? Faz anos", mas não parece correto. Além disso, Caroline me disse para baixar a guarda hoje, e quando o fiz, tudo deu bem certo.

— Depois que te ouvi tocar pela primeira vez.

— Sério?

Sinto meu rosto corar. Espero que esteja escuro demais para ele notar.

— Lembra quando você veio pra minha casa aquele dia? — pergunta ele.

Como poderia esquecer?

— Quando você foi embora, escrevi uma coisa para você.

— Sério?

Fico aliviada de saber que ele também anda pensando em mim e que o que aconteceu hoje não foi uma decisão espontânea.

— Posso ouvir? — pergunto, observando sua boca enquanto espero a resposta.

Não consigo evitar.

Seus lábios parecem muito macios quando ele responde:

— Talvez.

Por dentro, me sinto começando a entrar em pânico. Não planejei nada disso. Hoje foi incrível. Agora acabou e não sei o que vem depois.

O que acontece amanhã?

Ele se vira no assento e me beija, e tento me concentrar em como a sensação é incrível, mas meu coração está batendo rápido demais, não do jeito bom que nem na piscina. A espiral de pensamentos começa a ganhar força e tento ignorar, mas ela não me deixa.

Ele deve notar que não estou inteiramente presente, porque se afasta de leve e sussurra:

— O que foi?

Fale com ele.

Mordo meu lábio três vezes. Então respiro fundo.

— O que acontece amanhã?

As mãos dele estão quentes no meu pescoço.

— O que você quer que aconteça amanhã?

Quero ficar sozinha com você de novo. Exatamente assim.

— Não sei. Hoje foi tão... inesperado. Perfeito. Mas inesperado.

— E você não quer contar para as suas amigas?

Elas não entenderiam.

— Não é isso... É só... Não sei se estou pronta para compartilhar... O que quer que isso seja...

— "O que quer que isso seja"? — repete, rindo baixinho. Ele me puxa para mais perto.

— Você quer isso? — pergunta, daquele jeito sincero. — O que quer que seja?

Quero tanto.

— Sim.

— Eu também.

Ele me beija devagar, de leve, e mergulho imediatamente nele, desejando poder parar o tempo e saborear este momento um pouco mais.

— Então vamos manter isso entre a gente por um tempinho — sugere. — Até entendermos.

Parece que o nó no meu peito está se desfazendo, e agora é muito mais fácil respirar.

— Ok — sussurro.

— Além disso, pode ser meio divertido guardar um segredo.

Será que aguento mais um segredo? Já estou escondendo Caroline das Oito Doidas, meu TOC de todo mundo, menos de Caroline, e o Canto da Poesia de Psico-Sue.

Sue.

Não posso guardar esse segredo de Sue. Vou ter que contar sobre AJ e o que aconteceu hoje na piscina. Mas ela acharia saudável, né? Passo a mão por baixo da camisa dele e sinto sua pele. Ele parece bem saudável.

A música muda para uma das minhas preferidas, o clássico "Bron-Yr-Aur" do Led Zeppelin, e AJ suspira ao aumentar o volume.

— Uau. Você conhece isso?

Seus dedos tocam minha cintura, e ele cantarola junto com a música.

— Faz anos que não penso nessa música — continua. — Vou ter que aprender a tocá-la pra você.

Não estou com nenhuma pressa para ver seu quarto cheio de coisas da ex-namorada, mas ansiosa para ouvi-lo de novo. Atravessaria o quarto para beijá-lo enquanto ele toca, dessa vez de verdade.

Ele pega o calção no banco de trás.

— Obrigado por me mostrar onde você escreve.

— Obrigada por não rir do meu poema.

— Eu nunca riria de você — diz ele. — Bom, a não ser que você diga algo engraçado.

Ele me beija, abre a porta e sai do carro.

— Boa noite, Sam.

— Boa noite, AJ.

Ele acena antes de desaparecer dentro da casa, e fico ali parada por um momento, me recuperando. Então pego meu telefone, boto "Bron-Yr-Aur" para repetir e ouço no caminho todo para casa, imaginando ele sentado na cama, tocando para mim.

suas melhores amigas

Estou procurando AJ no corredor, fingindo não estar procurando ninguém. Também estou tentando manter minha cara séria, mas quando penso no que aconteceu ontem na piscina, simplesmente... não consigo.

A boca de AJ era tão macia quanto eu esperava, tão quente, tão molhada por causa da água, e as mãos se movendo tão espontaneamente pelo meu corpo... Ninguém tinha me tocado assim antes... e não faço ideia como vou aguentar o resto do dia. E ele gosta de mim. Demais. Como vou mantê-lo em segredo? Juro que, se virar essa esquina e ele estiver perto do meu armário, vou pressionar todo o meu corpo contra o dele e beijá-lo intensamente antes de ele notar o que está acontecendo.

Viro a esquina e, em vez disso, meu estômago dá um nó. Ele não está lá, mas as Oito estão, cada uma demonstrando sua decepção de uma forma própria: o quadril empinado para o lado, a cabeça inclinada com desconfiança, a sobrancelha arqueada.

A postura da Hailey é menos agressiva, mas sua expressão nervosa me faz questionar se ela sabe de que lado está.

— Oi. E aí? — Minha voz treme.

— Precisamos conversar.

Assim que as palavras saem da boca de Alexis, a adrenalina bate. Meu sovaco já está suando, e meus dedos, formigando. Como de costume, ela tomou o papel de representante do grupo. Quem vai "começar a conversa".

— Onde você estava? — pergunta.

Olho ao redor.

— Em casa. No estacionamento. Do que você está falando?

— Não hoje.

A resposta sai em um suspiro, e ela não acrescenta a palavra "idiota", mas a diz com o olhar. Ela bota as mãos no quadril e respira fundo.

— Samantha, precisamos falar sobre como você anda mentindo para a gente.

Começo a retrucar, mas ela toca a boca com um dedo.

— Não diga nada até eu terminar, por favor. Você tem mentido para a gente. Só queremos saber o motivo, porque nós — diz, fazendo um gesto indicando o resto do grupo — somos suas melhores amigas. Pelo menos achamos que éramos.

Isso deve ser um novo recorde. Mal passaram vinte e quatro horas do "escândalo do peitinho" e já é uma memória distante. Elas encontraram uma distração. Eu.

Minhas mãos estão tremendo, meu coração acelerado, e uma grande parte de mim quer sair correndo agora, direto para o teatro ou algum outro lugar escuro onde eu possa sentar, respirar, pensar e me preparar para isso. Não sou boa com emboscadas.

Alexis olha para Kaitlyn. É o ponto em que elas decidiram passar o bastão para a próxima pessoa. É o maior trabalho, com mais esforço.

— Você disse que ia começar a nadar na hora do almoço, mas sabemos que não é verdade.

— O seu cabelo nunca está molhado no quinto tempo — interfere Olivia.

— Eu uso touca — digo em voz baixa.

— Tentamos te encontrar na piscina — acrescenta Hailey.

— Você não estava lá.

Olho para ela. Seria bom saber essa informação ontem. Tenho a impressão de que ela sabia que isso ia acontecer e me sinto ainda mais traída.

Eu a defendi.

— Então vocês estavam me espionando? — pergunto.

— Não — diz Kaitlyn, simplesmente.

— Sim — digo.

Alexis dá um passo para a frente.

— Tá. Te espionamos, mas você mentiu, o que é muito pior.

A voz dela corta o ar. Todo mundo ao redor parou de pegar livros do próprio armário e está congelado, vendo o drama se desenrolar, esperando para ver o que vai acontecer em seguida.

Por cima do ombro de Olivia, vejo Caroline, observando a cena por trás da porta do armário, e consigo ler a expressão em seu rosto: ela está com medo que eu conte sobre o Canto da Poesia.

Aceno para ela de leve com a cabeça, esperando que saiba o que significa: está tudo sob controle.

— Amigas não mentem, Samantha — diz Kaitlyn. — *Nunca. Não. Nunca.*

Nem quando não gostam da sua roupa, do seu cabelo, da nova música que você curte ou do garoto que você acha bonitinho.

Minhas amigas, especialmente Kaitlyn, não mentem, *nunca*, mesmo quando é uma cortesia bondosa para preservar os sentimentos de alguém.

— Vamos te dar uma chance para ser sincera — diz Olivia. — Aonde você tem ido na hora do almoço?

Começo a entrar em pânico, mas penso na conversa com Psico-Sue semana passada, quando falei que não me importo mais tanto com o que minhas amigas pensam de mim. Tento me conectar com a parte de mim que disse isso com sinceridade. Expiro e levanto os ombros, ajeitando minha postura.

— Sinceramente? — digo, e todas instintivamente se inclinam, dão um passo para a frente, se aproximam de mim. — É particular.

— Particular? — pergunta Alexis. — O que isso significa?

— Significa que não é da sua conta, Alexis.

Minha voz está clara, minhas palavras diretas, e minhas mãos já tremem menos. Os olhos delas dizem tudo que estão sentindo: confusão, choque, humilhação, mágoa.

Isso é uma droga. Mas ao mesmo tempo me sinto bem.

Tensiono meus ombros e dou um passo na direção do armário. Alexis e Hailey se afastam para me deixar passar.

— Sério? Você não vai contar? — pergunta Alexis, e ouço a surpresa em sua voz. Essa possibilidade nunca ocorreu a ela.

— Não, não vou — respondo, destravando o cadeado, abrindo a porta, pegando meus livros.

Uso a oportunidade para respirar fundo e fazer minhas pernas pararem de tremer.

O sinal toca. Graças a Deus.

Olho de relance por cima do ombro de Olivia. Caroline ainda está observando, mas a expressão em seu rosto agora é cheia de alívio. Talvez até pareça um pouco orgulhosa de mim. Olho ao redor das Oito, desejando que elas fossem embora para eu conversar com Caroline, mas todo mundo parece em estado de choque.

A foto na porta do meu armário chama a minha atenção. Meu olhar passa pelo Post-it rosa que diz "O que veem..." e para no espelhinho. Noto que as duas expressões são quase idênticas. Autoconfiança. Foi a palavra que usei para explicar para Psico-Sue o que gostava na foto. Foi como me senti na piscina com AJ ontem. É como me sinto na hora do almoço às segundas e quintas.

Olho para a expressão forte e determinada no meu rosto. Lembro exatamente o que estava pensando quando Sue me perguntou sobre ela. Bolsa de estudos por causa da natação. Uma oportunidade de ir para a faculdade bem longe. Uma chance de me reinventar. É então que noto que, por mais que queira a bolsa, não preciso ir embora para me reinventar. Já tenho feito isso.

Eu me viro para olhar para elas.

— Estou fazendo outras coisas no almoço agora, mas, quando não estiver, ainda gostaria de almoçar com vocês. Tudo bem?

— Claro — responde Hailey imediatamente.

Ninguém mais diz uma palavra até ela virar o rosto e levantar as sobrancelhas para Alexis.

— É — concorda Alexis. — Claro que tudo bem. Por que não?

— Ótimo — digo, fechando a porta do armário. — Vejo vocês mais tarde.

Quando passo por Caroline, aponto para o caminho que leva ao teatro. Ela me segue e, assim que entramos em um canto mais silencioso, me cumprimenta, comemorando.

— Mandou bem. Como você está se sentindo? — pergunta.

— Incrível. Mas esse é só um motivo — respondo, olhando ao redor para garantir que ainda estamos sozinhas. — Você pode guardar um segredo?

Ela revira os olhos.

— Claro que posso.

E conto tudo sobre AJ e nosso não encontro.

escrever sobre mim

Entro na fila para ser a última a atravessar a porta. Quando passo por AJ, sinto os dedos dele na minha cintura e diminuo o passo para o toque durar um pouco mais. Quero beijá-lo aqui, agora, na frente de todos os poetas. Faz duas semanas que estamos escondendo "o que quer que seja" e não sei se aguento por muito mais tempo. Preciso de muito esforço para me afastar dele.

— Você vai ler hoje? — pergunta Sydney enquanto andamos para os sofás.

— Não.

Não posso ler. Todos os meus poemas agora são sobre AJ. Eles saberiam imediatamente.

— E você?

Ela sacode uma embalagem de pretzel no ar, depois a segura com as mãos e a puxa para esticar.

— Pode se preparar, amiga, porque estou prestes a declamar poesia sobre as muitas qualidades de canela, açúcar e manteiga na massa quente. Isso...

Ela estica o papel de novo. Consigo ver a letra rabiscada nele.

— Talvez isso seja meu melhor trabalho até agora.

Sydney senta na sua cadeira de costume. Abigail já se sentou ao lado de Jessica. Caroline ainda não chegou, mas vejo um lugar vazio ao lado de Emily e decido me sentar com ela hoje. Ela e AJ são amigos, e, um dia, quando não formos mais segredo, seria legal conhecê-la melhor. Emily se afasta para me dar espaço, mas não faz contato visual.

Antes de começarmos, tiro um momento para olhar ao redor da sala e processar tudo, como sempre. Agora me sinto segura aqui, em vez de sobrecarregada e indigna, e a familiaridade é reconfortante. Ainda assim, o Canto da Poesia parece mágico. Espero que pareça sempre.

Tenho nove poemas nessas paredes. Nove.

Cameron está sozinho no palco. Nunca o vi lá sem Jessica e Abigail. Ele ajusta os óculos e abre um pedaço de papel.

— Escrevi isso no meu quarto ontem à noite — diz, e lê um poema devastador e raivoso, que me pega completamente de surpresa.

Prendo a respiração enquanto ele lê o último verso, me perguntando o que o destrói por dentro. Seu rosto está muito vermelho quando cola o poema com um tapa forte contra a parede.

— Ele está bem? — sussurro para Emily.

Ela se aproxima e diz que os pais dele estão se divorciando.

— Faz um tempo que ele não fala disso. A Jessica e a Abigail andam tentando distraí-lo com "O Corvo".

— Eu não fazia ideia.

Ele está sempre tão *ligado*, uma dessas pessoas que parecem ter a vida sempre nos trilhos. Agora tenho um nó na garganta. Achei que eu o conhecesse melhor que isso, mas agora noto que não sei nada sobre ele. Faço uma nota mental de ir ler o poema agora que tenho o contexto apropriado. Talvez me ajude a escolher a coisa certa a dizer quando formos embora hoje.

— Quem é agora? — pergunta AJ do seu lugar de costume. Olhamos todos ao redor. Sydney está bem na minha frente e eu a vejo começar a ficar de pé. É uma boa hora. Depois disso, merecemos um alívio cômico.

No entanto, ouço Emily, do meu outro lado, dizer:

— Eu vou.

Ela sobe no palco e noto como está diferente hoje. Ela nem tentou esconder as olheiras escuras sob seus olhos vermelhos e, se escovou o cabelo de manhã, foi atacada por um vento particularmente forte desde então.

— Eu tive uma semana muito difícil — diz, sua voz tremendo na última palavra.

Meu estômago fica embrulhado.

— Se chama "No caminho até você" — diz. — Escrevi ontem à noite no quarto de hospital da minha mãe.

Tenho certeza de que estamos todos nos perguntando como vai aguentar um poema inteiro, mas ela respira fundo, se senta no banquinho com as costas retas e começa, a voz firme e forte:

> Arrasto meus pés no caminho até você.
> Lá do outro lado.
> Longe demais.
> Pele. Fina, quase translúcida.
> Olhos. Afundados. Esqueléticos. Machucados.
> Tubos. Sem cor e por todos os lados.
> Você. Não você.
> Se foi. Não foi.
> Ainda não.

Mão. Quente. Mole.
Mas ainda familiar.
Tão familiar.
Eu não devia ter arrastado meus pés.

Olho para Caroline. Ela está pressionando as mãos no sofá, encarando o chão. Sydney está cobrindo a boca com a mão. Lágrimas escorrem pelo rosto de Emily quando Jessica corre até o palco. Elas se abraçam com força, então Jessica olha bem nos olhos de Emily e diz algo que mais ninguém ouve. Ela entrega um bastão de cola, e Emily encontra um lugar na parede para o poema.

A sala fica em silêncio por um bom tempo depois disso. Do outro lado do corredor, vejo Sydney brincando com a embalagem do pretzel, dobrando e desdobrando-a, antes de finalmente a esconder debaixo da perna.

— Ok, alguém vai, por favor — diz Emily.

Ninguém se move nem diz nada.

— Eu já vi o papel na sua mão, Syd — continua.

Sydney se ajeita no lugar, olhando ao redor, avaliando o tom da sala, tentando decidir o que fazer. Nossos olhares se encontram.

"Você devia ler", digo sem fazer som, e ela faz uma careta, como se não tivesse certeza. Aponto para o palco e digo "leia" de novo.

Sydney anda para a frente da sala. Depois de se sentar no banquinho, olha para o palco.

— Este poema é dedicado à minha amiga Emily. Que eu aposto que nunca provou a delícia doce, docinha, do pretzel da loja Tia Anne.

Emily ainda está enxugando os olhos, mas agora está sacudindo a cabeça e rindo também.

— Chamo de "Lógica do Pretzel" e sei que não é surpresa que escrevi — diz, esticando o papel de novo — na casa da minha tia preferida.

Na Tia Anne, sempre peço pretzels
macios, molinhos, melados e melosos.
Perfeitamente preparados e puxados,
enrolados em elos e estirados,
sortidos em sabores sensuais que sinto
 na boca e que
destroem a dieta em um deleite de delícias.

Sydney puxa um lado da saia, fazendo uma reverência, enquanto todo mundo aplaude e assovia. Ela olha direto para Emily.

— Melhor, querida?

— Muito.

— Vou te trazer um pote de docinhos de açúcar com canela amanhã. Comida ruim de shopping cura tudo.

Faço uma careta ao ouvir a palavra "tudo" porque tenho quase certeza de que nada que vendem no shopping cura *câncer*. Mas Emily sopra um beijo dramático para Sydney, deixando claro que não ficou ofendida pela escolha de palavras.

Sydney passa a cola no verso do papel e sai do palco. Ela o entrega para Emily.

— Encontra um lugar para esta genialidade aliterativa, por favor?

Emily sorri enquanto cola o poema na parede, ao lado do que ela acabou de ler sobre a mãe. Sydney senta do meu lado.

— Foi bom?

— Foi perfeito — digo. — E sim, o seu melhor trabalho até hoje.

— Obrigada. Também achei.

O som do violão chama a minha atenção de volta para o palco. Ainda estou tentando me acalmar depois do poema de Emily, mas AJ está lá agora, sentado no banquinho com o violão pendurado no ombro daquele jeito de músico autoconfiante que me deixa tonta.

Ele dedilha as cordas, que nem fez naquele dia no quarto, mas a música não parece familiar.

— Faz semanas que não escrevo nada novo — confessa. — Não sei o porquê. Acho que não tive vontade.

Meu coração já passou pelo suficiente hoje, mas suas palavras fazem com que ele afunde ainda mais. Meu caderno amarelo está quase cheio por causa dele. Só penso nele, só escrevo sobre ele. AJ não quer escrever sobre mim?

— Algumas semanas atrás, uma amiga me lembrou dessa música — diz, o som flutuando pela sala. — Sempre adorei, mas não sabia tocar, então decidi aprender, e foi como um escape, acho. Que nem... férias.

As cordas que ele toca começam a se transformar em algo novo e, devagar, reconheço as primeiras notas de "Bron-Yr-Aur". Seguro a borda do travesseiro e aperto.

— Vocês sabem que amo palavras, mas esta música me lembrou que, às vezes, não são necessárias.

Ele se ajeita no banquinho e toca as notas de novo, mas dessa vez continua, tocando as próximas.

Ele está com os olhos meio fechados, a cabeça balançando gentilmente com o ritmo. Então abre os olhos, e seu olhar para em mim e, como a música, não precisa de palavras porque aquela expressão no seu rosto fala alto.

"Esta música é para mim."

Ele sorri um pouquinho e desvia o olhar antes que alguém note. Quando toca a última nota, ficamos todos de pé, aplaudindo e ovacionando enquanto ele joga o violão para trás do ombro daquele jeito sexy e tira um pedaço de papel do bolso.

— Escrevi a partitura — diz.

Até as notas musicais têm a inclinação típica do AJ.

Ele sai do palco e anda direto para Emily. Segura o rosto dela e diz algo que não consigo ouvir, então ela aponta para um pedacinho de parede vazia no outro lado do poema que leu hoje.

— Bem ali — diz ela.

Não consigo parar de observá-lo. AJ é tão bondoso com ela. E Emily olha para ele com tanta gratidão.

AJ cola a música na parede. Então ele abraça Emily e ela o aperta como se não pudesse soltar. Consigo ouvi-la chorar, tentando controlar a respiração. AJ a abraça com mais força.

Então Abigail fica de pé e abraça os dois. Jessica se junta a eles, assim como Cameron e Chelsea. Sydney puxa minha mão e entramos no círculo. Caroline no meu outro lado, com uma das mãos nas costas de Chelsea e a outra nas de Jessica.

Sem pensar, chego mais perto de Cameron e abraço Sydney com mais força. Lágrimas escorrem pelo meu rosto porque meu coração está partido por uma garota que eu nem conhecia três meses atrás.

Olho para Caroline. Ela sorri e diz, sem som: "Te falei."

isso é bom

Estamos sentados no tapete da minha sala, fazendo dever de casa na mesinha de centro, quando AJ se aproxima, me abraça e começa a beijar meu pescoço.

— Sam — murmura.

— Sim.

— Acho que devíamos contar para as pessoas.

É então que noto que não é o começo da costumeira sessão de beijos pós-dever no tapete da sala que temos feito quase todo dia pelas últimas duas semanas. Não sei responder, então o beijo, mas minha cabeça está em outro lugar, presa em uma espiral de pensamentos que é muito parecida com a culpa que tenho por causa de Caroline, mas pior.

AJ não é que nem os caras com quem as Oito saem. Ele não é popular. Não é o irmão, considerado aceitável apesar de ser mais novo, porque não é de jeito *nenhum* um atleta. Não se veste que nem nossos amigos esportistas e arrumadinhos, ainda mais quando usa aquele gorro de esqui (que, admito, acho meio sexy).

Ele anda pelo campus com a cabeça abaixada, evitando interagir, e almoça com duas pessoas que parecem ser seus únicos amigos: Cameron e Emily.

Claro, nada disso é AJ de verdade, mas é o que elas verão.

Ele me segura pela cintura e me puxa para o colo até eu estar com as pernas ao redor do seu quadril, então abraço seus ombros e mergulho meus dedos no seu cabelo. Olho para ele, o vendo como *eu* vejo: meio desgrenhado, mas lindo por dentro e por fora.

— Tem um motivo para eu querer contar para as pessoas — diz ele.

— É? — pergunto, curiosa.

— Devon me ligou ontem à noite.

— Ah — digo, já em pânico.

Ela sabe que eu estava pesquisando sobre... Ok, perseguindo ela.

— Ela ligou por algum motivo específico? — pergunto, esperando não parecer ciumenta ou, pior, assustada.

O truque do beisebol de Caroline funciona muito, mas ainda tenho pesquisado sobre Devon. Muito. Quero parar, mas não consigo, porque dizer para alguém com TOC parar com uma obsessão é que nem dizer para alguém com asma respirar normalmente. Minha cabeça precisa de mais informação. O buraco ainda não chegou ao fim.

— Não. Ela ligou para bater papo. Saber como estou.

Respire. Ela ligou para bater papo.

— E você falou da gente?

— Não, mas eu queria. Acho que devia.

Respire. Ele quer falar da gente com a ex-namorada.

— Eu queria que ela me contasse se tivesse um namorado sério.

Sério.

Levo minha mão ao pescoço e enfio minhas unhas três vezes, mas não sei por que estou chateada. Isso é bom.

— Qual é o problema? — pergunta AJ.

— Nada.

— Sim, tem alguma coisa. Eu sei. Sua testa fica toda enrugada quando você pensa demais.

Ele beija minha testa e sinto os músculos relaxarem sob seu toque.

Um. Respire.
Dois. Respire.
Três. Respire.

Sei do que preciso: informação sobre eles dois. Informação que não posso descobrir sozinha.

— Preciso te perguntar uma coisa — digo, entrelaçando meus dedos atrás da cabeça dele, forçando-os a ficarem lá, sem arranhar nada.

Olho nos olhos dele.

— Você a amou. Da última vez que perguntei, não sabia se ainda amava.

Mordo minha boca três vezes e espero que ele não note.

— Eu a amei, sim — diz ele. — Mas não mais, não assim. Quer dizer, ainda gosto dela, mas...

Ele está enrolado, mas parece sincero.

— Confie em mim, você não tem motivo para sentir ciúmes, Sam.

Não é ciúme. Só obsessão.

Começo a corrigi-lo, mas me ocorre que é melhor deixar como está.

— Sério, não sei explicar — diz ele — Mas isso... — continua, abraçando minha cintura e me beijando, me puxando para perto. — Isso é diferente.

Os pensamentos já estão perdendo um pouco do poder. Talvez com um pouco mais de informação, eu possa matá-los totalmente.

— Como é diferente? — pergunto.

— Nunca contei para Devon sobre o Canto da Poesia. Ela nunca conheceu meus amigos, nem mesmo o Cameron. Ela sabia que eu tocava violão, mas nunca mostrei minhas músicas nem nada.

Ele ri baixinho.

— Naquele dia em que você estava no meu quarto e eu te mostrei minha prancheta... Me surpreendi um pouco. Nunca fiz isso antes.

— Sério?

— Sério. Nós somos... diferentes, Sam. Em tudo que importa.

Nós.

Ele não diz que somos melhores. Não diz que me ama mais do que a amava. E tudo bem; não precisa, porque agora seus dedos estão no meu cabelo e sua boca na minha boca, e meus pensamentos são todos sobre ele e essa coisa *diferente* nossa, e meus pensamentos tóxicos sobre Devon estão fugindo em todas as direções. Talvez voltem, mas não sinto mais o impulso de ir atrás dela. O buraco chegou ao fim, pelo menos por agora, e cheguei no país das maravilhas, um lugar pacífico onde minha mente pode finalmente relaxar e parar de implorar por informação.

— Obrigada — sussurro, não necessariamente para ele, mas é claro que é como soa.

— De nada — diz, me beijando com mais intensidade.

Sinto suas mãos passeando pelas minhas costas, por dentro da minha camisa, seus dedos apertando minha pele, trazendo meu quadril para mais perto.

— Você devia ficar para jantar — digo, afastando minhas mãos e tentando mudar de assunto. — A Paige vive perguntando por você.

— Sua mãe vai se importar?

— Só se entrar aqui e ver a gente assim.

— Vou arriscar.

Ele pega meus dois punhos, os guiando de volta para o pescoço dele, posicionando meus braços exatamente onde estavam. Então me beija de novo, movendo devagar da minha boca para minha bochecha e para aquele ponto atrás da minha orelha que ele sabe que não resisto. Quando tenho certeza de que ele não consegue ver, boto a mão na minha calça jeans e coço minha perna três vezes.

— Acho que devemos contar para as pessoas — digo.

a décima coisa

— Oi, Colleen. Feliz quarta! — digo, fechando a porta do consultório da Sue. Mesmo do seu lugar atrás do balcão, noto que Colleen está surpresa, como se fossemos atrizes de uma peça na qual acabei de fugir do roteiro. Pelos últimos cinco anos, ela teve a primeira fala.

— Oi, Sam — responde, ficando de pé e me olhando desconfiada. — Quer água?

— Não, obrigada.

Apoio meus cotovelos no balcão e ela me encara, sorrindo com o canto da boca.

— Então pode entrar. Ela está te esperando.

Sinto que estou quase saltitando pelo corredor a caminho do consultório da Sue. Estava ansiosamente aguardando nossa sessão e mal posso esperar para ver a expressão no rosto dela quando contar o que decidi fazer.

— Oi, Sam.

— Oi.

Tiro meus sapatos e me sento sobre as pernas dobradas. Sue me entrega a massinha, mas só seguro com uma das mãos e aperto algumas vezes. Não sei se preciso hoje. Estou leve, não inquieta. Empolgada, não nervosa. Tudo parece meio estranho.

Sue me encara por uns bons trinta segundos antes de falar:

— Bom, você parece mesmo feliz hoje. Imagino que esteja tendo uma boa semana?

Concordo com a cabeça, mas "boa" não resume.

Desde o incidente da mentira/espionagem de duas semanas atrás, as Oito têm sido especialmente legais comigo. Alexis vive elogiando minhas roupas e parece ser sincera. Na semana passada, Kaitlyn me pediu para ser copresidente do comitê de festa de fim de ano com ela, e acho que ficou sinceramente feliz quando concordei. E quando o pai de Olivia arranjou ingressos VIP de última hora para um show do Metric, ela me convidou para ir com eles.

Caroline foi lá para casa ontem depois da aula, e ficamos no quintal trabalhando em um novo poema. Era sobre abrir sua mente, abaixar a guarda e encontrar amizade onde menos esperava. Faz semanas que tento escrever sozinha, mas não conseguia encontrar as palavras certas. Como de costume, Caroline sabia exatamente como melhorar.

E tem AJ. Estava aterrorizada quando ele sugeriu contar para as pessoas que estamos juntos, mas, se não pensar nas partes difíceis — como a reação das Oito Doidas ou o estranhamento dos Poetas — e me concentrar nas positivas — como andar para a aula de mãos dadas com ele ou beijá-lo sempre que quiser —, fico animada.

Quando atualizo Psico-Sue, ela diz:

— Bom, não é surpreendente que você esteja de bom humor.

Ela fecha a pasta de couro e se inclina para a frente, apoiando os cotovelos nos joelhos, me dando atenção total. Não sei ler sua expressão, mas ela está esperando e ouvindo, me encorajando a continuar falando, sem dizer uma palavra.

— Tenho pensado na nossa conversa de umas semanas atrás — digo, fazendo um cubo com a massinha. — Disse que não me importo com o que as Oito pensam, mas não é inteiramente verdade. Eu me importo. AJ, Caroline e o resto dos meus amigos novos não deviam ser segredo. Não parece certo.

— Gosto de ouvir isso.

O sorriso da Sue é grande, caloroso e contagioso. Ela parece tão orgulhosa de mim agora.

— Por que você está se arranhando? — pergunta Sue.

Tiro a mão do pescoço e enfio os dedos na massinha.

— Estou nervosa.

— Do que você mais tem medo?

É uma boa pergunta. Não tenho medo que as Oito me expulsem do grupo, por mais que seja inteiramente possível. E não tenho mais medo delas atacarem Caroline ou AJ. Eu não deixaria que isso acontecesse.

Olho para ela.

— Elas não vão entender o que eu vejo nele.

Meu Deus, isso parece tão superficial. E horrível.

— Conta para *mim* o que você vê nele.

— Já te contei — digo, me ajeitando para abraçar minhas pernas e apoiar o queixo nos meus joelhos. — Ele é maravilhoso.

— O que tem de maravilhoso nele?

Ela não vai deixar isso pra lá. Sacudo a cabeça e olho para além dela, para a janela, vendo um galho de árvore balançando ao vento.

— Não sei. Não sei explicar.

Estico minha massinha e digo a primeira coisa que me vem à cabeça.

— Ele toca violão, o que... é sexy.

Escondo meu rosto com a mão para ela não ver meu rosto corado.

— Tenho certeza de que é extremamente sexy, mas estava esperando algo menos superficial.

— Tá.

Paro de me mexer e ofereço a ela minha atenção total.

— Vou te dar dez motivos não superficiais.

Levanto meu polegar e começo a contar.

— Ele escreve palavras cuidadosas, engraçadas e inspiradoras. Quando pega o violão, meu coração começa a acelerar mesmo antes dele tocar um acorde. Pessoas prestam atenção quando ele fala. Ele é humilde. Beija muito bem. Ele acha que meus ombros masculinos são sensuais.

Paro, esperando uma reação às duas últimas razões, mas a Sue ainda está na mesma posição, com a mesma expressão. Levanto um sétimo dedo.

— Ele é bondoso com as pessoas, especialmente com os amigos. Quando fala sobre a família, dá para ver que gosta mesmo deles. Ele não sabe nadar. Nada.

Rio, imaginando aquele nado cachorrinho bagunçado que ele fez na noite que o levei à piscina. Então coro, lembrando que me beijou na água naquela noite. Que cruzei minhas pernas ao redor dele na parte funda da piscina, os dois vestidos, mas agindo como se não estivessem.

— Foram nove — diz Sue.

Boto meus pés no chão e ajeito minha postura de novo.

— Quando estou com ele, Sue, não me sinto doente, rotulada ou quebrada. Eu me sinto *normal*. Ele faz com que eu me sinta total e completamente normal.

Ela se inclina para a frente.

— Ele sabe do seu TOC, Sam?

Encaro ela. Não ouviu o que eu disse? Não ouviu a *décima* coisa?

— Claro que não. No segundo em que descobrir, eu *deixo* de ser normal. Ele faz com que eu me *sinta* normal porque acha que *sou* normal.

Sue não parece saber o que dizer. Ela cruza as pernas e se inclina para trás na cadeira.

— Se ele é tudo isso de maravilhoso que você disse, ele entenderia, não?

— Tenho certeza que sim, mas não é esse o ponto.

Penso naquele dia na sala dele em que disse "Todo mundo tem alguma questão. Algumas pessoas só atuam melhor que as outras". Cheguei tão perto de contar a *minha* questão. Mas me acovardei. Se tivesse contado naquela hora e ele se assustasse, seria uma coisa, mas agora o risco é muito grande.

Não posso perdê-lo.

— Você uma vez falou que meu TOC piorava por causa das pessoas que escolhi ter na minha vida. Você queria que eu me distanciasse das Oito, encontrasse amigos novos e menos tóxicos, e eu encontrei. Podemos ser os "Nove Poetas" ou algum outro nome estúpido, não ligo. Gosto de quem sou quando estou com eles. Estou melhorando em dizer o que penso. Não tenho mais tanto medo dos meus pensamentos, talvez porque não esteja me agarrando a eles com tanta força mais. Sinto que minha mente está sob controle agora. Que estou... melhor.

— O que isso significa para você, Sam? Estar "melhor"? *Sã. Saudável. Não doente. Não doida.*

— Ser normal! Não precisar de medicação para dormir ou para controlar meus pensamentos. Não precisar de *você*.

Cubro minha boca com a mão, mas é tarde demais.

— Me desculpe — digo contra a minha palma.

— Não precisa se desculpar por nada.

A expressão de Sue mal muda, mas ela fica em silêncio por um bom tempo.

O que eu fiz?

— Já te contei sobre o Anthony? — pergunta finalmente.

Sacudo a cabeça.

— Ele foi um paciente meu muitos anos atrás. Tinha sinestesia. É um transtorno em que, essencialmente, os cinco sentidos ficam misturados. Nesse caso, Anthony *ouvia* em cores.

— Posso trocar com ele? — digo. — Parece muito legal.

— Ele não achava. Afetava sua vida diária. Ele tinha dificuldade para se concentrar no trabalho, especialmente em reuniões com muita gente falando ao mesmo tempo. Não tolerava multidões. Sentia seu cérebro sobrecarregado, constantemente estimulado. Era fisicamente exaustivo. Trabalhamos juntos por muito tempo e, em algum ponto, a perspectiva dele começou a mudar. Ele começou a notar que ninguém ouvia música como ele. Ninguém mais sabia que a voz da esposa dele tinha um tom muito especial de roxo. Pessoas "normais" não viam a cor do riso, e ele começou a sentir pena delas, porque nunca conseguiriam experimentar o mundo como ele. Acho que é um jeito bonito de pensar em mentes especiais.

Reviro os olhos.

— Sério, Sue? Especiais?

— Muito. O seu cérebro funciona de um jeito diferente, Sam. Às vezes faz coisas que te assustam. Mas é muito especial, assim como você.

— Obrigada.

Sorrio para ela. É uma coisa legal de dizer. Mas sei aonde ela quer chegar.

— Você está me contando essa história para me convencer a contar para o AJ, né?

— Não estou te convencendo a nada. Contar ou não é inteiramente por sua conta. Só estou te lembrando de aceitar quem você é e se cercar de gente que faz o mesmo.

— Ok.

— E sabe o que é totalmente "normal"? — pergunta. — Se sentir como você está se sentindo agora. Tudo bem querer uma vida sem medicação. E uma vida sem mim.

— Desculpe por ter dito isso.

— Não peça desculpas. Estou incrivelmente orgulhosa de você, Sam. Você está indo muito bem.

Estou. E é bom. Mas ainda não estou prestes a contar meu segredo para AJ.

este garoto especialmente

N a noite seguinte, meu telefone toca enquanto estou deitada na cama, fazendo dever de casa de francês. Pego e checo a tela.

C.P.

"C.P."? Que nem Canto da Poesia? São sete e quarenta e cinco de uma noite de quinta. Não pode estar certo. Confiro os destinatários da mensagem e vejo a lista longa de números.

Espero que alguém responda, mas ninguém o faz, então digito:

> Isso é um erro?

Aperto ENVIAR, e AJ responde imediatamente:

> Não.

Meu coração está batendo rápido quando pulo da cama e troco meu moletom por jeans limpos e um suéter. Está gelado lá fora, então separo minha jaqueta de natação. Pego minha bolsa de natação no chão e minhas chaves na mesa.

Minha mãe, meu pai e Paige estão sentados juntos no sofá, vendo um filme.

— Vou nadar um pouco — anuncio, vestindo a jaqueta e esperando parecer convincente.

— Tão tarde? — pergunta meu pai.

Antes que eu possa responder, minha mãe interrompe e diz:

— Ela sempre nada tarde.

Ela acena, se despedindo.

— Divirta-se.

Estou me sentindo um pouco culpada ao dar marcha à ré e sair da garagem, e muito culpada ao passar direto pela rua que leva à piscina, mas a culpa vira nervosismo quando entro no estacionamento da escola. Dirijo até uma vaga que me permite estacionar com o hodômetro no três.

AJ está me esperando do lado de dentro do portão. Ele abre bem os braços.

— Bem-vinda à sua primeira noturna!

— Quero saber o que é uma noturna?

Não gosto disso. Não sou boa com surpresas.

— De vez em quando nos encontramos à noite, só para variar. É divertido. Você vai ver.

Ele olha ao redor para conferir que estamos sozinhos, então estica a mão e segura o zíper da minha jaqueta. Dá um puxão, me aproximando dele.

— Você está linda, por sinal.

Rio na cara dele.

— Não é possível. Estava fazendo dever de casa e saí correndo. Nem botei maquiagem.

— Como eu disse... Ele abre devagar o zíper da minha jaqueta até a cintura e coloca os braços por dentro, me abraçando, me puxando para perto, pressionando seu corpo contra o meu.

— Linda — sussurra.

AJ abaixa o rosto e me beija, e minha boca se abre para ele, como sempre. Isso nunca será demais. Nunca vou cansar de beijá-lo.

Quero ficar aqui, sozinha com ele por uma ou duas horas, mas sei que está todo mundo lá dentro. Além disso, está gelado.

Ele puxa os braços de volta, fecha meu zíper até o queixo e beija meu nariz.

— Que maldade — digo. — Como vou conseguir parar de te tocar agora?

— Você não precisa. Podemos contar hoje.

Penso na conversa que tive ontem com Sue. Podemos. Quero. Mas estava me preparando para contar para as Oito primeiro. Nem pensei em como revelar para todo mundo lá embaixo.

— Deixa pra lá — diz antes que eu possa responder, beijando minha testa. — Contamos depois.

Ele muda de assunto e pega minha mão, me levando para a porta do teatro. Fico surpresa por estar aberta, e o encaro com uma expressão questionadora.

— Mandei uma mensagem para o sr. B e pedi para deixar destrancado hoje.

Ele larga minha mão antes de entrarmos no teatro escuro. Vejo todos no palco, aglomerados sob a luz fraca, e conto rapidamente as sombras. Sete. Está todo mundo aqui.

Por algum motivo, estamos todos em silêncio, andando o mais quietos possível pela porta e pelas escadas. É estranho estar no teatro à noite, mas não devia ser tão diferente; esses corredores estão sempre escuros e mal iluminados, mesmo de dia. Quando AJ destranca a porta, todo mundo entra e vai direto para as luminárias, acendendo todas até iluminarem nossas paredes de papel.

Eu me sento em um dos sofás no fundo da sala, e Caroline se instala ao meu lado.

— Estou nervosa — sussurro quando tenho certeza de que ninguém está prestando atenção. — Isso é estranho.

Ela estende bem os braços contra as costas do sofá e, com a camisa de flanela aberta, leio a camiseta: CONSIDERE ESTE DIEM CARPADO.

— Pare de se preocupar. Isso é bom. Não transforme em outra coisa — avisa.

AJ e Sydney sobem no palco ao mesmo tempo. Quando ele olha para ela de soslaio, como se tentando entender o que Sydney está fazendo ali, ela bate com o quadril no dele.

— Antes de começarmos, tenho um anúncio a fazer.

Ela sacode uma pilha de papel no ar.

— Tem uma noite de microfone aberto num espaço na cidade amanhã. Para todas as idades. Todo mundo está convidado para ler. Ou *cantar* — diz, olhando bem para AJ e depois para o resto do grupo.

Ela dá os panfletos para Emily, que os distribui.

— Palco maior do que este — diz Sydney, batendo com o pé contra a madeira — e assentos muito menos confortáveis.

AJ sopra um beijo para o sofá.

— Mas nós esperamos que o público seja igualmente amigável.

— Quem são "nós"? — pergunta Emily.

— Até agora, eu, Abigail, Cameron e Jessica. Eles três vão apresentar "O Corvo", e já chegaram a nove estrofes, então vocês não querem perder. E eu vou ler algo especialmente delicioso, claro.

Sydney dobra o panfleto em dois e se abana. Então fica séria de novo.

— Olha, nenhum de nós leu fora desta sala, e estamos todos bem assustados, então venham nos apoiar. Por favor.

Então ela olha direto para AJ.

— Se você achar que *pode* se apresentar e precisar de algo, como, por exemplo, um violão, deve levar com você.

Ela sai do palco.

— Vou deixar para a próxima — diz ele. — Mas estarei na primeira fileira prestigiando vocês.

AJ se instala no banquinho, encostando um pé no apoio e o outro no chão. Me lembra do dia em que estivemos aqui sozinhos, quando ele me contou as regras do Canto da Poesia e me deixou sozinha para ler as paredes.

Ele está vestindo só uma calça jeans e uma camiseta, mas está tão bonitinho. Quero pular para o palco e beijar o rosto dele inteiro. Seria um jeito de contar para todo mundo, talvez.

— Ok, peguem seus cadernos ou o que quer que vocês usem para escrever — diz AJ.

Sydney levanta um saco gigante cheio de embalagens e guardanapos. Eu não fazia ideia que tinha tantos poemas. É difícil acreditar que ela consegue fechar aquilo.

— Idealmente, todo mundo deve ler hoje, mas tudo bem se não quiser — continua.

Caroline cruza os tornozelos e reclina no sofá como se estivesse se instalando para passar a noite.

— Você não vai ler?

Ela sacode a cabeça.

— Por que não? — sussurro, e ela faz uma careta. — Eu devia te forçar a subir naquele palco, que nem você me forçou.

— Pfft. Quero te ver tentar.

— Como a Sam é nova, vou explicar como funciona — diz AJ. — Um dos outros membros vai se juntar a você no palco e escolher um dos seus poemas ao acaso. Você lê para o grupo. Se não quiser ler, pode pedir outro ou deixar para outra pessoa. Não é obrigatório ler nem nada, mas é uma tradição antiga, começada pelos fundadores originais do Canto da Poesia — continua, dando de ombros. — Até onde sei, é um exercício pervertido de confiança criado para nos humilharmos uns na frente dos outros.

Todo mundo ri. AJ olha para mim.

— Fique feliz por não ter descoberto a gente antes, Sam. Se tivesse ouvido a música ridícula que tive que tocar da última vez, não teria continuado aqui.

É impossível.

— Ok, quem começa?

Ele sai do palco.

— Cameron, você lê. Abigail, você escolhe.

Pego meu caderno amarelo. Os poemas azuis são meus preferidos, mas os amarelos são mais seguros.

Cameron entrega para Abigail um fichário, e ela escolhe uma página do final. No fim das contas, o poema não é sobre o divórcio dos pais. É sobre uma garota. Ele lê tão baixinho que temos que nos esforçar para escutar, mas, enquanto descreve o cabelo preto e longo, acho que entendo o porquê. Tenho quase certeza de que o poema é sobre Jessica. Eles andam trabalhando juntos na apresentação de "O Corvo". Talvez eu e AJ não sejamos o único segredo aqui. O rosto de Cameron ainda está vermelho quando ele escolhe um poema para Abigail.

Ela dá uma olhada na escolha e comemora com um gritinho.

— Eba! Fácil.

Ela começa logo, lendo uma rima inteiramente inofensiva sobre o pôr do sol. Sortuda.

Abigail escolhe para Emily. Ela não mostra nenhuma emoção ao ver o que tem que ler. Pelos primeiros versos, consegue se conter lendo um poema que é basicamente sobre todas as coisas que sua mãe pode não estar por perto para ver. Mas, depois de ler um verso sobre nossa formatura do ensino médio, ela para.

— Desculpe — diz. — Não consigo fazer isso hoje. Quem é o próximo?

Em questão de segundos, Jessica está no palco, as tranças longas e pretas voando atrás dela como fitas em uma pipa, como Cameron descreveu.

Ela entrega para Emily um caderno roxo preso com um elástico preto, e Emily escolhe uma página e corre de volta para o lugar. Jessica lê um poema curtinho sobre o hálito horrível do professor de matemática e dá uma leveza muito merecida ao ambiente.

Chelsea lê em seguida. Estamos chegando ao fim da fila e estou começando a ficar nervosa com minha vez. Sinto que estou me distraindo das vozes no palco e dando mais atenção às vozes da minha cabeça do que elas merecem.

Eles podem escolher qualquer coisa. Não tenho controle.

As vozes estão mais altas, se agrupando, e minhas mãos estão suando. Preciso ir. Preciso acabar logo com isso. Mas quando Chelsea acaba, ela imediatamente aponta para Sydney, chamando ela para o palco.

Pelo menos é Sydney.

Chelsea coloca a mão no saco plástico e tira um pedaço de papelão cor-de-rosa. Ela começa a entregar, mas Sydney se recusa a pegar.

— Não. Escolhe outro, por favor.

— Syd.

— Outro, por favor.

Sydney não consegue ficar parada. Nunca a vi constrangida.

— Lê em voz baixa — diz — e depois escolhe outro, por favor. Aquele do Taco Bell é muito engraçado.

Chelsea lê em silêncio. Então ela se aproxima e sussurra no ouvido da Sydney.

Sydney considera por um bom tempo antes de finalmente sair do palco e se jogar no sofá.

Chelsea segura o pedaço de papelão cor-de-rosa com as mãos.

— Recebi a permissão de ler este lindo poema — diz Chelsea. — Não tem título. E vou chutar e dizer que foi escrito numa loja de rosquinhas.

O rosto de Sydney está afundado nas almofadas do sofá, mas ela concorda com um gesto dramático de cabeça.

> Não posso te desejar,
> E você não pode me desejar.
> Então vou esperar pacientemente
> Que você quebre as regras.

Uau. Estou morta de curiosidade para saber a quem ela se refere. Alguém mais velho? Um professor?

Todo mundo está aplaudindo e olhando para Sydney, mas ela está jogada de barriga para baixo no sofá agora, debaixo de uma das almofadas.

— Alguém vai agora! — grita. — Por favor.

— Eu vou — digo, subindo no palco, entregando meu caderno amarelo para Chelsea e subindo no banquinho. Ela coloca o dedo em uma página ao acaso perto do fim e me devolve.

Leio os primeiros versos em silêncio.

Isso é ruim.

Leio a coisa toda na cabeça mais duas vezes. Tem muita loucura aqui, mas Caroline provavelmente é a única que vai entender realmente de qualquer jeito. Afinal, escrevi para ela.

— Este não tem título e, sei lá, é totalmente aleatório.

Eu me controlo para não dizer que é ruim, porque não quero ser atacada com bolinhas de papel hoje.

— Escrevi no meu quarto depois de me despedir de uma amiga.

Encontro Caroline na plateia e sorrio.

> Gosto quando você está aqui.
>
> Fica tudo quieto.
> Calmo.
> Tão silencioso, que quase me sinto sã.
>
> Você tira minha cabeça da minha cabeça.
>
> Fique.
> Por mais uma página.
>
> Por favor?

Caroline fica de pé e começa a aplaudir com força, comemorando alto demais, e parece tão orgulhosa de mim que quero explodir. Faço uma reverência, me sentindo um pouco orgulhosa também. *Consegui. Agora eles meio que sabem sobre a loucura.*

De repente, AJ está no palco ao meu lado, me entregando a prancheta. Se ficou assustado com meu poema, está fazendo um ótimo trabalho ao esconder. Enquanto coloca o violão no ombro e se ajeita no lugar, passo pelas músicas e escolho uma página no começo.

Tiro da pilha e entrego.

— Pode sentar — diz, com um sorriso confiante. — Vou tocar, não importa o que seja.

Saio do palco, levando a prancheta comigo. Ele já está dedilhando as cordas, então me sento no sofá laranja em vez de voltar ao lugar perto de Caroline.

— Merda — diz ele, olhando pela primeira vez para a música que concordou em cantar.

Então ele olha bem para mim. Seu rosto está vermelho e fica mexendo no papel com dedos nervosos. Nunca o vi tão desconfortável, pelo menos não no Canto da Poesia.

Eu o observo, ainda mais confusa quando tira o violão do ombro e bota no apoio. Ele anda até a beira do palco, passando o banquinho no qual sempre se senta quando toca, e fixa os pés no chão.

— Não é uma música. É um poema.

Ele pula no lugar algumas vezes, sacudindo os braços.

— Como vocês fazem isso? Eu me sinto totalmente nu aqui sem o violão.

Todos rimos enquanto ele se ajeita numa posição, pés fixos de novo, e expira sonoramente.

— Ok, vamos lá.
Ele olha bem para mim.
— Este se chama "Imaginando". Escrevi no meu quarto faz um tempo.
Seu olhar nunca abandona o meu.

> Quando você foi
>   Encarei a entrada
>   Sentindo o vazio
>   Imaginando se você voltaria.
>
> Quando você foi
>   Pensei nas suas perguntas
>   Desejando não ser tão direto
>   Imaginando se te assustei.
>
> Quando você foi
>   Lembrei como te senti em meus braços.
>   Como você encaixou perfeitamente. Como o violão.
>   Imaginando se eu devia ter te beijado quando pude.
>
> Quando você foi
>   Me sentei no meu quarto
>   Lembrando tudo que você disse, e
>   Imaginando tudo que não disse.
>
> Quando você foi
>   Fiquei em silêncio.

Sentindo sua falta de um jeito que não entendi.
Imaginando se você voltaria.

Ele abaixa o braço.

— Agora vocês todos entendem por que escrevo músicas e não poemas.

Estão todos encarando ele, questionando o poema, curiosos sobre o assunto, mas o olhar dele ainda está fixo no meu, e a covinha está mais marcada do que nunca.

Olho ao redor, nervosa, e vejo cada um conectar os pontos. O rosto de Chelsea se ilumina. Emily sacode um dedo no ar, apontando para mim e para AJ. Sydney solta um som de surpresa falso.

AJ sai do palco e se senta ao meu lado, passando a mão pelo meu pescoço.

— Eles sabem — sussurra no meu ouvido.

— Você acha mesmo? — Rio no seu ombro.

— Desculpe. Foi tosco.

— Não foi tosco; foi perfeito.

— Você não está com raiva, né?

— Claro que não.

Dou um beijo rápido nele e somos cercados pelo som de assobios e comemorações.

Então fica esquisito. Todo mundo começa a se mexer, guardando bolsas e cadernos, andando para a porta.

— Espera aí. — AJ fica de pé e fala com o grupo. — Todo mundo leu?

— Todo mundo menos a Caroline — digo, gesticulando na direção dela.

Mas não sei se AJ me ouviu. Ele já está tirando a chave de dentro da camisa e andando para o fundo da sala para destrancar o cadeado. Ela sacode a cabeça, me dizendo em silêncio que está tudo bem. E não planejava ler de qualquer forma.

Nós nove subimos as escadas devagar, atravessamos o palco e saímos pela porta do teatro. Todo mundo se despede e se afasta em grupos em direções diferentes, mas eu e AJ ficamos para trás.

Passo minhas mãos pelo pescoço dele e olho para cima, me sentindo eufórica. Emocionada. Como se estivéssemos na piscina de novo, flutuando, beijando, falando, rindo, só nós, sozinhos, juntos. Não somos mais um segredo. É incrível.

— Você quer uma carona para casa? — pergunto, enrolando um dedo no seu cabelo. — Você pode me ver dar marcha à ré e imaginar se estou planejando entrar disfarçada no seu quarto.

— Você estaria?

Ele bota as mãos na minha cintura.

— Com certeza — digo.

Não sei de onde está vindo toda essa autoconfiança, mas me sinto bem.

— Então, sim.

AJ abre o zíper todo da minha jaqueta dessa vez e, quando me abraça, me puxa para perto, com mais força do que antes. Ele me beija com mais força também, e aperto mais meu abraço, pensando em como quero que esse beijo continue e continue. Não consigo imaginar levá-lo para casa e me despedir.

— Sabe de uma coisa? — sussurro, minha voz tremendo, e não por causa do frio. — Acho que esquecemos de apagar as luzes.

— Esquecemos? — pergunta ele entre beijos.

— Sim.

— Hum. Não esqueci — diz ele, e o sinto sorrindo.

Sorrio de volta.

— Nem eu.

Por mais que eu pense em sexo, sempre tive expectativas baixas em relação à minha primeira vez. Sei que vai ser meio esquisito e que vai ter todo aquele momento confuso com a camisinha, e quando acabar, vamos nos vestir lado a lado e não faremos ideia do que dizer. Imaginei minha primeira vez como algo pelo qual só tenho que passar.

Até agora, não está sendo nem um pouco assim.

AJ beija minha testa.

— Para de pensar — sussurra.

— Não estou pensando.

Claro que estou. Estou sempre pensando.

— Sim, está. A sua testa está toda enrugada.

Ele beija minha testa e sinto meus músculos relaxarem.

— Não precisamos fazer isso, Sam.

Estamos deitados no sofá laranja em cima de um cobertor, nossas roupas em uma pilha confusa no chão. Ele já passou pelo teste da camisinha com nota dez. Quero fazer isso. *Já estamos praticamente fazendo isso.*

— Está tudo bem. Só estou muito nervosa.

— Eu sei — diz ele. — Também estou.

— Você? — pergunto, encarando ele, chocada. — Por que está nervoso? Você já fez isso antes.

— Nunca com você.

Seguro seu rosto e o beijo, fechando meus olhos, deixando seu toque limpar minha mente, seguindo suas instruções. Eu me forço a não pensar em nada além dele, a me concentrar no que ele está fazendo, e depois de um tempo fica mais fácil me deixar levar.

Ele beija meu pescoço, descendo pelo meu peito, passando pela minha barriga, cada beijo mandando calafrios pelo meu corpo inteiro. Quando finalmente encosta a boca de volta na minha, eu o beijo, tentando me perder como fiz aquela noite na piscina. Nossos quadris estão pressionados um contra o outro, e não acredito como é incrível estar tão próxima dele.

Eu não esperava tanta conversa. Mas ele confere se estou bem o tempo todo, e gosto de como o som da voz dele me mantém presente, me trazendo de volta para ele quando começo a viajar.

— Você está ok? — pergunta.

Passo meu polegar pelo seu lábio inferior.

— Sim. Muito melhor do que ok.

— Não quero te machucar.

— Não está me machucando. Você é incrível.

— Não sei você, mas acho que gosto de "o que quer que *isso* seja".

Sorrio.

— Eu também.

Ele entrelaça nossos dedos e me surpreendo que algo tão simples faça com que eu me sinta ainda mais conectada a ele.

Depois, ficamos deitados por um bom tempo, cara a cara, conversando, rindo e nos perguntando se somos os primeiros a nos trancar nesta sala assim.

— Não sei — digo, brincando, mexendo nos dedos dele. — Acho que você passou muito dos limites de responsável pela chave.

— Culpo o sofá — diz ele. — Falei que era inspirador.

Isso me faz cair na gargalhada.

— Acho que nunca vou conseguir olhar para ele da mesma forma.

— É — concorda, franzindo o nariz. — Provavelmente não vão querer ele de volta para os cenários agora.

— Não — digo, rindo mais alto. — Acho que não.

Eu o beijo, me sentindo completamente viva e totalmente normal, mais sã do que já me senti na vida, e agora mal posso esperar para andar pelos corredores com AJ, de mãos dadas, me despedindo com beijos entre as aulas. Quero conhecê-lo. Conhecê-lo *de verdade*. E desejo que ele me conheça assim também.

As poucas luminárias que deixamos acesas iluminam as paredes, e penso em todo o papel que nos cerca, no amor, na dor, no medo, na esperança. Estamos cercados de palavras. Nada neste momento poderia ser mais perfeito, porque já estou completamente apaixonada por esta sala e pelas pessoas nela, na parede ou fora dela. E por este garoto especialmente.

pessoa totalmente diferente

Ainda não faço ideia de onde Caroline almoça. Perguntei uma vez e ela respondeu "Por aí" e, quando indaguei se ela almoça sozinha, a resposta foi "Às vezes". Então não espero vê-la no refeitório hoje, mas paro na porta e olho ao redor mesmo assim.

Não consegui encontrá-la, nem no armário hoje de manhã, mas ainda estou cheia de energia por causa do que aconteceu ontem com AJ e mal aguento guardar para mim por mais um segundo. Preciso contar para Caroline primeiro. Não conheceria ele ou nenhum dos Poetas se não fosse por ela.

Cadê ela?

As Oito já estão sentadas na nossa mesa de costume, Alexis e Kaitlyn de um lado, Olivia e Hailey do outro. Olivia se afasta para me dar um lugar na ponta do banco.

— Fazendo dieta? — pergunta quando eu me sento ao seu lado.

Fico confusa até ela apontar para o espaço vazio na minha frente.

— Cadê seu almoço?

— Não estou com fome — digo, mas não é inteiramente verdade.

Estou animada, nervosa e emocionada demais, *tudo* demais para comer agora.

— Então, o que faremos hoje? — pergunta Olivia. — Não soube de nenhuma festa nem nada.

— Eu sei. Tudo anda muito quieto — responde Kaitlyn, dando um gole de refrigerante.

— Ei, tenho uma ideia — diz Alexis, apoiando os cotovelos na mesa e olhando para cada uma de nós. — Meus pais vão sair. Venham para a minha casa. Faz séculos que vocês não dormem lá.

Vejo Hailey levantar a sobrancelha enquanto come uma garfada de salada.

— Eu topo — diz Olivia.

— Também — segue Kaitlyn.

— Claro, por que não? — responde Hailey.

Então silêncio. Todas olham para mim.

Eu não estava esperando encontrar uma abertura perfeita tão rápido, mas aqui está. Arranho meu pescoço três vezes e respiro fundo.

— Hoje não posso. Tenho outros planos.

Alexis nem tenta esconder a surpresa em sua voz.

— Sério? Tem um encontro? — pergunta, brincando, tomando um gole da garrafa d'água.

— Na verdade... sim.

Agora consegui a atenção delas. Kaitlyn afasta o refrigerante, Olivia bota o sanduíche de volta no prato, e o queixo da Hailey cai, assim como seu saco de batatinhas.

— Com quem? — pergunta Alexis, com os olhos arregalados.

Esfrego os polegares na beira do banco três vezes.

— AJ Olsen.

Kaitlyn começa a gargalhar. Ao mesmo tempo, Alexis pergunta:

— Quem?

Olivia e Hailey olham para ela e concordam com a cabeça, como se estivessem se perguntando a mesma coisa.

— Espera aí — diz Olivia. — Eu conheço ele. A gente está na mesma turma de inglês. — Ela olha para mim. — Quer dizer, não *conheço* direito nem nada. Ele não fala muito. Mas sei quem é.

— Sério? — diz Kaitlyn, olhando para mim e ainda rindo. — Você está saindo com o *Andrew* Olsen? Deve ser b-b-b-brincadeira.

Ela bate na mesa, rindo da própria piada.

— De j-j-j-jeito nenhum — continua.

Ela olha ao redor da mesa, mas mantenho meu olhar fixo nela. Minhas mãos se fecham em punhos ao meu lado.

— Vocês se lembram do Andrew. Do ensino fundamental.

Quando elas sacodem a cabeça, Kaitlyn canta aquela merda de musiquinha de novo e cutuca Alexis com o cotovelo.

— Você se lembra daquele garoto, né? Ele gaguejava tanto que não conseguia nem dizer o próprio nome.

— Kaitlyn. Para. Agora — diz Alexis, como que dando uma bronca.

Nunca a ouvi falar assim com Kaitlyn. Nunca ouvi *ninguém* falar assim com Kaitlyn.

Queria ter brigado com ela por conta própria, mas estou chocada demais para falar. Mesmo assim, preciso dizer algo. É meu trabalho defendê-lo. Não posso só ficar aqui e deixar que ela ria da cara dele assim.

— E-eu... — engasgo nas minhas palavras.

— Viu? É contagioso.

Kaitlyn começa a gargalhar de novo, mas para quando nota que todo mundo está encarando ela e ninguém está se divertindo.

— Ah, relaxa. Foi engraçado.

Depois de respirar fundo, apoio minhas mãos na mesa e me inclino para a frente, me aproximando. Minha voz está tremendo.

— Fomos horríveis com ele, Kaitlyn. Implicamos tanto que ele mudou de escola.

— Ah, então você está saindo com ele por pena?

Olho para o refrigerante. Considero jogá-lo nela.

— Não estou saindo com ele por pena — respondo, pensando em AJ no palco do Canto da Poesia, violão pendurado no ombro, cantando algum verso que faz meu coração acelerar e meu corpo inteiro derreter. Penso no que aconteceu ontem à noite, em como ele me olhou antes, durante e depois. — Estou apaixonada por ele.

Só falei sem pensar. Não acredito que fiz isso. Olho ao redor da mesa, esperando reações, mas elas não vêm, pelo menos não imediatamente. As quatro estão chocadas.

— Você está *apaixonada* por ele? Você *conhece* ele para isso? — pergunta Alexis finalmente.

Olivia interfere antes que eu possa responder.

— Espera aí, ele tem a ver com o que você tem feito na hora do almoço?

Tudo fica silencioso de novo e vejo minhas amigas processarem as palavras da Olivia, vendo suas expressões mudarem enquanto entendem que isso com AJ hoje não é só um *encontro* ou um *primeiro encontro*. É provavelmente um de muitos. E eu talvez estivesse falando sério ao dizer isso.

— A gente tem saído já faz uns meses. Primeiro só como amigos, e mais recentemente, bem, como mais do que isso.

Elas todas se entreolham, mas nenhuma olha para mim.

— Bom, isso explica muito — diz Alexis finalmente. — Andamos todas falando sobre como você tem parecido tão diferente. Né?

Ela olha ao redor da mesa, se dirigindo a cada uma individualmente. Kaitlyn concorda com a cabeça. Olivia também. Hailey encara a comida.

— Você tem agido como uma pessoa totalmente diferente — continua.

Hum. Ou talvez eu só não *esteja fingindo*.

Alexis estende a mão sobre a mesa e segura a minha.

— Você mudou, Samantha. E acho que falo por todas quando digo que não foi para melhor, querida.

Não foi para *melhor*? Como elas não veem que sou uma pessoa *melhor* agora? Falei para Psico-Sue que me sinto mais saudável, mais no controle das minhas emoções do que já me senti na vida. Não sou mais escrava das palavras e ações delas, e isso significa que tem algo de *errado* comigo.

— A gente sente que não te *conhece* mais — acrescenta Olivia.

— Você está certa — concordo baixinho. — Vocês me conheciam, mas acho que não conhecem mais. Não de verdade.

Olho ao redor da mesa ao falar, notando, talvez pela primeira vez, que eu não as conheço direito também.

As palavras estão na ponta da minha língua e começo a contar a verdade: preciso me distanciar delas. Mas vejo o rosto de Hailey e penso no que ela disse aquele dia no banheiro, que precisava de mim e não saberia o que faria se eu fosse embora que nem Sarah. Não posso dizer isso. Não hoje.

Olho bem para Kaitlyn.

— Você deve um pedido de desculpas ao AJ.

— Pelo quê? Alguma coisa que eu disse no *quarto ano*?

— Não — digo, me levantando. — Pelo que você disse cinco minutos atrás.

A porta do refeitório parece muito distante, mas empurro meus ombros para trás e marcho na direção da saída, minha cabeça um pouco mais erguida do que quando entrei.

Tudo sobre mim

Ando rápido até meu armário, alegre de estar feliz no corredor, de volta ao ar fresco. Não tenho certeza do que me trouxe nesta direção, eu estava meio no piloto automático, mas foi uma boa ideia.

Ao virar a esquina, solto um suspiro aliviado quando vejo Caroline abrindo o armário com uma das mãos e segurando a mochila com a outra.

— Te achei! Passei o dia te procurando — digo, apoiando meu ombro no armário do lado e me aproximando, mantendo minha voz baixa. — Tenho tanto para te contar.

Ela segue guardando livros na mochila e continuo falando:

— Contei para as Oito sobre o AJ, e Kaitlyn fez um comentário horrivelmente cruel que nem consigo repetir, mas eu totalmente defendi ele.

Sacudo minhas mãos para os lados. Estou cheia de energia.

Caroline fecha a mochila e bota de volta no ombro, e quando se vira na minha direção, vejo sua camiseta: SIM, É MESMO TUDO SOBRE MIM.

— Eu sei — diz ela. — Eu estava lá. Você foi incrível.
— Como assim, você estava lá?
Não é possível. Eu não a vi em lugar nenhum. Eu procurei.
— Onde você estava?
Ela toca meu rosto.
— Perto o suficiente para ouvir tudo.
Então ela se afasta e puxa a manga da camisa de flanela, conferindo o relógio velho.
— Preciso ir agora.
— Aonde? Ainda faltam vinte minutos pro sinal tocar.
Ela me encara com uma expressão muito estranha.
— Espera aí, você está chateada porque não contei sobre você para elas? Eu ia contar. Eu vou. Prometo.
— Não, não estou chateada. E, por favor, não conte sobre mim. Nunca — diz, se aproximando. — Mas você devia contar para o AJ.
Quê?
Meu telefone toca e o tiro do bolso de trás para ler a mensagem:

como foi?

— Vai nessa — diz ela. — Responde.
Caroline indica o telefone com um gesto do queixo. Como sabia que era AJ? Olho para ela com uma expressão engraçada e digito de volta:

muito bem. cadê você?

Aperto ENVIAR. Quando olho para cima, Caroline foi embora.

— Caroline? — chamo, mas não tenho resposta.

Corro até o fim da fileira de armários e olho pelo corredor. Ainda falta muito para o almoço acabar, mas está começando a ficar cheio por aqui. Ando pelo caminho que leva ao estacionamento, então volto pelo que leva até a porta da frente. Não a vejo em lugar nenhum.

Meu telefone toca de novo.

ensaiando aqui embaixo

Parece que ele está digitando outra mensagem, então não respondo imediatamente.

vou tocar hoje no microfone aberto

Sorrio para a tela e digito:

!!!

Dou mais uma volta pelo campus, ainda procurando por Caroline, e começo a voltar para o meu armário, digitando enquanto ando. Penso no que disse para as minhas amigas hoje. Como me abri.

tenho muito pra te contar :)

O primeiro sinal toca e os corredores ficam mais cheios. No meu armário, abro o cadeado e olho para o fim da fileira, esperando ver Caroline.

Estou separando os livros para a aula quando sinto mãos no meu quadril.

— Oi — diz AJ.

Meu primeiro instinto é olhar ao redor para ver se estamos sozinhos, mas então noto que não preciso mais fazer isso. Eu me encosto no seu peito, puxo seus braços na minha cintura e o beijo, sabendo que pessoas podem estar passando e vendo, mas sem ligar a mínima.

— Então você contou para suas amigas sobre nós? — pergunta ele quando finalmente nos afastamos.

Ele está usando o gorro puxado para trás, o cabelo aparecendo por baixo. Ele está muito bonitinho.

— As Oito sabem. E o resto...

Inclino o pescoço para ver o que está acontecendo atrás da gente. As pessoas estão andando mais devagar, cochichando.

— Acho que saberão até o último sinal tocar.

— Uau. Essa é uma foto incrível sua — diz, voltando a minha atenção para o armário.

— Obrigada.

Eu me apoio no ombro dele, vendo sua expressão mudar enquanto observa tudo. Ele sorri quando lê o Post-it cor-de-rosa. Seus olhos brilham quando vê minha foto com Cassidy, no dia em que bati o recorde. Ele fica mais sério ao ver minhas fotos com o resto das Oito.

— Uau, você foi a muitos shows — diz.

Depois de hoje, tenho certeza de que minha coleção não vai crescer.

— Essa palheta é minha? — pergunta ele.

— Talvez. — Sorrio.

— Ladra.

Eu me viro para olhar para ele e passo meus dedos pelo seu cinto.

— Ei, você não viu a Caroline vindo para cá, viu? — pergunto, indicando o armário. — Acabei de ter uma conversa muito esquisita com ela.

— Caroline?

— É. Foi esquisito. Primeiro ela disse que ouviu a discussão com minhas amigas, mas é impossível. Ela não estava por perto. Depois disse que precisava ir embora. Agora não a encontro de jeito nenhum. Ela pareceu chateada ontem? — pergunto.

A expressão de AJ muda de confusão para preocupação.

— Quê?

— Ela foi a única que não leu, mas ela nunca lê. Ela não pareceu chateada por isso nem nada.

O sinal toca. AJ não se afasta de mim. Não tem ninguém por perto, mas abaixo a voz mesmo assim.

— Eu contei tudo para as Oito. Achei que fosse o que ela queria. Foi ela que disse que eu precisava de "novos amigos" e me apresentou para você. Foi ela que me levou para o Canto da Poesia.

Penso em todas as vezes que Caroline me ouviu ler poemas e me deu as palavras que achava que ajudariam AJ a me ver por novos olhos, como minha própria Cyrano de Bergerac.

— Sam?

— Sim.

— Quem é Caroline?

— Caroline — digo com uma risada, mas ele não ri comigo. — *Caroline*. Caroline...

Levo um segundo para lembrar o sobrenome. Não pensei nisso desde o primeiro dia de aula.

— Caroline Madsen — digo.

Ele arregala os olhos e vejo a cor sumir de seu rosto.

— O que você disse?

Sinto o puxão nos meus dedos quando ele começa a se afastar e solto seu cinto, deixando minhas mãos caírem ao lado do meu corpo.

— Eu disse "Caroline Madsen". Nossa amiga, Caroline. AJ, o que houve?

— Espera. Você disse que a *Caroline* te levou lá para baixo? Ele não gagueja, mas a voz dele treme, o que me assusta.

— Claro — digo, tentando entender a pergunta. — Ela estava lá comigo no primeiro dia, lembra?

Pensei nisso um milhão de vezes. Consigo visualizar como se fosse ontem.

— Você não ia me deixar ficar, mas a Caroline segurou meu braço e você mudou de ideia.

Ele me encara por muito tempo.

— Ela foi o motivo para você me deixar entrar — repito, mas consigo notar pelo seu olhar que talvez eu esteja errada, então continuo: — Não foi?

— Não.

Sua voz está fraca. Ele dá um passo, de verdade, para trás.

Agora estou assustada, e não sei o motivo, mas sei que devia estar mesmo. Meu coração acelera e quero ir embora daqui, correr para uma sala escura e quieta onde posso respirar e pensar, mas não posso ir sem ouvir o que quer que AJ esteja tentando me contar.

Ele tira o gorro e passa a mão pelo cabelo.

— Sam, ela não foi o motivo para eu te deixar entrar no Canto da Poesia naquela primeira vez.

Sim, ela foi.

— Na primeira vez que você desceu, estava sozinha. Eu te deixei ficar porque você disse que achava que podia mudar sua vida, o que eu gostei de ouvir.

Começo a dizer que não escolhi as palavras, foi Caroline. Mas fico de boca fechada porque sinto que não é a coisa certa a dizer. Fecho bem meus olhos e cubro meu rosto.

— Não — digo, sacudindo a cabeça com força. — Ela me levou para lá. — Abro meus olhos de novo e foco nos dele. — Como eu teria encontrado aquela sala?

Ele está com a boca séria, apertada.

— Eu não faço ideia — responde.

— Eu faço. Encontrei porque ela me levou — digo com mais força do que planejava.

Ele encara o chão por um tempo e, finalmente, volta a olhar para mim.

— Você sabe quem é a Caroline Madsen?

— Claro que sei. *Ela é minha amiga. Talvez seja minha* melhor *amiga.*

— Sam. — Sinto um tom estranho na voz dele quando diz meu nome. — Caroline Madsen se suicidou... em 2007. Rio.

— Fala sério — digo, mas ele não parece estar brincando.

— Como assim? Você quer dizer que estou falando com um fantasma?

Assim que as palavras saem da minha boca, tenho certeza de que não é isso.

Agora ele está dando passos ainda maiores, se afastando ainda mais rápido, e seus dedos são impossíveis de disfarçar, mexendo na costura da calça jeans.

— Eu devia... Eu preciso... ir para a aula — diz, e vai embora antes que eu possa dizer que ele está errado.

Ele tem que estar.

Ela estava aqui dez minutos atrás.

Não estava?

Eu estava aqui falando com ela.

Não estava?

Bato a porta do armário e saio correndo para o estacionamento. Preciso de duas mãos para ligar o carro, uma para botar a chave na ignição, outra para mantê-la no lugar. O motor liga e saio para a rua, direto para o único lugar que me ocorre.

recente e intensa

No saguão, aperto o botão do elevador três vezes, e quando nada acontece, aperto de novo, mais três vezes. Bato com a mão contra o elevador e o sino toca quando a porta se abre. Aperto o 7 três vezes.
Entro correndo pela porta, e Colleen pula da cadeira.
— Sam?
— Preciso ver a Sue.
A voz não parece minha, e minhas pernas estão tremendo. Ando direto para o consultório e abro a porta. Colleen anda atrás de mim.
— Cadê ela? — grito, apertando as mãos contra minhas têmporas.
Colleen agarra meus braços, me empurra para uma cadeira e se ajoelha na minha frente. Ela está tentando afastar minhas mãos do meu rosto, mas não deixo. Estou chorando com força e só ouço parte do que ela diz: "hospital" e "não volta hoje" e "ligar". Depois "espere" e "água" e "não se mexa".

Quando Colleen vai embora, tiro minhas mãos do rosto e olho ao redor. Dois dias atrás, eu me sentei aqui e falei para Sue que estava melhor. Eu estava *melhor*. Sei que estava. Então me lembro das palavras de Alexis: "Você mudou... e não foi para melhor, querida."

O que está acontecendo comigo?

Fico de pé rápido e corro para a porta, entro no elevador, volto para meu carro. Há uma área no alto da colina que tem vista para o vale; é aonde todo mundo vai para se pegar à noite, mas nesta hora do dia estará deserto.

Minhas mãos estão apertando o volante com força enquanto viro as curvas fechadas, subindo até a rua não ter mais saída. Estaciono ao lado do carvalho enorme e desligo o carro.

AJ está errado; ele precisa estar. Caroline *estava* lá, em todas as reuniões, todos os almoços. Ela se sentou ao meu lado. E me encontrou no teatro. Leu meus primeiros poemas, me disse que eu era boa. Ensinou-me a me soltar e escrever o que sentia, e me deu palavras quando não as encontrava sozinha. Ela me ajudou a subir no palco. Era um dos Nove Poetas, como chamei de brincadeira outro dia.

Não era?

Pego meu telefone e encontro a mensagem mais recente no grupo, que AJ mandou ontem à noite para convocar a reunião do Canto da Poesia. O nome dele está bem no alto. Ao lado dele: "Para Sam e mais seis..."

Sei que o número dela não estará lá, mas clico na palavra "mais" para me ajudar a contar. É uma mistura de números desconhecidos, mas dou um nome para cada um ao contar. AJ. Cameron. Chelsea. Emily. Jessica. Abigail. Sydney.

Sete no total.

"Tecnologia é uma armadilha", Caroline tinha dito, e acreditei.

Ela nunca me ligou. Nunca me mandou mensagem. Achei esquisito, mas nunca questionei.

Meu estômago se revira e meus dedos estão tremendo tanto que tenho dificuldade de segurar o telefone.

Abro o navegador e digito "Caroline Madsen 2007". Segundos depois, a telinha está cheia de links que levam à sua história. Manchete atrás de manchete dizendo: MORTE DE ADOLESCENTE DECLARADA SUICÍDIO; BULLYING CULPADO PELO SUICÍDIO DE JOVEM LOCAL?; ESCOLA LOCAL DEVASTADA POR SUICÍDIO. A última contém uma foto, então clico para ler a história inteira.

— Meu Deus — sussurro.

Eu me lembro de ler este artigo, não no verão passado, mas no anterior.

Cassidy tinha acabado de voltar do sul da Califórnia para passar as férias com o pai. Ele comprou uma casa nova, e ela estava empolgada para finalmente ter um quarto quando viesse visitar. Ela tinha ouvido um rumor de que uma garota tinha se matado na casa anos atrás, e me perguntou se eu ouvira falar. Não tinha.

Uns dias depois, fui para a casa dela após o treino de natação e ela me apresentou o lugar. Nos sentamos no quarto de Cassidy, fizemos uma busca rápida na internet por suicídios de adolescentes da região e não encontramos muito além desse caso. Abrimos vários artigos, inclusive este.

Agora, estou lendo a história de novo, um ano depois, no meu telefone. Passo o olho rápido procurando os pontos principais e me agarro a palavras e expressões como "suicídio", "alvo de bullying" e "histórico de depressão", mas meus olhos estão ficando cheios de lágrimas.

Os pais dela estavam em uma festa de Natal na vizinhança. Enquanto se encontravam fora, Caroline Madsen tomou um vidro de remédios para dormir e nunca acordou. A mãe e o pai não notaram o que tinha acontecido até a manhã seguinte. Quando chego à declaração da mãe, falando sobre o senso de humor da filha e como ela amava escrever poesia, as palavras estão tão embaçadas que não consigo mais ler.

Desço até a foto e encontro uma garota exatamente igual à Caroline que conheço. Cabelo meio desgrenhado. Sem maquiagem. Está vestindo uma camisa de flanela, desabotoada, sobre uma camiseta.

Dou zoom para ler: SE VOCÊ PUDESSE LER MINHA MENTE, NÃO ESTARIA SORRINDO.

Passo o dedo na tela, rindo da camiseta e lutando contra as lágrimas ao mesmo tempo. Eu me lembro de estar no quarto da Cassidy, de ver esta foto, ler este artigo. Fechamos o navegador, tristes pela garota que nunca conhecemos, e não me lembro de pensar nisso de novo.

Agora, tudo começa a fazer sentido.

Eu e Caroline nos sentamos juntas no teatro um dia, reclamei das minhas amigas, ela disse que eu precisava de outros, falei sobre meu TOC e ela me contou sobre a depressão.

Mas Caroline nunca leu no palco. Ela foi para minha casa, mas sempre foi embora antes de mais gente chegar. Escrevemos juntas no teatro, só nós duas, sozinhas no escuro. Ela nunca se importou de ser um segredo.

Ela nunca me levou ao Canto da Poesia.

— Ela não é real. — As palavras saem, fracas.

As lágrimas estão escorrendo livremente agora, e jogo meu telefone com força no banco do carona, onde quica e cai no chão. Abro a porta, ando até a beira do penhasco e fico ali, parada, olhando para a cidade. Está nublado e frio, mas o ar fresco de dezembro faz bem aos meus pulmões.

Daqui de cima, vejo minha casa. A de AJ está do outro lado da cidade, mais difícil de encontrar, mas vejo a aglomeração densa de árvores que marca o seu bairro. A casa de Alexis é em uma colina no lado oposto do cânion, enorme e fácil de ver. O clube é fácil também e, dali, traço o caminho pelo qual passei, a pé e de carro, várias vezes: subindo a colina, virando a curva, indo até o alto, até ver a casa do pai de Cassidy.

Caroline morou lá. Ela morreu lá.

"Depressão", ela me dissera no primeiro dia em que conversamos no teatro escuro. "Às vezes parece estar piorando, não melhorando."

Ando até o carvalho enorme e vomito na terra. Então me sento na beira do penhasco, abraçando os joelhos, enfiando as unhas no pescoço e arranhando com força. Sinto a pele arder, mas continuo, sem me preocupar em enxugar as lágrimas que escorrem pelo meu rosto, me sentindo vazia e gelada, em luto pela perda da minha melhor amiga, como se fosse recente e intensa, como se ela tivesse se matado hoje e não há oito anos. Eu me balanço para a frente e para trás, chorando e murmurando "Caroline", de novo e de novo.

Que nem a pessoa louca que agora sei que sou.

de mente perturbada

Quando o sol se pôs, a temperatura começou a cair rapidamente. Não sei quanto tempo passei aqui, mas meu peito está dormente, meus olhos inchados, meu rosto dolorido, e tem terra sob as minhas unhas.

Eu me levanto do chão e caio no banco do motorista. A porta do carro está aberta faz horas, a luz acesa o tempo inteiro, então ligo o carro rapidamente para garantir que não matei a bateria. O motor funciona logo. Ligo o aquecedor.

Meu telefone está no chão. Mensagens e chamadas perdidas enchem a tela e passo por elas, por inúmeros pedidos da minha mãe para ligar de volta imediatamente. Tenho três chamadas perdidas da Psico-Sue, a última só vinte minutos atrás.

Aperto o botão para ligar de volta, e Sue atende no primeiro toque. As lágrimas começam a cair de novo quando ouço sua voz.

— Sou eu — digo, com a foz fraca.

— Onde você está? — pergunta ela, com um tom de pânico que nunca ouvi.

Conto sobre a colina e dou a direção, e ela diz para eu não me mexer, que está a caminho.

Desligo o telefone e encaro o relógio no painel. São 19:12.

Noite do microfone aberto.

Eu devia estar a caminho da cidade agora. Eu devia ver meu namorado tocar violão em um palco de verdade, e Caroline tinha de estar ao meu lado, comemorando. Em vez disso, estou aqui no escuro, chorando sem parar, esperando para ser resgatada. Espero que AJ não conte para os Poetas; nunca vou conseguir encará-los de novo.

Nunca vou conseguir encará-lo *de novo.*

Imagino a expressão em seu rosto quando contou sobre Caroline. Que contraste com a expressão de minutos antes, quando ele admirou minha foto na piscina. O *eu* que ele achava conhecer, ao lado do *eu de verdade* que foi obrigado a ver pela primeira vez. Quando me viu de verdade, correu o mais rápido que pôde.

Eu nunca queria que ele descobrisse. Agora ele se foi.

A luz de um farol reflete na janela do meu carro e, minutos depois, Psico-Sue está me colocando no Benz preto brilhante dela e prendendo meu cinto de segurança.

— Seus pais estão a caminho para buscar seu carro — diz.

Enquanto Sue desce a colina, olho pela janela, me perguntando aonde estamos indo e decidindo que não ligo. Sinto calor no meu rosto. Minha bunda está esquentando por causa do assento aquecido. Apoio minha testa no vidro, fecho os olhos e só abro de novo quando paramos, esperando a porta da garagem se abrir.

Ela entra e desliga o carro. Vem até o meu lado e solta meu cinto, me ajudando como se eu fosse idosa e doente, e me leva para dentro de casa do mesmo jeito.

Chegamos a uma cozinha e duas garotas param o que estão fazendo. Elas são um pouco mais novas do que eu e muito menores; como Sue, bem pequenas. Mesmo cabelo liso. Mesmas feições delicadas. Cresceram desde as fotos que ficam na mesa da Sue, mas as reconheço imediatamente.

— Sam — diz gentilmente. — Essas são minhas filhas, Beth e Julia.

As expressões delas são preocupadas, mas acho que não poderia esperar nada diferente; afinal, passei as últimas cinco horas chorando na lama. Elas estão só encarando, como se não soubessem o que fazer, mas isso também não me surpreende. Conhecendo Sue e seu comprometimento com "distância profissional", tenho quase certeza de que ela nunca trouxe uma paciente para casa.

— Julia, pode fazer chá para a gente, por favor?

Ela me leva para fora da cozinha, pela sala e através de uma porta dupla. Deve ser o escritório da Sue. Tem vista para um jardim perfeitamente cuidado, organizado em um círculo com uma fonte no centro. E também uma iluminação suave. É tranquilo. Ando até a porta de vidro.

— É bem melhor do que a vista para o estacionamento.

— É meu lugar preferido — diz, em pé atrás de mim. — Eu me sento logo ali. — Aponta para uma cadeira grande de metal estofada e várias almofadas pequenas. — É onde penso, medito ou trabalho nos arquivos dos pacientes. A não ser que chova, é onde estarei.

Ficamos em silêncio por um bom tempo. Ouço o som da fonte pelo vidro. É relaxante.

— Você ainda está com frio? — pergunta.

Sacudo a cabeça.

— Quer sentar lá fora? — pergunta.

Concordo com a cabeça.

— Ótimo.

Ela dá um passo à frente e puxa a maçaneta, abrindo a porta.

— Vamos conversar lá fora até não aguentarmos mais.

Ela pega dois cobertores de uma cesta no chão e enrola um nos meus ombros. E me diz para sentar na sua cadeira preferida. Julia chega trazendo um bule de ferro e duas canecas. Sue agradece e arranja tudo na mesa à nossa frente, servindo uma caneca de chá bem quente e me entregando. Sue se instala no sofá e Julia vai embora, fechando a porta dupla.

— Pode falar quando estiver pronta, Sam.

Abraço meus joelhos e seguro a caneca nas mãos, olhando para dentro, inspirando o vapor com cheiro floral e cítrico, pensando em tudo que aconteceu desde que estive no consultório da Sue dois dias antes. A reunião noturna do Canto da Poesia. Eu e AJ sozinhos lá embaixo. Contar para as Oito Doidas. Caroline se despedindo do jeito dela.

Caroline.

Estou surpresa por ainda ter lágrimas, mas elas começam a escorrer de novo. Um lenço aparece na minha frente, quase como mágica, e enxugo meus olhos e assoo o nariz.

Terapeutas e seus lencinhos.

— O que você já sabe? — pergunto.

— Não importa. Não sei nada até você me contar.

Entendo o código. Significa que ela falou com Colleen. Penso nas ligações e mensagens urgentes da minha mãe e me pergunto se ela ligou para AJ me procurando. Se falou com ele, e AJ contou o que aconteceu hoje, Sue deve ter uma imagem bem clara do ocorrido.

— Você me pediu para fazer uma amiga nova — digo, olhando para a caneca. — Eu fiz. Eu gostava dela. Muito. Mas, afinal, parece que ela está morta faz oito anos, o que, como esperado, atrapalha bem a amizade.

Achei que sarcasmo fosse fazer com que eu me sentisse melhor, mas não faz. Começo a chorar ainda mais.

Sue pega a caneca das minhas mãos para eu me acalmar. Enxugo os olhos e assoo o nariz enquanto Sue enche mais a caneca. Ela troca o chá por uma pilha de lencinhos melecados e não parece se incomodar.

Quando começo a falar, não consigo parar. Jurei guardar segredo do Canto da Poesia, mas não posso mais esconder de Sue. Descrevo aquele primeiro dia em que encontrei Caroline no teatro, como ela se sentou ao meu lado, me fez rir, me disse que queria me mostrar algo que mudaria minha vida.

— Me conte exatamente o que aconteceu — diz Sue. — Comece do início.

— Caroline me disse para encontrá-la no palco, ao lado do piano.

Fecho os olhos e vejo a cena um pouco diferente, como se vendo de outro ângulo.

— Esperei por ela, escondida do outro lado da cortina até ouvir o grupo passar.

— Então Caroline te encontrou.

— Ela me pediu para segui-la, o que eu fiz. Descemos a escada estreita, passamos pelos corredores pintados de cinza. Ela me disse onde entrar, que portas abrir.

Imagino nós duas virando aquela última esquina, bem a tempo de ver a porta da outra ponta se fechar.

"Que lugar é esse?", perguntei quando estávamos lá na frente. Ela ignorou minha pergunta e apontou para a maçaneta.

"Tá, vou ficar do seu lado o tempo todo, mas agora é por sua conta. Você tem que falar tudo."

Abro os olhos.

Fui *eu* o tempo todo. Vi as portas se fechando na minha frente. É como soube aonde ir. Virei as maçanetas, ela nunca o fez. Vi os esfregões na parede, balançando como se tivessem sido movidos. *Eu* encontrei a porta escondida, o cadeado. *Eu os segui.*

— Caroline não me levou para lá. — Mal consigo dizer as palavras.

Caroline não se afastou e me mandou bater à porta. Fiz isso sozinha. Ouvi ela dizer que a partir dali era por minha conta, mas não era exatamente verdade. Sempre foi por minha conta.

— Vi eles atravessando o palco naquele primeiro dia.

"Te vejo quinta", alguém dissera.

— Voltei quando sabia que eles estariam lá de novo. Esperei atrás da cortina, perto do piano, e os segui. Meu Deus, Sue, eu os segui até lá.

Conto sobre a primeira vez que visitei a sala no porão.

— AJ foi muito frio comigo — digo, imaginando a forma como ele me encarou até Caroline segurar meu braço em solidariedade. Mas ela não o fez.

Coloco minha caneca na mesa e enrolo mais o cobertor ao meu redor. Sue me pergunta o que aconteceu depois, e conto sobre quando Caroline foi para minha casa e conversamos no meu quarto. Ela me disse que AJ não me odiava, mas que eu o magoara e ele não sabia lidar. Inspiro fundo, notando que essa conversa também nunca aconteceu. *Eu* sabia o que eu e Kaitlyn tínhamos feito. Não lembrava conscientemente, mas sempre soube. Penso no poema que Caroline me ajudou a escrever, como usei suas palavras para pedir perdão. E ele me perdoou. Ele me deixou ficar. *Todos* me deixaram ficar.

Conto para Sue sobre todas as interações que tive com Caroline e o resto dos Poetas, como aquela sala no porão me acalmava. Lá, aprendi a escrever, me soltar e me expressar. Eu me tornei um deles.

Agora estou chorando forte de novo, porque, apesar de todas as coisas incríveis que aconteceram nos últimos meses, não consigo parar de pensar na única coisa errada nesse cenário.

— Eu inventei uma porra de uma pessoa inteira, Sue! — grito, chorando. — Que tipo de mente perturbada inventa uma pessoa *inteira*?

— Você não só inventou uma pessoa, Sam. Inventou uma pessoa única e *maravilhosa* que era tudo que você precisava. Engraçada, inteligente e bondosa...

— E, de novo, Sue. Não. Era. Real.

— Ela era real para você.

Era. De todas as palavras, essa é a que mais dói. Sinto falta dela. Real ou imaginária. Não quero que ela se vá.

— O que está acontecendo comigo? — pergunto.

Sue chega mais perto da beira do sofá e deixa a caneca na mesa.

— Não é o que você quer ouvir, Sam, mas a verdade é que não sei. Talvez tenha a ver com os seus remédios, ou com mudanças químicas no seu cérebro, ou uma combinação das duas coisas. Pode não ter nada a ver com isso.

Ela está tentando manter a voz calma e firme, mas noto que está preocupada. Muito mais do que eu gostaria.

— O que está acontecendo com você não é consistente com TOC. Tem mais alguma coisa acontecendo e eu não sei ainda o que é, mas vamos descobrir juntas, como sempre fazemos.

Cubro minha cabeça com o cobertor. Não consigo olhar para ela. Não quero ouvi-la também, mas preciso da informação que está compartilhando e não posso ignorar.

— Baseado no que você me contou hoje, acho que a Caroline se torna real para você em momentos de ansiedade.

O som da sua voz é relaxante para mim e sinto um alívio quando ela volta a falar:

— Você a conheceu no primeiro dia de aula. Já estava muito ansiosa, mas ficou ainda *mais* preocupada por causa do que a Alexis falou, e isso pode ter levado sua mente a buscar por... uma nova forma de lidar.

Tiro o cobertor da minha cabeça para ver o rosto da Sue.

— E funcionou — continua. — Então, depois disso, a Caroline apareceu quando você precisava. Depois de brigar com as Oito. Quando estava nervosa sobre seguir um grupo de desconhecidos por uma escada escura e estreita. Quando precisou ler no palco pela primeira vez. Ela estava lá hoje, depois que você contou para suas amigas sobre o AJ, né?

Eu me transporto mentalmente para esses momentos e para todos os outros que a Sue não mencionou. Sempre que eu estava chateada com algo e precisava escrever, Caroline estava bem ali, esperando perto do armário. Fazíamos piadas, como se fosse uma coincidência. Então íamos juntas para o teatro.

— A sua mente encontrou uma solução, bem positiva, na verdade, e quanto mais funcionava, mais real ela se tornava para você.

Ela pega o chá e dá um gole, me olhando por cima da caneca, como se me dando tempo para processar.

— Ela tem aparecido com menos frequência? — pergunta.

Agora que penso nisso, ela não tem estado perto do armário de manhã, não todo dia, como de costume. Nunca a vejo entre as aulas.

— Nas últimas semanas, só a vi no Canto da Poesia. Encaixa com a teoria da Sue. Estou sempre ansiosa em relação a descer lá no almoço. Tenho medo que as Oito Doidas me sigam e descubram o lugar e que eu exponha o grupo e a sala. Seria minha culpa. Estou sempre sofrendo até trancar a porta. Então começo a relaxar.

— Você leu sobre uma garota chamada Caroline mais de um ano atrás e achou que tinha esquecido totalmente, mas ela ficou no seu subconsciente. Você atribuiu a ela características que tem dificuldade de expressar. E ela se tornou a voz bondosa e cuidadosa que você precisava ouvir.

Toda essa informação está fazendo com que eu me sinta melhor, como fatos concretos costumam fazer. A última parte até me deixa um pouco aliviada.

Ainda assim, Sue está falando sobre isso tudo como se fizesse perfeito sentido, como se fosse perfeitamente lógico, mas não faz e não é. Isso tudo é completamente insano.

— Pode dizer, Sue. Sou doida.

Ela fica quieta por um minuto inteiro, olhando para a fonte e tentando, suponho, decidir como dar a notícia.

— Doida — diz finalmente, com o olhar fixo na água. — Sabe o que tem na definição de "doido" no dicionário?

Sacudo a cabeça.

— Quer dizer tanto "insano" quanto "um pouco fora do comum". É um escopo bem abrangente, não acha?

Concordo.

— Doida é uma palavra tão subjetiva. Eu nunca usaria para rotular ninguém, certamente não para você. Olha, o seu cérebro funciona de um jeito diferente de outros cérebros, Sam. E por causa do jeito que o seu cérebro funciona, você conheceu essa pessoa maravilhosa chamada Caroline. Mais ninguém teve esse privilégio.

— Que nem o seu paciente, Anthony... O cara que ouvia cores.

— Exatamente.

Mas eu estava melhorando. Me sentindo normal.

Dois dias atrás, eu queria que Sue considerasse diminuir a medicação e as sessões de terapia. Agora que estou tendo conversas inteiras com pessoas imaginárias, suponho que o oposto seja necessário. Mais medicação. Mais sessões de terapia. Nada de Caroline.

— Precisamos garantir que a Caroline foi embora de vez, né? — afirmo, triste com o diagnóstico, mas orgulhosa de chegar no papo-psico antes da Sue.

— Você quer que ela vá embora?

— Não.

Caroline parecia tão real para mim quanto todo o resto do Canto da Poesia. Ela só se foi faz algumas horas, mas nunca senti tanta falta de alguém. A ideia de nunca vê-la de novo faz meu corpo inteiro parecer oco.

Lágrimas começam a escorrer pelo meu rosto de novo.

— Você lembra quando listou todas as coisas que tornam o AJ tão incrível, na quarta-feira?

Sue me entrega outro lencinho. Ela está me olhando daquele jeito focado que faz com que eu sinta que ela enxerga a minha alma.

— Faça o mesmo com a Caroline. Não com a garota sobre a qual você aprendeu hoje, mas com a garota que conheceu nos últimos meses, sua *amiga*, Caroline.

Minha mente começa a acelerar e tenho a mesma sensação de quando estou prestes a subir no palco: meu peito apertado, o formigamento desconfortável nos meus dedos. Talvez seja por isso que fecho os olhos.

Começo a contar pelo polegar.

— Ela tem uma energia especial, que não sei explicar, mas é meio contagiante. Ela ouve minha poesia, mesmo quando é bem estúpida e eu nunca compartilharia com ninguém, e nunca ri de mim. E não só ouve as palavras que escrevi, ela *escuta* o que estou tentando dizer e me ajuda a expressar melhor. Parece saber quando preciso dela.

Abro meus olhos e mordo meu lábio porque, sim, o motivo pelo qual essa última coisa é verdade é bem óbvio.

Sue passa os dedos pelas próprias pálpebras, me dizendo silenciosamente para fechá-las de novo.

Continuo de onde parei, levantando o quinto dedo.

— É um pouco perturbada, que nem eu. Ela não dá a mínima para o que pensam dela. Amo como ela não usa maquiagem. Amo suas camisetas engraçadas — digo, sentindo um sorriso se abrir. — Ela sempre me faz rir, mesmo quando não está tentando.

A décima coisa surge na minha mente imediatamente, e começo a dizer como se não fosse nada, mas engasgo nas palavras.

— Foram nove — conta Sue.

Caroline me mandou bater àquela porta. Ela nunca falou por mim, mas me deu as palavras. Quando AJ me expulsou do Canto da Poesia, ela me mandou lutar para voltar. Quando eu estava apavorada de ler no palco, parou atrás de mim, tocou meu ombro e me mandou não pensar, só agir. E eu o fiz. Ela esteve sempre lá. E, mesmo assim, nunca esteve.

— Ela me tornou corajosa — digo.

Sue se aproxima e segura bem minhas mãos. Fico surpresa com como as mãos dela são pequenas, mas fortes.

— Ótimo. Agora você faz o seguinte. Você pega essas partes da Caroline e aceita o fato de que são partes *suas*. Começa a se tratar bem, tomar decisões que são boas para *você*, não para todo mundo. Você olha para as pessoas na sua vida, uma a uma, escolhendo se agarrar às que te tornam melhor e mais forte, abandonando as que não o fazem. Acho que é isso que Caroline queria. Ela não te *tornou* corajosa, Sam. Você fez isso sozinha.

Ficamos lá por muito tempo. Bebo mais chá. Ouço a água circulando na fonte.

— Ela não vai voltar, né? — pergunto.

— Não acho que você precisa mais dela — diz Sue, gentilmente. — Se ela voltar, me conte, mas não entre em pânico. Deixe ela fazer seu trabalho. Ela parece boa nisso.

Ela não vai voltar.

Fico pensando em Caroline e como ela foi embora hoje, o que me leva a uma lembrança de AJ e como ele teve que me contar que minha nova melhor amiga estava morta havia oito anos.

Estou morta de constrangimento. Não queria que ele descobrisse. Não agora. Certamente não assim.

— Eu não queria que AJ soubesse sobre mim — digo.

Sue toma um gole de chá.

— Tem certeza?

— Como assim?

— A Caroline podia ter ido embora em qualquer momento, de qualquer forma. Ela podia ter te dito exatamente quem era na privacidade do seu quarto. Podia ter desaparecido sem dizer nada. Mas como ela foi, o que ela disse...

— Aonde você quer chegar?

— Você disse que não queria que o AJ soubesse, mas, se parar para pensar, uma grande parte sua queria.

fazer duas coisas

Não acordei me sentindo corajosa no sábado nem no domingo. Eu me sinto triste e confusa, assustada e sozinha, sentindo ainda mais falta de Caroline e desejando que todo mundo me deixasse em paz.

Paige não para de bater à minha porta para oferecer sorvete, e ouço a minha mãe do outro lado da porta dizendo para ela me dar espaço. É um bom conselho. Queria que ela o seguisse também, porque não para de conferir como estou, me perguntando se quero conversar, e eu não paro de dizer que estou bem e mandar ela embora.

Enquanto eu estava balançando na lama na sexta passada, AJ veio à minha casa me procurar. Em vez disso, encontrou minha mãe. Ele contou o que eu dissera sobre Caroline, e que estava preocupado comigo. Ela agradeceu educadamente, escondeu a surpresa por eu nunca ter contado sobre o meu TOC e protegeu meu segredo, como sempre. Então o mandou embora, pedindo que me deixasse sozinha por uns dias para eu me resolver.

Tenho certeza de que ficou aliviado. Toda vez que penso na expressão no rosto dele quando me ouviu falar o nome de Caroline Madsen, fico enjoada.

Para me distrair, tenho lido meus poemas, pensando naqueles que Caroline me ajudou a escrever. Nem sempre, mas às vezes, tinha um momento no final, quando acabávamos um texto e líamos em voz alta, em que as palavras eram tão perfeitas, tão apropriadas, que eu tinha calafrios. Sentia vontade de abraçá-la, mas nunca o fiz, e agora me pergunto o que teria acontecido se eu tentasse. Sentiria como sentia sua mão no meu ombro? Ou ela teria me atravessado e meu corpo descobriria que meu cérebro estava me enganando desde o começo?

Pego minha caneta e batuco no meu caderno, mas não consigo escrever um poema. Não agora. Não sei o que dizer, nem mesmo para uma folha de papel que ninguém vai ver. Além disso, poesia não vai me ajudar a encaixar todas as emoções que estou sentindo em uma solução coesa que meu cérebro pode entender.

Estou com medo do poder da minha mente. E também com raiva de Caroline por ir embora. Estou confusa com todos os seus traços de personalidade, com dificuldade de entender os que eu inventei e os que podem ter existido em uma garota que cometeu suicídio em 2007.

Abro meu caderno vermelho e escrevo "Caroline Madsen" na página esquerda e "Minha Caroline" na direita. Pelas duas horas seguintes, pesquiso tudo que consigo sobre a verdadeira, listando na esquerda, e anoto tudo que sei sobre a que inventei, na direita.

Quando acabo, vejo as semelhanças, mas também grandes diferenças. Noto que Sue estava certa: peguei um rosto numa foto e atribuí a ela muitas características que, no fundo, eu queria possuir.

Enfio meu rosto no travesseiro para bloquear a luz do sol. Choro por muito tempo. E quando finalmente me sinto pegando no sono, não resisto.

Ouço uma batida à porta do quarto.

— Sam — diz minha mãe em voz baixa.

— Estou dormindo! — grito.

— Sam, tem uma visita pra você.

Abro os olhos e me obrigo a me levantar. Meu quarto está escuro. Minha camiseta está toda enrolada, meu cabelo grudado na minha cabeça, e cheiro a suor. Meu caderno ainda está aberto no cobertor, e fecho quando minha mãe abre a porta e entra.

— Por favor — digo, apontando dramaticamente para minha cara. — Diz para ele que não quero vê-lo agora.

É verdade, mas, mesmo assim, meu coração fica mais leve. Sabia que ele viria, mesmo que minha mãe tenha dito para não vir. Não quero que AJ me veja assim, mas estou morta de vontade de que ele me abrace, beije minha testa e me diga para parar de pensar tanto. Vai me dizer para falar e vou porque é só ele dizer essas palavras que minha boca começa a funcionar antes que o meu cérebro interrompa. Começo a pentear meu cabelo com os dedos, esperando que possa forçá-lo a obedecer à gravidade.

— Não é o AJ, querida. É a Hailey.

— Hailey.

Seu nome me atinge como um soco no estômago. Não vejo Hailey e as Oito desde que saí do refeitório na sexta, e nenhuma delas sabe o que aconteceu depois. Praticamente esqueci a nossa briga. Meu rosto todo queima ao me lembrar, e caio de volta na cama, enfiando a cara no travesseiro.

Não consigo lidar com isso agora.

— Ela está insistindo muito para subir — diz minha mãe, se sentando na beira da cama. — Até trouxe flores.

— Flores? Por quê? Ela não fez nada de errado.

Minha mãe começa a fazer carinho no meu pescoço.

— Deixe ela entrar, Sam. Ouça o que ela tem a dizer. Quem sabe, talvez te anime.

— Não quero me animar. Quero ver Caroline. Quero que ela *não* esteja morta para eu *não* ser doida.

Sei que minha mãe não vai desistir, então digo um "tá, tanto faz" e saio da cama. Fico de pé na frente do espelho grande, para me ajeitar.

— Hailey sempre foi minha preferida — diz, saindo do quarto.

Alguns minutos depois, Hailey entra, com a cabeça abaixada.

— Oi, Samantha.

Ela me entrega um buquê de flores coloridas.

— Obrigada. Você não precisava fazer isso.

Aproximo o buquê do meu nariz. O cheiro me lembra do jardim de Sue, e me surpreendo com a onda de tristeza que me assola quando penso em estar sentada lá, falando de Caroline, na sexta passada.

Estou com saudades dela.

— É presente seu? Ou de vocês *todas*?

Hailey entende o que estou perguntando, e sei a resposta antes dela dizer uma palavra; sei pelo jeito com que morde a boca e mexe os pés no tapete. Ela não veio como representante do grupo.

— Só meu — responde, olhando ao redor do quarto. — Desculpe. Você me defendeu e eu não fiz o mesmo por você. Duas vezes.

— Tudo bem.

— Uau... Faz *meses* que eu não venho ao seu quarto. Por quê? — pergunta, mudando de assunto.

— Não sei — digo, mas não é verdade.

Na última vez em que ela esteve aqui, estávamos preparando a arrecadação do Dia dos Namorados e meu chão estava coberto de rosas vermelhas, fita rosa e bilhetinhos de amor cafonas.

— Esqueci como é confortável aqui. E a pintura é muito bonita.

Ela anda até a colagem na minha parede, passa o dedo pelas palavras AS OITO DOIDAS e examina as fotos.

— Uau. Somos mesmo *nós*? — pergunta Hailey. — Éramos tão doces e felizes e... parecemos genuinamente *gostar* uma das outras — diz, soltando uma risada. — Eu me lembro de pensar que era a pessoa mais sortuda do mundo por ser parte desse grupo. Quando mudou?

— Não sei. Mas estou começando a achar que não podemos mudar de volta.

Tem uma longa pausa.

— Na verdade, eu te defendi. Foi um pouco atrasado, mas espero que ainda conte.

— Sério?

Ela concorda com a cabeça.

— E depois fui atrás de você.

— Quê?

Não. Aquele alívio bem-vindo estoura como um balão. Agora minha cabeça está a mil, pensando em tudo que aconteceu nos minutos depois que abandonei as Oito Doidas no refeitório. Fui direto para o meu armário. Caroline estava lá. Ela tocou meu rosto e disse que tinha ouvido tudo. Conversamos. Quando desapareceu, eu a segui. Gritei o nome dela nos corredores. *Meu Deus. Hailey me viu falando com... ninguém. Ela sabe.*

— Nós todas entramos em uma briga enorme quando você saiu do refeitório. Eu disse para a Kaitlyn que ela te devia um pedido de desculpas, mas você sabe como ela é. Alexis ficou do lado dela, claro, mesmo que parecesse meio em dúvida.

O que você viu?

— E a Olivia... — continua Hailey, revirando os olhos. — Ela podia ter ido te procurar, mas... bem, não foi.

O que. Você. Viu?

Tento pensar em como perguntar sem perguntar.

— Por que você não me contou isso na sexta? — pergunto, minha voz tremendo.

Hailey se joga na minha cama e se inclina para trás, apoiada nas mãos.

— Não te achei — diz.

Eu me sento ao lado dela e suspiro em alívio.

— Não achou?

— Não. Fui direto para o seu armário, mas você não estava lá.

— Ah — digo.

— Você está indo embora, né?

Ela puxa as pernas para cima da cama e fica de joelhos.

— Eu não te culparia por ir — continua. — E você tem namorado agora, então, provavelmente, aconteceria de qualquer forma, mas...

— Hailey.

Eu a abraço. Ela aperta meus ombros com tanta força que parece que está se afogando e sou a única coisa a salvando.

— Ainda não sei o que vou fazer. Mas, se eu for embora, você sempre pode vir comigo.

Ela se afasta, sacudindo a cabeça.

— Não sei se consigo fazer isso.

Sei o que ela está pensando. Abandonar as Oito muda tudo. Nada de almoço. Nada de shows. Nada de festas ou de dormir fora. Não estaríamos incluídas nos planos de Kaitlyn para a festa de fim de ano, nem convidadas para ficar no hotel na cidade depois. O resto da nossa experiência escolar seria inteiramente diferente do que esperávamos.

Ou pior, as Oito restantes nos tratariam como fizeram com Sarah. Seríamos rejeitadas nos corredores. Elas espalhariam fofocas sobre nós, para o caso dos nossos colegas sentirem pena ou pensarem em tomar nosso partido.

— Como posso te ajudar na escola amanhã? — pergunta.

Pode ser a coisa mais legal que ela já me disse, mas honestamente não sei o que responder. Não posso encarar as Oito. Não posso ir ao Canto da Poesia. Estou envergonhada demais para conversar com AJ agora, e meu coração não aguenta a ideia de ir ao meu armário várias vezes por dia, procurando Caroline a cada momento, sabendo que não a verei. Começo a lacrimejar e engulo um bocado de ar.

— Na verdade, você pode fazer duas coisas — digo, andando até a mesa e pegando minha mochila. — Você sabe minha senha. Pode pegar todos os meus livros no armário amanhã e me encontrar na frente do seu antes do primeiro tempo?

— Todos os livros? — pergunta.

Concordo com a cabeça. Hailey pendura minha mochila no ombro.

— Sem problema. Qual é o segundo favor?

— Você pode passar a me chamar de Sam?

Tranco lá dentro

Não sei se consigo passar a semana inteira sem esbarrar acidentalmente nas Oito ou nos Poetas, mas, como não consegui convencer minha mãe a estudar em casa pelo resto do ano, é o plano por enquanto.

Dou algumas voltas no estacionamento até poder parar no número três. Então desligo o carro e olho para o relógio, me dando tempo para ir ao armário de Hailey e depois direto para a aula. Quando chego, Hailey me entrega minha mochila cheia e eu a abraço antes de correr para o primeiro tempo.

Pelo resto do dia, faço caminhos enrolados para cada aula e entro na sala logo quando toca o sinal. Assim que a aula acaba, corro para a porta e para o banheiro mais próximo. No intervalo, vou para a biblioteca e como uma barrinha de cereais na área de biografias (agora entendo o que Olivia disse; é um lugar perfeito para ficar com alguém ou passar despercebido). No almoço, vou para a piscina nadar, o que acaba sendo o melhor momento do dia. Nem boto touca. E não corro. Nado livremente em movimentos lentos e precisos, indo e voltando na raia, bloqueando qualquer pensamento, inclusive músicas e poemas. Eu me concentro no silêncio tranquilo e no cheiro de cloro.

Meu cabelo ainda está molhado quando estou a caminho do quinto período, então claro que é quando vejo AJ andando na minha direção. Meu estômago dá um nó quando entro em um corredor de armários e me encosto na parede, escondendo o rosto nas mãos que nem uma criança, supondo, parece, que, se não posso vê-lo, ele também não pode me ver.

— Sam.

Merda.

Solto meus braços e olho para ele.

— Oi.

— Oi.

Dá para ver que ele tem algo a dizer e está nervoso, porque com a minha visão periférica noto sua mão direita, polegar e indicador juntos, tocando de leve no lado da calça jeans.

— Está tudo bem? — pergunta ele.

Sacudo a cabeça. Então fixo meu olhar nos sapatos e mordo minha boca três vezes, com força.

AJ se mantém distante, mas queria que se aproximasse. Quero contar tudo. E quero que ele me abrace que nem no campus quinta passada. Visualizo a boca dele na minha, me dizendo sem palavras que está tudo bem e que ainda me quer, mesmo com o cérebro quebrado. Mas não é justo esperar isso dele. O que ele vai fazer, dizer que acha fofo eu ter inventado uma pessoa inteira?

— Como foi a apresentação? — pergunto, olhando para cima, esperando aliviar o clima e forçá-lo a sorrir devagar.

É meio eficiente. A tensão ainda está lá, mas junto com a covinha. Tenho que me conter para não beijá-lo.

— Sydney e Chelsea levaram todo mundo para a cidade de carro — responde ele. — Abigail, Cameron e Jessica apresentaram "O Corvo". Eles fizeram as primeiras nove estrofes. A Jessica disse que errou tudo, mas tenho certeza de que não importou. Parece que eles impressionaram todo mundo. Syd leu também. Eles queriam apresentar hoje para a gente, mas você não apareceu.

Ele não foi à noite do microfone aberto.

— Você não foi sexta?

— Hum. Não. Como eu poderia depois... — Ele se controla e muda de caminho. — Eu não podia ir sem você.

— Você devia ter ido — digo simplesmente, e começo a entrar em pânico, imaginando o que ele disse para os outros. — Você não contou para ninguém... sobre mim... contou?

— Quê? — A pergunta claramente o pega de surpresa. — Claro que não. Disse que o seu carro enguiçou e que por isso nós não conseguimos ir.

Nós. Ainda somos "nós"?

— Obrigada. Por favor, não diga nada, tá?

AJ está me observando, esperando, imagino, algum tipo de explicação. E ele merece. Mas não aguento como me olha agora, um olhar cheio não só de perguntas, como de pena. Ele não me olhava assim três dias atrás.

— Olha, eu quero te contar tudo — digo. — Mas... é difícil para mim. Não contei para ninguém além da Caro...

Escapa da minha boca e é tarde demais para voltar atrás. Espero que ele não tenha ouvido. Mas ouviu. Dá para ver no rosto dele.

— Preciso ir para a aula — digo, me juntando à multidão, de cabeça abaixada, andando o mais rápido que posso, e brigando comigo mesma por ter dito o nome dela.

❊ ❊ ❊

Na terça de tarde, já me tornei bem talentosa em me esgueirar pelos cantos e evitar as pessoas.

Kaitlyn e Alexis estavam andando na minha direção entre o primeiro e o segundo tempos e comecei a entrar em pânico, mas então um grupo de caras do time de lacrosse foi falar com elas, e foi tudo que precisei para passar sem elas me notarem. Sydney tentou falar comigo depois da aula de História dos EUA, mas fingi não ouvir e corri para a piscina. Eu e Olivia fizemos contato visual algumas vezes na aula de trigonometria, mas saí correndo para a porta assim que o sinal tocou. Não vi Hailey desde que ela me entregou a mochila ontem de manhã.

Apesar de estar evitando todo mundo, checo minhas mensagens obsessivamente. Cinco de Hailey, duas de Alexis e uma de Olivia, todas dizendo praticamente a mesma coisa:

> tudo bem?
> vem almoçar?
> estamos preocupadas
> desculpe por sexta
> saudades

Nada de Kaitlyn.
E uma de AJ:

> não sei o que dizer

Não sei decidir o que responder para nenhuma delas, então não respondo.

❊ ❊ ❊

Espero no banheiro perto da minha sala do quinto tempo, olhando a hora no telefone, e saio pela porta com menos de um minuto de antecedência. Só dei dois passos no corredor quando vejo AJ parado por perto, quase como se estivesse me esperando. Ele começa a andar e não tenho onde me esconder. Então para na minha frente, bloqueando meu caminho.

— Você nunca leu os poemas no Canto da Caroline, né?

Sacudo a cabeça. Não faço ideia do que se trata.

Ele estende o braço e coloca a chave na palma da minha mão. Então fecha meus dedos ao redor do cordão grosso e trançado.

— Vai para o canto direito do fundo — diz e vai embora.

Canto da Caroline?

Minhas pernas estão tremendo e me sinto tonta ao abrir a porta da sala de aula e andar até minha mesa. Boto a chave debaixo da minha perna para ninguém ver. Mas, durante a aula, a pego na minha mão, passando meu polegar pelas pontas afiadas e pelas reentrâncias profundas, pensando naquela sala.

Não sei se aguento descer sozinha... sempre fui com o grupo ou com Caroline. No entanto, lembro que não é verdade. Caroline não me guiou na primeira vez. Eu os segui, mas estava completamente sozinha. Eu me levei pelas escadas até aquela sala. É então que começo a entender a conexão.

O artigo que li sexta passada me vem à mente. "Ela amava escrever poesia", dizia a declaração da mãe de Caroline.

Caroline era uma Poeta.

Depois do sexto tempo, não me escondo no banheiro nem corro para minha próxima aula. Em vez disso, atravesso a multidão devagar, mantendo a cabeça erguida, retribuindo cumprimentos das pessoas pelas quais passo, e ando até a entrada do teatro. Estou segurando a chave com tanta força que sinto a forma deixando uma marca na minha palma.

O teatro não está vazio, porque uma turma está ensaiando uma peça, mas ninguém nota quando subo as escadas, passo pelo piano e vou para trás da cortina. Abro a porta estreita e a fecho rapidamente ao passar, esperando para garantir que ninguém me viu nem me seguiu. Então desço.

O ar parece mais denso e cheira mal, que nem meias velhas e mofo, mas respiro fundo e aproveito a experiência como se fosse a primeira vez. Deixo meus dedos roçarem nas paredes escuras enquanto atravesso o corredor, sentindo a adrenalina nas minhas veias, reconhecendo o quão apavorada estou agora e me forçando a viver cada sensação, como se precisasse provar para mim mesma que sou capaz. Que não preciso mais da ajuda dela.

Dentro do armário de limpeza, afasto os esfregões e a porta range quando a puxo. Olho ao redor, para o teto preto, o chão preto e as paredes que mal parecem pretas porque estão cobertas com tantos pedaços de papel. O banquinho está onde sempre fica. O suporte do violão está no canto, mas vazio agora. Acendo a luminária mais próxima e me tranco lá dentro.

pode passar adiante

Olho ao redor, processando tudo, como de costume. Na primeira vez em que estive aqui sozinha, atravessei a sala, parando aleatoriamente para ler, voltando aos poemas dos quais mais gostei. Lembro a calma que senti quando finalmente encontrei a letra da música de AJ e a alegria de ler as embalagens de comida de Sydney. Passei horas lendo uma década de poesia escrita por pessoas que se formaram muito tempo atrás. Meus olhos estavam ardendo de cansaço quando me sentei no sofá e comecei a escrever algo meu. Quando saí naquele dia, estava impressionada com todas as pessoas que já pisaram no Canto da Poesia.

Agora dou passos lentos e cuidadosos na direção da estante baixa no canto direito e acendo a luminária para iluminar a parede. Naquele primeiro dia, não cheguei até aqui, e nos últimos meses, não me lembro de colar nenhum dos meus próprios poemas nesta parede. Se eu o tivesse feito, teria notado o que torna este canto tão especial.

Diferente das outras paredes do Canto da Poesia, tudo aqui foi escrito no mesmo papel de fichário pautado, com a mesma caligrafia: cada letra perfeitamente desenhada, cada palavra perfeitamente espaçada.

Ao lado da luminária, noto um estojo de madeira. Eu o seguro, virando-o na minha mão, passando o dedo pelos entalhes com ondas elaboradas. Na tampa, vejo três letras: C.E.M. Devolvo o estojo para a estante e o abro devagar. O papel lá dentro parece amassado e, com as mãos tremendo, o remove do lugar e estico nas dobras. Não é um poema. É uma carta. Sinto minha respiração prender no fundo da garganta quando reparo que foi escrita exatamente na mesma caligrafia que vejo na parede à minha frente.

Caro sr. B—

Você vai achar que o que fiz foi sua culpa. Não foi. E esta sala não fez nada de errado. Na verdade, salvou minha vida por muito tempo.

Você criou um lugar para o qual eu podia ir e me ajudou a enchê-lo de palavras e pessoas em quem podia confiar. Foi a coisa mais bondosa e generosa que já fizeram por mim. Quando eu estava nesta sala, estava feliz. Se pudesse capturar como me sentia nas segundas e quintas e carregar no meu bolso para usar depois, eu o faria. Acredite, eu tentei.

Você não me deve mais nada. Mas espero que considere honrar este último pedido.

Palavras estão começando a se juntar aqui. Só pense em como essas paredes seriam se todo mundo que precisasse desta sala a encontrasse. Consegue imaginar? Eu consigo.

Aqui está minha chave. Pode passar adiante?

Com amor,
C

Minha mão vai instintivamente para o cordão no meu pescoço, que aperto com força.
Canto da Caroline.
É por isso que o sr. B deixa a porta aberta quando AJ pede. Por que ele mantém a sala em segredo. Por que ele vem de vez em quando passar aspirador e botar o lixo para fora.
Ele conhecia Caroline. E construiu esta sala para ela, escondeu a porta e disfarçou o cadeado para manter segredo. Caroline pediu para o sr. B passar a chave adiante e ele honrou o seu último pedido. Ele o faz desde que ela morreu.
Ainda segurando a carta em uma das mãos, me apoio na estante com a outra. Meus joelhos não estão muito estáveis agora.
Caroline Madsen começou o Canto da Poesia.
Dou um passo para a frente e passo a mão pelas páginas, como se estivesse me apresentando pela primeira vez.
Estes são os poemas dela.
Leio os títulos e passo os olhos pelos primeiros versos, mas alguns estão colados muito no alto e não consigo enxergar daqui. Ando até a frente da sala, pego o banquinho do palco e o trago de volta para o canto, ficando de pé em cima dele para ver de perto.

No ponto mais alto da parede, encontro um poema chamado "Insegurança" e o leio em voz baixa. Então passo para o próximo, "Sozinha no escuro". E o próximo, que não tem título, mas começa com o verso "Aliteração é alarmante e atraente".
São lindos e hilários, e quanto mais leio, mais choro e rio. Mas alguma coisa não está certa, e só entendo o que é quando estou na metade do quarto poema.
Começo a ler em voz alta.
Quando chego ao quinto poema, arqueio minhas costas e ajeito meus ombros, endireitando minha postura, lendo mais alto, mais forte, mais claro, e é bom falar suas palavras, ouvi-las voltar à vida, mesmo que ninguém esteja por perto para ouvir como são incríveis. Leio o resto do mesmo jeito, com voz alta, retumbante e autoconfiante, como imagino que ela teria querido.
Li mais de cinquenta poemas e, finalmente, só resta um. Está lá embaixo na parede, perto do estojo de madeira, e algo sobre sua posição, com a tinta preta ainda exposta, agindo como uma moldura estreita, me faz pensar se é especial.
Se chama "A última palavra". Desta vez, leio em voz baixa.

> Estas paredes me
> ouviram quando ninguém
> mais o fez.
>
> Elas deram espaço
> para minhas palavras,
> as mantiveram seguras.
>
> Comemoraram, choraram, escutaram.
> Mudaram minha vida
> para muito melhor.

Não bastou, mas
ouviram as palavras,
até a última.

Cubro minha boca, lágrimas escorrendo pelo meu rosto. É escrito em três.

Leio de novo, em voz alta desta vez, mesmo que falhe e eu tenha que parar a cada dois versos para respirar. Às vezes paro porque quero absorver o significado de uma palavra ou uma expressão. Mas continuo, chorando mais ao ler o último verso.

Foi o seu último poema.

E entendo que Caroline me trouxe para cá, do seu jeito estranho, para estas pessoas, esta sala, sabendo o quanto eu precisava deste lugar.

A sala mudou a vida dela. E só está começando a mudar a minha.

Imagino Sydney, sentada sozinha em restaurantes de fast-food, escrevendo as coisas engraçadas que lê para a gente e os pensamentos mais profundos que não compartilha. E Chelsea, escrevendo poema atrás de poema sobre o cara que partiu seu coração. Emily, sentada na cama da mãe, a vendo escapar e tentando mantê-la ali mais um pouquinho. AJ encostado na cama, tocando violão e procurando as palavras perfeitas para as notas. Cameron, vendo seus pais desmoronarem e tentando não fazer o mesmo. Jessica e sua voz potente em um corpo pequenininho, cheia de autoconfiança contagiante. E Abigail, cujos poemas são profundos e astutos, que me conquistou com "Fingir". Agora que a conheço melhor, sua poesia não me surpreende mais.

Eles são meus amigos. E noto que sei muito mais sobre eles do que eles sabem sobre mim.

Meu próximo passo é muito claro. Pulo da cadeira e pego minha mochila, inspirada para escrever pela primeira vez em quatro dias. Pego meu caderno amarelo, porque, quando Caroline fazia parte da minha vida, ela me tornava mais forte, melhor, mais feliz. E é com essa parte de mim que preciso me reconectar agora.

Eu me sento no sofá laranja, ajoelhada. A caneta parece firme na minha mão e, quando a toco no papel, fico aliviada de sentir as palavras escorrendo como se tivesse aberto a torneira.

Antes de perceber, enchi a página com um poema para Caroline. Fala do que ela significa para mim, do quanto sinto saudades e de por que esta sala dela importa, não só para mim, mas para todos que a encontraram. E, apesar de não dizer com todas as palavras, também é um poema para meus amigos, prometendo que, a partir de agora, serei muito mais corajosa com minhas palavras do que era antes.

gosto demais mesmo

Fecho meu caderno e, pela primeira vez desde a tarde de sexta, sorrio. Eu me sinto bem. Guardando minhas coisas, confiro o horário no meu telefone. São 16h18. Estou aqui faz mais de duas horas. Antes de sair, ando até a parede mais próxima e passo minha mão pelos sacos de papel e pelas embalagens de bala, pelos papéis rasgados e pelos Post-its, pelos guardanapos e recibos, pensando em todas as pessoas que passaram tempo nesta sala. Todas as pessoas com um poema nesta parede têm uma história a contar.

Preciso saber mais.

Sinto aquele turbilhão conhecido começar dentro de mim, o desejo por informação e mais informação. Minha respiração acelera e meus dedos formigam. Quero saber a história de cada uma dessas pessoas, e começo a ficar empolgada com a ideia de pesquisar todas até encaixá-las. Então o turbilhão para, tão rápido quanto começou.

Não preciso saber centenas de histórias. Só preciso saber sete. Nunca perguntei a nenhum deles como encontraram o Canto da Poesia. Nunca perguntei para Caroline. Nem para AJ.

AJ.

Apago a última luz e corro pelas escadas e para o estacionamento. Minha mente precisa de música, então começo a ligar *In the Deep*, mas encontro *Grab the Yoke* e mudo para ela.

Penso naquele primeiro dia em que dei uma carona para AJ, contando como dava o nome das playlists. Ele me perguntou sobre essa. Contei que às vezes queria "jogar essa bagunça toda no mar" e, quando falei, ele me olhou como se estivesse preocupado com a possibilidade de eu fazer isso de fato. Será que minhas palavras o lembraram de Caroline, a fundadora do seu querido clube de poesia? Ela agarrou o manche.

Minha mente está sobrecarregada e meu estômago embrulhado quando entro em marcha à ré, saio do estacionamento e faço o retorno que leva à casa de AJ. Na frente da entrada, puxo o freio de mão com força e saio correndo do carro.

O vento está ficando mais forte, assobiando entre as árvores e queimando meu rosto, e aperto a jaqueta contra meu corpo ao subir as escadas. Começo a bater, mas ouço o violão de AJ vindo do outro lado da porta. É fraco demais para que eu identifique a música, mas consigo imaginá-lo com os dedos apertando as cordas, formando acordes, escorregando pelo braço. Bato à porta antes de perder a coragem.

A música para e, alguns segundos depois, ele abre a porta.

— Oi.

Ele parece surpreso ao me ver.

— Oi.

Tiro o cordão do pescoço e o entrego para ele.

— Obrigada — digo.

Ele guarda a chave no bolso da calça. Olho para meus sapatos. Ficamos os dois em silêncio por muito tempo, eu tentando encontrar a coragem para falar o que vim dizer, ele, provavelmente, procurando descobrir o jeito mais rápido de expulsar uma garota psicótica de casa. Ajeito minha postura, prendendo meus pés no chão e olhando nos olhos dele.

— Encontrei o canto — digo, mordendo minha boca para impedir meu queixo de tremer. — Eu estava meio que esperando que você pudesse me contar mais sobre ela. Mais sobre a sala, como você a encontrou, como conseguiu a chave.

Ele abre mais a porta.

— Entra. Você está congelando.

Não. Só apavorada.

Não estive aqui dentro desde o dia em que o trouxe para casa, quando ele me ensinou a tocar violão e eu soube tudo sobre Devon. Entro e largo minhas chaves do carro na mesinha da entrada, onde deixei da última vez.

É então que reparo. Pulei do carro sem conferir o hodômetro. Por um segundo, considero voltar para fora, mas AJ já está andando para o quarto. Ele olha por cima do ombro, me vê hesitar e faz um gesto me chamando.

Eu me forço a atravessar o corredor, tentando pensar só nele e nada mais, ignorando o impulso intenso de correr de volta para o carro e estacionar direito.

Na última vez, quando ele fechou a porta do quarto, eu não sabia aonde ir ou o que fazer, mas desta vez ando direto para a cama e me sento na beira. Fico aliviada quando AJ se senta ao meu lado. Ele se inclina para trás, apoiado nos braços, com a cara séria. Ou talvez ainda esteja assustado, não sei dizer.

— O que você quer saber? — pergunta.

Inspiro fundo e expiro devagar.

— Tudo — respondo.

O sorrisinho que se forma no rosto dele me faz relaxar um pouco.

— O sr. B me contou a história toda quando me deu a chave no fim do ano passado. Ele conheceu a Caroline quando ela estava no primeiro ano. Um dia, na hora do almoço, ele abriu o armário do refeitório e ela estava escondida lá, sozinha. Demorou um pouco, mas finalmente ela admitiu que não era a primeira vez; ela almoçava lá todos os dias desde o meio do nono ano.

Eu a imagino com uma das camisetas engraçadinhas, comendo um sanduíche escondida entre baldes e pás de lixo, e quero chorar. Ou socar alguma coisa. Talvez os dois ao mesmo tempo.

— Acho que pessoas a tratavam mal. Ela disse para ele que não tinha amigos, e tinha vergonha demais de comer sozinha no pátio, então comia sozinha no armário porque não conseguia pensar em nenhum outro lugar para ir.

Meu coração afunda. Eu me lembro de dizer quase a mesma coisa para Psico-Sue no começo do ano escolar. Ela perguntou por que eu não podia abandonar as Oito Doidas e eu disse que não tinha para onde ir.

— A Caroline e o sr. B ficaram amigos. Ele começou a trazer o próprio almoço e comer com ela. Em algum momento, ela contou sobre os poemas que escrevia e finalmente o deixou ler alguns. Ela disse que tinha uma ideia doida de começar um clube secreto de poesia. O sr. B não achou tão doido. Ele mostrou uma sala debaixo do teatro que o departamento de artes cênicas não usava havia anos. Ele instalou o cadeado, escondeu a porta com tinta e colocou alguns móveis. A Caroline começou a encher um canto com poesia. Com o tempo, conheceu algumas pessoas nas quais sentiu que podia confiar. Ela contou sobre a sala, e, no fim do ano, as outras paredes estavam enchendo também. Acho que não era só ela que precisava de um lugar para ir.

Vim para a casa de AJ hoje porque precisava saber o que o levou para o Canto da Poesia, e quando ele diz essa última parte, tudo começa a fazer sentido. Meus olhos se enchem de lágrimas.

— Você precisava de um lugar para ir — digo, e ele concorda.

— Eu e Emily estávamos na mesma turma de inglês no nono ano. Eu ainda achava muito difícil falar na aula, e ela me viu dedilhando minha calça jeans. Ela me perguntou a respeito. Um dia, me levou lá para baixo.

— AJ — sussurro.

Enxugo meus olhos, mas o que quero mesmo fazer é abraçá-lo e beijá-lo como fiz tantas vezes nas últimas semanas. Mas estou com medo demais do que acontecerá se eu o fizer. Será que ele vai me afastar? Dizer que acabou? Não quero perdê-lo, mas não sei se já perdi. Queria que ele me tocasse. Meu coração acelera, minhas mãos suam, os pensamentos estão se juntando e girando, e começo a entrar em pânico.

Por que ele não me toca?

Então, rápido como começaram, os pensamentos param. Completamente. Minha cabeça fica assustadoramente quieta. E sei o que preciso fazer.

Caroline estava me fornecendo as palavras e elas funcionavam. Mas nunca foram as palavras dela. Sempre foram minhas. Minhas palavras convenceram AJ a me deixar entrar no Canto da Poesia, duas vezes. Quando contei como escolho o nome das minhas playlists, ele prestou atenção e quis saber mais. Naquela noite na piscina, me implorou para conversar com ele. Quando finalmente contei o que estava pensando, AJ me beijou. Sempre que falo com ele, se aproxima.

Ele quer que eu fale.

De repente, ouço a voz de Caroline, calma e clara, como se ela estivesse sentada ao meu lado.

Não pense. Fale.

Olho para o meu lado esquerdo, esperando vê-la lá, mas o espaço está vazio. Sigo suas instruções mesmo assim.

— Minha mente mexe comigo — digo, falando daquele jeito sem filtro que ele gosta, sem medir palavras e sem ter certeza do que estou dizendo até sair.

Arranho meu pescoço com força três vezes, sem me importar que ele veja.

— Acontece sempre, desde que eu me lembro. Não consigo desligar meus pensamentos. Não consigo dormir sem remédios. Minha cabeça só... nunca para. Eu fui diagnosticada com TOC aos onze anos. Desde então, tomo ansiolítico. Tenho uma psiquiatra incrível chamada Sue que, tipo, me mantém viva, e eu a vejo toda quarta de tarde.

Isso é mais difícil do que eu esperava. Tomo um momento para organizar meus pensamentos, olhando ao redor, para os pôsteres e a mesa bagunçada. Vejo a prancheta no chão ao lado do violão e, juntos, eles parecem me acalmar. Sacudo minhas mãos.

— Por muito tempo, minha amizade com as Oito tem sido... difícil pra mim. Então quando as aulas começaram, eu e a Sue decidimos canalizar minha energia em coisas mais positivas, como minha natação — digo. — Foi bom. Então conheci a Caroline, o que foi *muito* bom. E aí encontrei o Canto da Poesia, comecei a escrever e conheci um monte de gente incrível, e *você*. Eu me senti saudável pela primeira vez em anos. Achei que estava melhorando. Mas, no fim das contas, eu estava piorando.

Estudo sua linguagem corporal como faço toda semana com Sue, observando como ele se move em correlação direta com as palavras que digo. É pequeno, quase imperceptível, mas reparo quando apoia a mão na cama e se aproxima só um pouquinho de mim.

Abaixe a guarda.

— Caroline era minha amiga — digo, lágrimas escorrendo pelo meu rosto. — Agora ela se foi e não sei bem como devo me sentir. Estou envergonhada por ter inventado ela para começo de conversa, mas também triste por ela não ser mais parte da minha vida.

Continue a falar.

— Mas hoje, quando estava lá embaixo, notei uma coisa: não me arrependo de ter trazido ela à vida. Nem por um segundo. Porque ela é uma parte melhor de mim, sabe? Ela fala o que pensa e não liga para a opinião dos outros. Sempre tive medo demais de ser assim, mas é quem quero ser, o tempo todo, não só quando estou sozinha com você, não só segundas e quintas na hora do almoço.

Sei que estou me enrolando, mas não posso parar agora. Deixo as palavras saírem da minha boca, ainda desejando que ele me toque, me abrace, me beije, faça algo, *qualquer coisa*, para me fazer parar de falar. Mas ele não fala, nem se move. Só escuta.

— Era como se ela soubesse que era hora de eu me conectar a essa pessoa melhor. Então, me mostrou onde te encontrar. Encontrar vocês *todos*. Essas sete pessoas incríveis que parecem saber trazê-la à tona.

— Sam — diz ele e, antes que eu possa interpretar o som da sua voz, se aproxima, e, finalmente, sinto seu polegar na minha bochecha.

Ele apoia a testa na minha, como fez naquela noite na piscina, e espero que me beije, mas AJ não o faz.

Continue.

— Sinto muito por não ter te contado sobre mim. Eu devia, mas durante a minha vida toda eu só quis ser normal. Você fez com que eu me sentisse assim. Estava com medo de que, se contasse, não me sentiria mais normal.

Ele ri.

— *Eu* fiz você se sentir normal? Você sabe que *eu estou* bem longe de ser normal, né?

— Não ligo — digo, tocando a boca dele com a minha. — Gosto demais de você. Lembra?

Beijo a covinha primeiro, depois a boca dele, pensando em como ele é perfeito, talvez não em tudo, mas em tudo que preciso que seja. Fico tão aliviada quando me beija de volta. Sinto os pensamentos que me assombraram nos últimos quatro dias estourarem como bolhas, desaparecendo no ar, um por um.

— Também gosto demais de você — diz ele.

— Ainda? — pergunto.

— Ainda — responde, com um sorriso enorme. — Gosto demais mesmo.

Depois disso, paramos de falar.

costurada em mim

Emily dá um tapinha no lugar ao lado dela, e eu me sento. Olho de relance para o sofá onde eu e Caroline nos sentamos na reunião noturna de quinta passada, mas não espero que ela esteja lá. Cameron está ocupando o sofá sozinho hoje.

— Sentimos sua falta segunda — diz ela. — Está tudo bem?
— Sim.

Vejo AJ sentando no lugar de costume, no sofá laranja. Ele me vê olhando para ele.

— Não estava, mas agora está — continuo.

Pego meu caderno amarelo na mochila e coloco na almofada ao meu lado. Emily está segurando um guardanapo na mão, provavelmente para a leitura de hoje.

— Como está sua mãe? — pergunto.

Ela não olha para mim.

— Ela voltou para casa no fim de semana.
— Que ótimo! — digo, com entusiasmo.

No entanto, Emily sacode a cabeça e enrola o guardanapo no dedo.

— Foi para cuidados paliativos — diz, e sinto um buraco se formar no meu estômago.

— Ah, Emily, eu sinto muito.

— Meu pai fez parecer um grande evento, como se ela voltar para casa fosse bom, mas fala sério... Como se eu não soubesse que merda são cuidados paliativos.

Ela cruza as pernas e se vira para mim.

— A sala toda foi transformada e agora não parece *nada* com a que ela decorou, tem máquinas por todos os lados, e aquela cama horrível está bem no meio da janela, como se ela estivesse exposta para o bairro todo, sei lá. Mas "é bom", né? — continua, com um tom sarcástico. — Porque agora ela pode ver nosso quintal durante o dia.

Emily encosta o cotovelo nas costas do sofá, apoia a cabeça na mão e continua falando:

— Fingi estar feliz porque sei que é importante para o meu pai, mas agora voltar para casa todo dia depois da aula é uma tortura completa.

Assim que diz isso, arregala os olhos e seu rosto fica vermelho. Ela cobre a boca.

— Isso soou tão horrível — diz. — Eu não devia ter falado assim.

Imagino aquela casa bonitinha na qual ela mora, com as cores alegres e o balanço, sabendo que é isso que a mãe está vendo o dia todo, e não consigo imaginar quão sofrido deve ser para Emily atravessar aquela porta azul e ver a mãe deitada lá, morrendo lentamente.

Emily se vira para o outro lado, sacudindo a cabeça, enojada.

— Céus. Que tipo de pessoa diz isso sobre a própria mãe? — pergunta.

Eu já fiz essas perguntas de "que-tipo-de-pessoa" sobre mim mesma. São especialmente perigosas, o tipo de coisa que pode mudar repentinamente a direção de um tornado de pensamentos, levando a um caminho inteiramente novo e mais destrutivo. Minha mãe e Sue têm palavras que ajudam, então as digo para Emily.

— Uma boa pessoa — respondo.

Ela me olha e sorri de leve.

— Alguém que ama a mãe e não quer vê-la com tanta dor — continuo.

Ela solta um suspiro forte.

— Obrigada — sussurra para o teto.

A ideia vem do nada e, antes de pensar duas vezes, começo a falar:

— Vem para minha casa hoje depois da aula. A gente pode conversar. Ou escrever. Ou ouvir música, sem falar, sem escrever, sem pensar em nada de ruim.

— Não sei — responde ela, olhando para o chão, roendo as unhas. — Meu pai gosta que eu volte direto para casa depois da aula.

Aponto para o telefone no colo dela, com a tela virada para cima como sempre.

— Ele vai ligar se precisar de você. Posso te levar de volta em dez minutos.

Emily parece estar considerando, então continuo:

— Você pode até ficar para jantar se quiser. Minha mãe cozinha muito mal, então você vai precisar fingir que gosta da comida, mas meu pai é, tipo, o rei do papo furado, e minha irmãzinha às vezes é meio engraçada.

Eu me forço a calar a boca porque não sei se esse papo de família está fazendo Emily se sentir pior ou melhor. Então ela olha para mim e diz:

— Isso parece bom e...

Ela pausa por um momento, como se procurando a palavra certa:

— Normal.

Normal.

Ela está certa. Parece mesmo normal. Minha vida pode não ser perfeita, meu cérebro pode me enganar e posso estar sobrecarregada de pensamentos, mas, agora que paro para pensar, tenho sorte de ter uma vida tão *normal* quanto tenho.

Olho para Emily, me perguntando se posso fazer por ela o que Caroline fez por mim; me perguntando se posso passar adiante.

Vou pensar, mas, se ela for para minha casa hoje e parecer que realmente quer conversar, vou fazer perguntas e escutar (escutar de verdade, que nem Caroline me escutava) e mantê-la falando até não ter mais nada para dizer. Se ela quiser, vou ajudá-la a escrever um poema feliz sobre a mãe. Alguma coisa positiva. Que ela possa ler para a família. Se o momento parecer bom e Emily quiser mudar de assunto, vou contar meus segredos. Vou falar sobre meu TOC, Psico-Sue, Caroline e o número três, até que saiba tudo.

Será que ela vê nos meus olhos agora o quanto quero ser sua amiga? Porque alguma coisa muda na expressão dela e seu rosto inteiro se ilumina, mais do que já vi antes.

— Na verdade, vou adorar — diz ela.

— Ok, quem começa? — pergunta AJ, da frente da sala.

Olho ao redor. Sydney está segurando um papel, mas não se mexe além de fazer uma dancinha na cadeira. Emily ainda está com o guardanapo na mão, mas não parece pronta para ler. Jessica e Cameron também têm papéis, mas tampouco se levantam para subir no palco.

— Eu vou — digo.

Antes de pensar muito, fico de pé, ando para o palco, me sento no banquinho. Abro o caderno na página certa.

— Escrevi isso terça no...

Assim que falo, minha boca fica seca. Respiro fundo, fecho o caderno no meu colo e olho para o grupo, deixando meu olhar pausar em cada um deles. Eu me lembro da primeira vez que me sentei aqui, encarando esses completos estranhos, me sentindo aterrorizada pelo quanto estava prestes a expor.

As coisas são diferentes agora.

— Passei por uma coisa difícil semana passada — relato. — E me fez perceber que não foi por engano que vaguei até aqui um dia e encontrei vocês todos. Então, antes de ler este poema, só quero agradecer por terem me deixado ficar aqui, mesmo que eu, provavelmente, não merecesse e que alguns de vocês não sentissem que eu pertencesse.

Meu caderno ainda está fechado no meu colo. Não o abro. Não preciso. Sei todas as palavras de cor.

— Escrevi isso no Canto da Poesia.

Levo minha mão esquerda ao ombro, exatamente onde a mão de Caroline me tocou na primeira vez em que me sentei neste banquinho e li em voz alta. Fecho os olhos.

> Você está aqui
>   ainda costurada em mim, como fios em
>   um suéter.

Me dando palavras
que me quebram e me consertam,
tudo ao mesmo tempo.

Apertando o abraço,
me lembrando que não estou só.

Nunca estive só.
Nenhum de nós está.

Você está aqui
ainda costurada nas palavras desta parede.

Até a última.

A sala está completamente silenciosa. Então todo mundo começa a aplaudir e assobiar, e abro meus olhos para ver AJ de pé, pronto com o bastão de cola. Aceno para ele com a cabeça, como sempre faz, e joga. Pego no ar.

É muito bom arrancar o poema do caderno, e ainda melhor cobrir o papel com cola. Marcho até o fundo da sala e encontro um pedacinho de espaço vazio na parede perto da porta escondida.

— Obrigada, Caroline — sussurro, tocando a página com a boca.

Então a pressiono contra a parede, passando a mão pelas palavras, prendendo-as no lugar.

De volta ao palco, Sydney pigarreia de forma dramática.

— A maioria de vocês já ouviu essa delícia, mas como alguns perderam porque estavam lidando com "problemas técnicos"

— diz, fazendo aspas com as mãos, olhando para AJ, depois para mim. — Decidi ler de novo.

Eu me sento ao lado de AJ de novo e ele abraça minha cintura. Eu me apoio no peito dele, e ele apoia o queixo no meu ombro. Sydney desdobra um chapéu de papel do hambúrguer In-N--Out e coloca na cabeça. Então começa uma leitura dramática sobre o cardápio secreto. Elogia o sanduíche sem pão e o hambúrguer duplo, nos deixa com fome ao descrever molhos especiais, temperos e cebolas grelhadas, e fica confusa com quem pede "queijo frio". Quando acaba o poema, distribui chapéus de papel para todos nós.

Ainda estamos usando os chapéus quando saímos pela porta. Todo mundo vai para o corredor, mas AJ fica para trás.

— O que foi? — pergunto.

— Você que sabe, mas eu estou pensando se aquele seu poema está no lugar certo.

AJ me entrega o bastão de cola.

Ele está certo.

Entro de novo na sala, removo a página da parede e boto uma nova camada de cola. Então, ando até o Canto da Caroline e acho um novo lugar, ao lado da coleção dela.

— Muito melhor — diz ele, ajeitando o chapéu na minha cabeça.

AJ segura minha mão e me leva pelas escadas, de volta para o mundo real.

é a questão

Minhas pernas estão tremendo e tenho certeza de que está todo mundo me encarando enquanto atravesso o refeitório. Alexis e Kaitlyn estão de um lado da mesa; Hailey e Olivia do outro. Alexis é a primeira a me ver. Ela cutuca Kaitlyn com o cotovelo e cochicha no seu ouvido. Continuo dando passos corajosos atravessando a sala, a voz de Sue na minha cabeça, me lembrando de me agarrar às pessoas que me tornam melhor e mais forte e abrir mão das que não o fazem. Agarrar os Poetas foi fácil. Abandonar as Oito já promete ser mais difícil do que eu esperava.

— Posso falar com vocês?

A pergunta é para todas, mas, por alguma razão, a dirijo a Alexis.

— Claro — responde ela, indo para o lado, me dando espaço para sentar. — Onde você estava? Não te vimos a semana inteira.

— Estávamos preocupadas — diz Kaitlyn.

Devo parecer cética, porque ela acrescenta:

— Sério. Estávamos mesmo. Na verdade, fui até seu armário várias vezes para te procurar.

— Por quê? — pergunto.

— Eu queria me desculpar.

Ainda não sei se acredito. Se queria tanto se desculpar, podia ter se esforçado bem mais para me encontrar. Ela não me mandou uma única mensagem em sete dias.

Noto Hailey olhando para ela com seriedade. Kaitlyn ajeita a postura e se aproxima de mim.

— Estou feliz por você estar aqui, porque queria conversar. O que eu disse semana passada não foi engraçado. Eu passei dos limites e estou arrependida. Espero que você aceite meu pedido de desculpas, Sam.

Espera aí. Ela me chamou de Sam?

Vejo a expressão orgulhosa de Hailey, pensando na conversa que tivemos no meu quarto no domingo, e começo a entender o que está acontecendo. Hailey está me defendendo dentro do grupo. Ela não quer que eu vá embora. Convenceu as Oito a se desculparem e começarem a me chamar de Sam. Para isso tudo acabar. E as coisas voltarem a ser como eram.

Será que sou mesmo uma amiga tão boa que elas não aguentariam me perder? Ou será que estão só tentando manter as aparências? Gostaria de acreditar na primeira opção, que passei anos exagerando e que elas são amigas de verdade que me amam bem como sou, mas não tenho tanta certeza.

Kaitlyn dá um gole no refrigerante e olha para Alexis.

— Você falou sobre o fim de semana?

Alexis olha ao redor para garantir que ninguém está ouvindo, apoia os braços na mesa e fala mais baixo:

— Meus pais vão viajar. Não posso dar outra festa, porque se eles me pegarem, vou perder meu carro. Então vai ser uma coisa pequena.

— Todos os caras vão — diz Olivia, apontando pelo refeitório, os identificando. — Travis, Jeremy, Kurt... Ainda precisamos de alguém para a Hailey. E você pode levar o AJ, ok? Para a gente conhecer ele melhor.

Fico tentada. Não quero, mas fico. Passei a semana me preparando mentalmente para me afastar das Oito, mas agora não tenho certeza se quero abandoná-las de vez.

Talvez eu estivesse errada. Talvez eu possa ter as duas coisas. Agora que penso nisso, AJ pode gostar de se aproximar do meu círculo. Nunca nem perguntei. Penso em todos nós sentados na sala da Alexis, conversando a noite toda, todo mundo conhecendo o lado mais escondido de AJ e... Espera aí. O que Olivia acabou de dizer?

Volto a minha atenção para Kaitlyn.

— Você está saindo com o Kurt?

Por um segundo, ela parece um pouco envergonhada, mas se recupera rápido. Inclina a cabeça para o lado e diz:

— É. A gente meio que se esbarrou em uma festa semana passada e voltou.

Voltou? Eu não diria que dá para "voltar" a pegar meu namorado em um guarda-volumes enquanto eu estava a quinze metros dali. Mas fico feliz que ela tenha contado. Por um minuto, quase esqueci por que vim aqui hoje.

— Preciso dizer uma coisa para vocês.

O clima muda instantaneamente. Alexis cruza os braços. Kaitlyn me encara, levantando as sobrancelhas. Olivia morde a boca e olha para a mesa. Hailey leva a mão para a testa.

— Somos amigas desde pequenas e existem muitos motivos para isso. Sempre nos divertimos muito juntas. Todas as minhas melhores memórias são com vocês.

Estou falando devagar e com clareza, exatamente como Sue me ensinou. Sinto minhas mãos tremendo, mas respiro fundo e continuo a falar:

— Mas também mudamos muito nos últimos anos. Acho que isso é bom. Acho que devemos mudar e que tudo bem quando acontece. Eu mudei nos últimos meses e gosto da pessoa em quem estou me transformando.

— E quem seria? — pergunta Olivia.

— A questão é essa — digo, dando de ombros. — Não sei bem. A verdade é que não sei quem sou sem vocês. Mas acho que preciso descobrir.

Não sai exatamente como eu e a Sue treinamos, mas é quase e segui todas as regras. Intencionalmente não menciono AJ nem nenhum dos meus outros amigos, e tomo cuidado com as palavras para elas não acharem que as culpo por nada. Estamos mudando. É hora de se afastar.

— O seu namorado novo te mandou fazer isso? — pergunta Olivia.

— Ele parece meio possessivo — diz Kaitlyn para ela, como se eu não estivesse ali.

— Parem com isso — interfere Hailey. — Agora.

Sinto sua mão no meu ombro, me pegando completamente de surpresa.

— Não vou fazer isso de novo — continua. — De novo não.

Sei o que ela quer dizer. Todas sabemos. Hailey não vai deixar que elas me tratem como fizemos com Sarah. Percebo que, não importa o que aconteça hoje, Hailey agora sabe de que lado está, e é do meu.

— Ela está certa — diz Alexis. — Você é nossa amiga. A gente te ama. Você deve fazer o que te deixa feliz.

Kaitlyn ergue as sobrancelhas. Olivia não olha para mim. Hailey ainda está com a mão no meu ombro. Alexis sorri para mim e parece sincero.

Ainda estou tentando processar isso tudo. Estou com dificuldade de acreditar que essas palavras saíram da boca de Alexis, mas ela parece honesta. Talvez seja um jogo. Talvez eu esteja prestes a ser uma piada enorme ou o foco de uma fofoca horrorosa. Mesmo assim, não posso fazer nada a respeito de qualquer forma.

Aperto a mão de Hailey com gratidão quando fico de pé.

— Vejo vocês depois.

Saio pelas portas do refeitório, deixando minhas amigas para trás. Sentindo toda a dor de abandoná-las. E sabendo que fiz a coisa certa.

a primeira vez

— Como você está hoje, Sam? Colleen levanta de trás do balcão quando abro a porta. Ela costumava praticamente cantar o "deve ser quarta", mas hoje recebo o mesmo cumprimento esquisito da semana passada, sua voz abaixando uma oitava quando diz meu nome, a boca apertada com preocupação enquanto espera minha resposta.

Digo que estou bem.

Já me desculpei por ter aparecido do nada no outro dia, e ela insistiu que eu não tinha que me desculpar por nada. Que já havia esquecido tudo. Claramente, não é verdade.

— Ela está te esperando. Pode entrar.

Eu estava meio que esperando que Sue sugerisse mudar nossa sessão para o seu oásis no quintal, onde poderíamos conversar em cadeiras confortáveis ao redor de uma fonte e cercadas por flores, mas não tive essa sorte.

Quando entro no consultório, ela se levanta de trás da mesa e atravessa a sala para me encontrar no meio do caminho.

— Uau. Você está diferente hoje — diz, sorrindo.

— Estou? — pergunto, como se não soubesse do que ela está falando.

Mas sei. Estou vestindo uma calça jeans e uma camiseta simples, de manga comprida. Meu cabelo está comprido e liso, mas não passei chapinha nem nada. E estou quase sem maquiagem, só com um pouquinho de base, blush e rímel. Passei as últimas semanas diminuindo aos poucos. Isso combina mais comigo. E agora tenho uma hora a mais para dormir.

— Se não fosse pelas decorações pela cidade toda e por saber que tenho que fazer um jantar de Natal para vinte pessoas na semana que vem, eu juraria que é meio de julho — diz. — Você parece relaxada. E feliz. Que nem a Sam do Verão.

Não tenho certeza de como explicar, mas não me *sinto* como a Sam do Verão. Estou mais relaxada, mais feliz do que ela era, porque, mesmo em julho, eu estava com medo de agosto e achando difícil ficar feliz enquanto a areia escorria pela ampulheta, e eu não podia fazer nada para impedir.

— A Sam do Verão sempre foi... — Pauso, procurando a palavra certa. — Temporária. Mas *isso* parece bem permanente.

Sue sorri.

— Eu me inscrevi no programa avançado de natação hoje. Treinos todo dia às cinco da manhã — digo, revirando os olhos. — Mas tem competições o ano todo, uma chance de nadar na competição nacional e uma oportunidade melhor para uma bolsa.

Agora ela está sorrindo muito.

— Bom, isso é motivo para comemorar.

Sue anda até o minibar e pega uma garrafa de sidra sem álcool. Ela enche duas taças de plástico e volta, me entregando uma.

— Para Sam — diz, erguendo a taça.

Brindo com a minha taça e repito suas palavras:

— Para Sam.

Levamos nossas sidras para nossas cadeiras. Tiro meus sapatos, e Sue me entrega a massinha. Dou um gole na sidra e a atualizo sobre minha semana, enquanto escuta e concorda com a cabeça. Ela não está com a pasta de couro no colo como de costume, então sinto que vai ser uma sessão mais leve. Depois das últimas, imagino que nós duas estejamos precisando.

Três semanas atrás, passamos o tempo todo treinando minha separação das Oito Doidas. Na semana seguinte, passei o tempo todo chorando, me perguntando se tinha tomado a decisão certa. Semana passada, mudamos de assunto, e Sue me convenceu a recitar o poema que escrevi para Caroline. Então, pediu para eu ler mais poemas e chorei ainda mais.

Enquanto eu lia, comecei a notar o quanto o número três tem impactado meus pensamentos e ações e, no fim da sessão, disse que queria me esforçar mais para controlar meus impulsos. O que significa que tive que confessar sobre o hodômetro.

Sue apontou para a massinha na minha mão.

— Que tal você levar um pouco disso hoje e usar para cobrir os números?

Apertei a massinha e disse que talvez funcionasse.

— Se você sentir que precisa mesmo tirar antes de estacionar, faz isso — continua. — Depois coloca de volta. Mas tenta deixar lá de vez.

Ainda penso nos números toda vez que estaciono, mas não trapaceei nenhuma vez.

Depois falamos sobre AJ. Conto tudo o que aconteceu e, em seguida, digo que ele me levou para a sessão hoje.

— Ele precisava comprar cordas de violão e a loja é aqui perto.

Tomo um gole de sidra, pensando em como foi a conversa com AJ.

A gente falou muito sobre Sue nas últimas semanas. AJ sabe o quanto ela importa para mim e quero que ele a conheça um dia. Não sei se ainda estou pronta para isso, mas gostei da ideia dele me dar uma carona. Eu disse que podia conhecer Colleen, se quisesse.

— Eu meio precisava que ele visse aonde vou nas quartas.

Sei que ela está orgulhosa de mim. Estou um pouco orgulhosa também. É bom falar. É bom estar cercada de gente que torna isso tão fácil.

Então ela me pergunta sobre Caroline e fico em silêncio por um bom tempo.

Finalmente, conto que meu estômago se embrulha sempre que olho para a outra ponta da fileira de armários e não vejo ninguém, e que, frequentemente, me sento na primeira fila do teatro na hora do almoço, escrevendo no escuro como a gente costumava fazer. Confesso que, na semana passada, comecei a preparar uma playlist de músicas que faziam sucesso enquanto Caroline estava no ensino médio, chamada *Right Beside You*, ou "Ao seu Lado", por causa da letra de uma música do Snow Patrol.

— Sinto falta dela. Muita. Todo dia.

O nó na minha garganta aumenta e sinto meus olhos se enchendo de lágrimas. Não quero chorar. Hoje não.

Ela deve notar pela minha expressão, porque fica de pé e bate uma salva de palmas.

— Ei — diz, animada. — Tenho algo para você.

Ela anda até a mesa e volta com uma caixa embrulhada de papel azul com um lenço branco enorme no meio. Ela me entrega o presente.

— Você comprou um presente de Natal? Posso adivinhar? É um cérebro novinho em folha? Saudável, desta vez?

Sacudo a caixa um pouquinho. Droga, leve demais.

— É só uma lembrancinha. Não resisti. Falou comigo, disse que vocês precisavam estar juntos.

— Bom, se eu posso falar com pessoas imaginárias, acho que você pode falar com objetos inanimados.

Puxo o laço e a fita cai no chão. Tiro a tampa da caixa.

— Não acredito — digo.

Levanto a camiseta na minha frente para ler o texto em letras garrafais: ESTOU SILENCIOSAMENTE CORRIGINDO SUA GRAMÁTICA.

— Sue, isso é incrível. É tão...

Paro para não falar a primeira coisa que me vem à cabeça. Então digo de qualquer forma:

— Caroline.

Fico de pé e a abraço, mesmo que eu não deva, e ela me abraça de volta, apesar de estarmos quebrando o seu código de "distância profissional". Visto minha camiseta nova por cima da de manga comprida e mostro para ela.

— O que acha? — pergunto.

— Perfeito — diz ela.

Não. Não é perfeito. Mas sou eu.

Quando a sessão acaba, saio do consultório e volto para a sala de espera, reparando que, pela primeira vez em cinco anos, não falamos das Oito Doidas.

❊ ❊ ❊

AJ disse que ia me esperar lá embaixo, então me surpreendo ao encontrá-lo na sala de espera.

— Oi — diz ele. — Gostei da camiseta.

— Obrigada. Foi presente da Sue.

Aponto para Colleen.

— Vocês já se apresentaram?

— Sim — responde ela.

Ela não está mais com aquela cara de pena. Está olhando para a gente com a expressão brilhante e alegre com a qual estou mais acostumada.

— Te vejo quarta — digo a ela.

Eu e AJ saímos pela porta e paramos na frente do elevador. Quando estamos afastados do consultório e do olhar curioso da Colleen, ele me abraça. Sinto seus dedos no meu cabelo e sua respiração no meu pescoço, e AJ não diz uma palavra, só me abraça apertado por um bom tempo. Amo como me encaixo nos braços dele. Como minha orelha se apoia perfeitamente contra seu peito e consigo ouvir o coração batendo.

— Obrigada por vir hoje — digo.

— Estou feliz de ter vindo.

— Eu também.

Estendo a mão e aperto o botão do elevador. Uma vez. Sinto o impulso de apertar mais duas vezes, mas em vez disso pego a mão de AJ e a beijo.

dou conta dessa

Chove lá fora. AJ, Cameron, Chelsea, Jessica, Sydney e eu estamos ao redor de uma mesa no refeitório. Emily estaria aqui, mas a mãe perdeu a longa luta contra o câncer, então ela não vem à aula desde que voltamos das férias de dezembro. O velório é amanhã, e Emily pediu para AJ tocar uma das músicas preferidas da mãe. Estaremos todos lá, é claro.

Olho para o lugar no qual eu costumava almoçar. Alexis, Kaitlyn, Olivia e Hailey estão em seus lugares, comendo e conversando como sempre. Não nos falamos muito no último mês, mas todas elas parecem felizes, até Hailey.

AJ bota a mão no meu joelho.

— Tudo bem?

— Tudo — digo, empurrando a comida no prato. — Não estou com muita fome hoje.

Pego o telefone no bolso e confiro a hora. Ainda temos meia hora até o fim do horário de almoço.

— Acho que vou escrever um pouco.

— Divirta-se — diz ele, apertando minha perna de leve. Fico de pé, pegando minha bandeja na mesa e dizendo para o grupo que vou vê-los mais tarde. Antes de ir, abraço AJ por trás com meu braço livre.

— Te amo — sussurro em seu ouvido.

A chuva fica mais forte, o que não importa tanto até o corredor coberto terminar e o único jeito de chegar até as portas duplas do teatro é pelo gramado aberto. Jogo a jaqueta por cima da cabeça e saio correndo.

Quando chego lá dentro, jogo minha jaqueta em uma cadeira na última fileira e atravesso o teatro. Eu me sento na cadeira de sempre, abro meu caderno amarelo e remexo no fundo da mochila até encontrar uma lapiseira. Clico uma vez, duas, três. Então ouço a voz da Psico-Sue na minha cabeça, me mandando clicar de novo, aí aperto pela quarta vez. Paro, resistindo o impulso de clicar mais duas.

Eu me ajeito até sentar mais fundo na cadeira, reclinada, e estico as pernas na minha frente, cruzando os tornozelos, olhando para o teto para decidir por onde começar. Bato com a borracha no papel. Estou perdida. Fecho os olhos e fico assim por alguns minutos, inspirando o cheiro úmido do teatro, passando a mão pelo forro do assento. Nunca esperei sentir uma conexão com este lugar, mas agora, às vezes, é o único lugar no qual quero estar.

Foi uma semana difícil. Não consigo parar de pensar na Emily. Quero escrever um poema para ela, algo que expresse que sinto muito, que diga o quanto a amizade dela é importante para mim, mas as palavras não estão vindo hoje. Resmungo e olho para meus pés.

Vejo um par de botas, bem ao lado dos meus sapatos. Então pernas, cruzadas no tornozelo, imitando exatamente minha postura. Meu olhar sobe devagar, com cuidado, como se eu temesse que qualquer movimento brusco me levasse a perdê-la. Quando chego ao rosto, inspiro fundo. Então abro um sorriso enorme.

— Oi. Que bom que você está aqui — falo, batendo na folha com a lapiseira. — Gostaria da sua ajuda nessa.

Ela inclina a cabeça para o lado e sorri para mim.

— Sempre que precisar — diz, estendendo o braço e segurando minha mão.

Quero continuar olhando para ela, mas, em vez disso, fecho os olhos.

— Na verdade — sussurro. — Acho que dou conta dessa.

Quando abro os olhos de novo, Caroline se foi.

E começo a encher a folha com palavras.

nota da autora

Comecei a me interessar por escrever uma história sobre uma adolescente com Transtorno Obsessivo-Compulsivo (TOC) quando uma amiga próxima da família foi diagnosticada quatro anos atrás, aos doze anos. Senti empatia e me conectei com a briga contra a insônia, as dificuldades de interpretar as falas e ações dos amigos e o desafio de controlar uma torrente de pensamentos negativos, muitas vezes assustadores, que ela simplesmente não conseguia desligar.

Eu sabia que ela não estava sozinha. Queria aprender mais sobre esse transtorno e entender como era viver na mente dela. Ela queria compartilhar a experiência e fiquei honrada quando concordou em trabalhar comigo neste romance.

Ao longo dos últimos dois anos, pesquisei profundamente o TOC e o que alguns chamam de Puramente Obsessivo, ou TOC "Puro-O", cuja ênfase é mais em pensamentos e imagens internos do que em compulsões externas. Aprendi que muitos profissionais consideram o termo um pouco equivocado, já que compulsões ainda são parte do transtorno, só mais facilmente escondidas, mas muitas pessoas com TOC usam "Puro-O" para diferenciar uma obsessão por *pensamentos* dos comportamentos externos mais conhecidos, como lavar as mãos ou checar fechaduras de forma ritualística. Li centenas de blogs escritos por adultos e adolescentes, detalhando como é viver com TOC e Puro-O. Estudei artigos e revistas médicas repletos de informações completas sobre tratamentos e medicação. Consultei de perto quatro profissionais da área de saúde mental para garantir que este trabalho de ficção represente uma experiência apropriada de TOC, enquanto demonstra o valor de uma relação forte entre paciente e terapeuta. Foi um processo iluminador, inspirador e devastador.

Durante minha pesquisa, fiquei especialmente interessada em terapia por exposição, um tipo de Terapia Cognitivo-Comportamental (TCC). Achei empoderadora e incluí na história no momento em que a mãe de Sam lhe entrega um par de tesouras para provar que ela não vai *agir* de acordo com os pensamentos invasivos e assustadores. Apesar do texto em si conter pistas, é importante para mim que os leitores compreendam que, antes dessa cena: (1) Sue coordenou sessões de terapia por exposição com Sam no consultório; (2) Sue treinou formalmente a mãe de Sam, para que ela possa fornecer o apoio permanente do qual Sam pode preferir; e (3) Sue e a mãe de Sam agem como um time e estão em comunicação constante a respeito do cuidado com o transtorno de Sam. Muitas fontes profissionais confirmaram que, apesar de ser atípico praticar terapia por exposição fora de um espaço controlado de consultório ou envolver uma mãe no processo, é certamente algo que já usaram nas circunstâncias apropriadas. Entretanto, um terapeuta profissional *sempre* supervisiona e está envolvido intimamente com qualquer tratamento por TCC. TCC pode ser física e emocionalmente intensa, com sessões ao longo de semanas ou meses. Depois, praticantes podem retornar à "psicanálise" mais tradicional, que é o que Sue e Sam praticam durante a maior parte do romance.

Apesar de ser um trabalho de ficção, a relação entre Sue e Sam espelha de muitas formas a relação entre a adolescente real, que inspirou esta história, e sua terapeuta dos últimos quatro anos. Durante o processo de escrever este livro, fiquei ainda mais emocionada pela conexão delas, e ganhei um novo nível de respeito por profissionais de saúde mental, especialmente aqueles que trabalham de perto com adolescentes.

Se você ou alguém que você conhece está lutando contra TOC, ansiedade, depressão ou alguma outra questão de saúde mental, recomendo fortemente que procure sua *própria* Sue. Ela (ou ele) existe e está pronta(o), capaz e a postos para ajudar.

Quero fechar com uma atualização sobre a garota que originalmente inspirou esta história. "C" tem dezesseis anos. Não consigo convencê-la a nadar, mas ela recentemente começou a escrever poesia e, apesar de não compartilhar, acha escrever muito terapêutico. Ela encontrou amigos de verdade que fazem com que se sinta bem, e até encontrou seu próprio AJ. Recentemente, decidiu que tem coragem de ir para a faculdade em outra cidade, onde planeja estudar psicologia e se tornar uma terapeuta, um dia. Sinto um orgulho enorme dela.

agradecimentos

Escrever este romance me ensinou que preciso ser mais corajosa com minhas palavras, e parte disso significou compartilhar a história com outras pessoas muito antes de me sentir confortável com a ideia. Sou grata aos muitos indivíduos que ajudaram a criar *A última palavra* e o tornaram um livro muito melhor no processo, inclusive:

Os profissionais de saúde mental que forneceram orientação e experiência para este projeto. Foi um privilégio trabalhar com o dr. Michael Tompkins, Ph.D.; a dra. Marianna Eraklis, M.D.; e Karen Blesius Rhodes, LCSW. Também sou grata à minha sogra, Rebecca Stone, que entende profundamente o funcionamento do cérebro humano e generosamente compartilhou seu conhecimento no processo.

Todo mundo na Hyperion, mas especialmente: minha editora, Emily Meehan, pela valiosa direção editorial e por defender esta história tão ativamente; Julie Moody, por todo o seu retorno perspicaz durante o processo; Stephanie Lurie, Suzanne Murphy,

Dina Sherman e Seale Ballenger, por seu apoio e entusiasmo sem fim; Elke Villa, Andrew Sansone e Holly Nagel, por vender este livro com amor e criatividade; minha agente de relações públicas, Jamie Baker, por *tudo* que faz (e por não me afastar de "O Corvo" naquele dia); e Whitney Manger, por criar uma capa tão simples e linda para a edição americana que comemora o poder das palavras. Tenho sorte de trabalhar com pessoas tão talentosas, apaixonadas e genuinamente divertidas.

Lisa Yoskowitz, minha primeira editora, que acreditou em Sam e sua história desde o começo, e se preocupou profundamente, até a última palavra (viu o que fiz aqui?). Ela sempre parecia saber o que eu estava tentando dizer, mesmo quando eu mesma não sabia, e serei eternamente grata por seu encorajamento, orientação e amizade.

Caryn Wiseman, por entender o que eu precisava que este livro fosse, por ler *muitas* versões (frequentemente com pressa) e por me ajudar a melhorar toda vez. Tenho sorte de chamá-la de agente *e* amiga. Além disso, obrigada à equipe dela: minha agente de direitos internacionais, Taryn Fagerness, e minha agente cinematográfica, Michelle Weiner, que representam minhas histórias com tanta dedicação.

Os membros da GetLit.org, por me inspirarem com suas vozes corajosas e poderosas, e todas as organizações de poesia para adolescentes ao redor do país, por dar aos jovens um palco para suas palavras serem ouvidas.

Os adolescentes corajosos que compartilham publicamente suas experiências pessoais com TOC, ansiedade, depressão e outros transtornos, num esforço para conscientizar e oferecer apoio. Aprendi muito com eles (e com o exemplo que dão).

Os muitos amigos que compartilharam generosamente seus talentos e experiências, incluindo Joe Rut, por escrever músicas lindas e me deixar pegar suas palavras emprestadas; Andrea Hegarty, por me ensinar os detalhes do nado competitivo e borboleta; Claire Peña, por partilhar da minha obsessão por música e letra; Shona McCarthy, por reparar nas coisas pequenas que importam muito; Laura Wiseman, por chorar em todas as partes certas; Lorin Oberweger, por me ajudar a trazer Sam à tona; Arnold Shapiro, fã de viagem no tempo e amigo, por fornecer episódios das suas séries para a MTV, *If You Really Knew Me* e *Surviving High School*, para me ajudar com a pesquisa; autoras Elle Cosimano, Stephanie Perkins e Veronica Rossi, por lerem primeiras versões e oferecerem opiniões de qualidade; Carrolyn Leary, por cafés conversando sobre saúde mental e muito mais; e, finalmente, minha eterna amiga Stacy Peña, que entendeu a importância desta história para mim muito antes de eu botar uma palavra no papel. Ela me abraçou forte e me disse para escrever e, por causa dela, aqui está. Estes não são só meus amigos; são meus Poetas.

Meu filho, Aidan, que moldou esta história de formas inesperadas e abriu meus olhos no processo, e minha filha, Lauren, que não tem medo de dizer o que pensa, mas sempre o faz com bondade. Eles são muitas coisas maravilhosas, mas principalmente *boas pessoas*. Não é possível ter mais orgulho do que tenho deles.

Michael, que me ajuda a ser corajosa e simplesmente me *entende*. Quando Sam diz para AJ que vai escrever, ele responde "Divirta-se". Essa fala é para o meu marido, porque é o que ele diz antes de eu desaparecer no meu mundo imaginário. É um detalhe, mas essa palavrinha carrega o peso do seu amor e do seu apoio e me lembra sutilmente de por que escrevo livros.

Não me surpreende que ele esteja no coração de cada história de amor que conto.

E, finalmente, C, minha musa e amiga: Obrigada por me deixar entrar. Para você, tenho tantas palavras, mas, em homenagem à Sam, direi só três: eu te amo.

Impressão e Acabamento:
LIS GRÁFICA E EDITORA LTDA.